「开始」在哪里

Where

is

"the Begining"

李平 著

上海人民出版社

目 录

第二辑　游历中的艺术美

—————

第三辑　德尔斐的神谕

—————

"开始"在哪里

什么时候我们才可以说已经开始过了？

——安德鲁·班尼特、尼古拉斯·罗伊尔

"开始"在哪里 *

什么时候我们才可以说已经开始过了？

一部文学文本是在什么地方或者什么时候开始的？这个问题引发了文学理论与文学批评中一系列根本性的思考。文本开始于作者在他的稿纸上写下第一个字符，或者在电脑键盘上敲下第一个单词的时候呢，还是开始于作家对一篇小说或一首诗歌有最初设想的时候，抑或开始于作家的童年时代？我们能否说文本开始于读者捧起作品的时候？文本是从它的标题开始呢，还是从所谓文本"主体"的第一个单词开始？

我们将尝试着从一首诗歌开始。约翰·弥尔顿（John Milton）的伟大史诗《失乐园》（*Paradise Lost*, 1667）是从退回到开端开始的：

关于人类最初违反天神命令

---

* 本文译自 Andrew Bennett & Nicholas Royle：*An Introduction To Literature*，*Criticism And Theory*，Pearson Education Limited，2009。

偷尝禁树的果子，把死亡和其他

各种各色的灾祸带来人间，并失去

伊甸乐园，直等到一个更伟大的人来，

才为我们恢复乐土的事，请歌咏吧，

天庭的诗神缪斯呀！您当年曾在那

神秘的何烈山头，或西奈的峰巅，

点化过那个牧羊人，最初向您的选民

宣讲太初天和地怎样从混沌中生出；

那郇山似乎更加蒙您的喜悦，

下有西罗亚溪水在神殿近旁奔流；

因此我向那儿求您助我吟成这篇

大胆冒险的诗歌，追踪一段事迹——

从未有人尝试擒彩成文，吟咏成诗的

题材，遐想凌云，飞越爱奥尼的高峰。[1]

　　这个非同寻常的开始包含了关于"开始"的各个方面。从主题上看，诗句开头写的是亚当和夏娃"最初"违反天神的命令，从而"把死亡和其他各种各色的灾祸带来人间"。但它也是这首诗自身的开端：它使我们确信，这样的写作计划是第一次被尝试（"从未有人尝试擒彩成文，吟咏成诗的题材"）。这样开启一首诗，对于弥尔顿来说，就仿佛登月迈出了一小步……然而不同的是，因为传统上认为诗歌发端于灵感的凭附，而诗中又有祈求诗神缪斯赐予诗人写作灵感的句子，所以这个开头也是这首诗歌自身的开端。但由此也产生了关于"开始"的奇怪的悖论：灵感作为诗歌的起源，反而出现于诗歌的文辞开

1　参见弥尔顿：《失乐园》，朱维之译，上海译文出版社 1984 年版。

始之后。弥尔顿诗歌的开始还以其他的方式动摇了所有简单化的"开始"或"开端"的概念。诗歌不仅谈论到开端（亚当和夏娃偷吃伊甸园中的智慧果），而且还写到未来回归于这个开端之前的时间（"恢复乐土"）：一种既是新时代的开端也是先前状态重现的时间。

这个"开始"算不上是开始还表现在其他方面，它不断地使我们退回到其他的文本——弥尔顿提到了摩西（"那个牧羊人"）。根据教义，他曾向希伯来子民"宣讲"创世的故事，换句话说，他撰写了《旧约全书》开头的几卷。在这个意义上，弥尔顿诗歌所恳求和呼吁的缪斯便是一个间接的缪斯了。与其独创性的声明相反，诗歌的开头复述了其他人的话，让人联想到许多别的开端。"关于人类最初违反天神命令……天庭的诗神缪斯"，重复了诸如荷马的《伊利亚特》和维吉尔的《埃涅阿斯纪》那样的经典性开端的传统表现方式；"太初"则重复了《约翰福音》的开头（"太初有道"），等等。最后，特别是让诗句中的主要动词"sing"直到第六行才出现，弥尔顿移植了自己诗歌的开端。

然而，无论弥尔顿诗歌的开始有多么复杂，至少它尝试（或假装尝试）在特定的开端而不是在中间开始。从中间发端是另一种开始的方式，这种方式最有名的例子就是但丁的《神曲》：

> 正当我们人生的中途，
> 前方的大道已经消逝，
> 我迷失在一片黑森林之中。

这里至少有三个不同的中间："我们人生"的中途、黑暗森林之中、叙事的中端。但丁将人生、旅程和叙事三者融合在一起，暗示了以这样一个处于中间的时刻为开端所带来的异乎寻常的恐怖。尤其是诡异的"我迷失"三个字,暗示了重新发现和重新找回自我的魔幻般的惊惧。但是但丁的开始或许也是在说明,并没有绝对的开端——只有奇特的开创性的中间。旅程、人生、叙事从来不是真正的开端:所有这一切,从某种意义上说,在开始以前都已经开始过了。但也并不是说,没有"开始"这个概念我们可以毫不介意。没有开始,那当初我们是在何方?没有开始,文本又在哪里呢?

"开始"所引发的悖论在劳伦斯·斯泰恩(Laurence Sterne)的《项迪传》(*The Life and Opinions of Tristram Shandy, Gentleman*, 1759)的开头,就已经机智地表现出来了,该小说叙事的开端同时也是生命的开端:

> 由于我的父母对于我的出生负有同样的责任,我真希望我的父亲或母亲,或者他们俩在把我带到这个世界上的时候,能明白这意味着什么。如果他们那时候充分意识到他们的所作所为将带来多么可观的后果就好了。他们所要考虑的,不仅仅是创造一个理性的人,也许还有他的快乐的构成、身体的温度,还有他的天赋、他特有的心智类型,甚至他的全部命运。这些思量可能会扭转他们高潮时的体液和性情。相反,他们对此一无所知。如果他们能及时权衡和思考这一切,然后再继续相应的进程,我一定会被调整,并以一种与读者可能见到的形象完全不同的形象出现在这个世界上。

这个开头简直就是菲利普·拉金(Philip Larkin)的诗《这就是诗》(*This Be The Verse*, 1974)那个模棱两可的开头("他们操出[fuck you up]你,你妈咪和爹地")的喜剧版。项迪抱怨,在他思想的形成期,他的父母总是考虑其他事情,他害怕自己的整个生活因而都被毁掉了(has been fucked up)。小说数页之后,他的叔叔托比评论说："我的项迪的不幸,自他呱呱坠地之前九个月就已经开始了。"《项迪传》极好地处理了如何结束自传这个棘手的问题:这种体裁的文本是从来不可能穷尽其自身的,因为它所叙写的生活不会比写作者的生命跨度更长。从这个意义上说,任何自传都不曾有结局。但是,《项迪传》也是关于怎样开始——如何在开端开始——以及我们是怎样开始的文本。

如果说开始总有一个语境,因而总是由发生在它之前的事情所决定的,那么《项迪传》的开始则表明,它是反其道而行之的:开始决定了以后发生的事情。与其他类型的开始相比较,这是真正的文学——开端像许诺一样,预示着将要发生的事情。这就是许多文学名著开端的力量之所在。简·奥斯汀(Jane Austen)《傲慢与偏见》(*Pride and prejudice*, 1813)的开头显然是明确的:"凡是有钱的单身汉,总想娶位太太,这已经成了一条举世公认的真理。"这就为整部小说搭建起了一个舞台。主题是结婚,语调是反讽。奥斯汀赞扬普遍主义的价值("举世公认的真理"),但同时又讽刺这个19世纪早期英国中产阶级上层男士所认可的真理未必一定是普遍有效的。在对书中所用方言进行"说明性"解释之前,马克·吐温(Mark Twin)的《哈克贝里·芬历险记》(*The Adventures of Huckleberry Finn*, 1885)是以一则"通知"开始的:

通　知

那些试图寻找本故事动机的人将被起诉,那些试图寻找道德寓意的人将被驱逐,那些试图寻找情节结构的人将被枪毙。

以作者名义

奉军需官 G. G. 之命发布

这里,机智和困惑同时扑面而来,小说的开头既是入口也是屏障。这就好像在读这样的句子——"不要读这句话",因为它既承认读者试图在故事中寻找动机与道德因素,然而又喜剧性地阻止这样的阅读。在那句著名的开篇语"管我叫伊斯梅尔吧!"之前,赫尔曼·麦尔维尔(Herman Melville)的《莫比·迪克》(*Moby Dick*)或者叫《白鲸》(*Whale*),则是按照热拉尔·热奈特(Gérard Genette)所称的一系列的"副文本"来构建的,即通过目录、题词、(单词"白鲸"的)"词形变化"和(数页关于鲸的)"引文"来构建的。讽刺性的支支吾吾和卖弄学问,与自信的夸夸其谈混合在一起,构成了整部小说的特征。弗吉尼娅·伍尔夫(Virginia Woolf)的《奥兰多》(*Orlando*, 1928)在题词、序言、目录和插图说明之后,是这样含糊不清地开篇的:"他——即使被某些时髦的装束加以掩饰,其性别也不容置疑——正在切开一个悬挂在梁上的摩尔人的头颅。"这个句子以一种奇怪的不确定的语调,描述了一个不确定的人和不确定的性别,暗示了主人公与砍头和阉割的某种联系,小说就这么开始了。似乎不喜欢将小说作为一个整体处理,这个起始句微妙地削弱了关于性别身份的习常观念。福特·马多克斯·福特(Ford Madox Ford)的《好兵》(*The Good Soldier*, 1915)的第一句话"这是我所听到的最令人悲伤的故事",也充满了激动人心的魅力。这是那种一部小说再也不可复得的句子。马塞尔·普鲁斯特(Marcel Proust)《追忆逝水年华》(*Remembrance of Things Past*)那个轻描淡写的开头,就暗示了并不存在唯一的开端:"在很长一段时间里,我都是早早地就躺下了。"一种对逝去韶华的慎重反思,一种亲密接触的感觉,一种习惯与重复的力量,是普鲁斯特这部长达三千页的小说的特征。

以上这些例子表明,文学"开始"的特性之一就是,它们从来不是单一的。《哈克贝里·芬历险记》《莫比·迪克》和《奥兰多》,展示了围绕"副文本"的多样性开始,但其他的开始也不乏例证:《好兵》既有故事自身的叙述,也有对故事叙述的叙述(似乎没有比它更伤感的其他故事了),而普鲁斯特《追忆逝水年华》的开头则给人一种叙事是以重复开始的感觉,因为没有哪个单一事件可以被说成是小说的开端。

正如我们已经开始看到的,使得文学文本的开始多样化的途径之一,是采用副文本——标题、副标题、献词、题词、引子、"通知"等等。一个经典性的例子可能是托马斯·斯特恩斯·艾略特(Thomas Stearns Eliot)《荒原》(*The Waste Land*, 1922)的开头。在读到艾略特这首诗的首句之前,我们便遭遇到由一系列多语种写作造成的障碍。先说它的标题吧。这首诗的标题像其他所有标题一样,处于一种介乎内部与外部之间的不稳定的平衡状态。以《荒原》命名该诗,似乎除了外部原因,同时也是该诗形式方面的需要。"荒原",既与某个地点抑或某种困境——比如 1918 年以后的欧洲——有关,也是对一片奇异的土地(land)的命名,这片土地是艾略特的诗创造出来的(就像真的荒原一样,整首诗充满了过去时代的残迹、破碎的记忆与话语引文)。接着,我们遭遇了拉丁语和佩特罗尼乌斯(Petronius)体的希腊语:"因为我在库梅亲眼见到大名鼎鼎的女先知西比尔被吊在一只笼子里,孩子们在问她:'西比尔,你要什么?'她回答:'我要死。'"作为题词,这段引文也可以说既位于诗歌之内,也位于诗歌之外,既是对该诗的一种评论,也是该诗自身的一部分。接下来的困难,是作者用意大利语对埃兹拉·庞德(Ezra Pound)的称谓:"卓越的匠人"。庞德作为编辑,曾为艾略特的许多诗歌定稿,因而在一定程度上可以说是艾略特诗歌的合作伙伴。即便这个称谓,其实也是一种引用,它来自但丁《神曲》中的《炼狱篇》。所以,在这个意义上,它既是艾略特诗歌的一部分,又不是该诗的一部分。最后,这首诗还有一个副标题:"死者葬仪",它也是借用了英国圣公会宗教葬礼仪式中的说法。然后,我们便看到了诗歌开头的句子:

> 四月是最残忍的季节,
> 从荒地里培育出丁香,
> 将记忆和欲望混合,
> 用春雨拨动沉闷的根芽。

但事实上这几行诗依然是对杰弗雷·乔叟(Geoffrey Chaucer)的《坎特伯雷故事集》(*The Canterbury Tales*,约1387—1400)中另一首诗的开头的模仿与重构:

> 当四月的甘霖渗透了
> 三月枯竭的根须和茎络,
> 触动了生机,
> 使枝头涌现出花蕾。

以这些或其他的方式,艾略特对自己诗的开端进行了移植。这首诗的开始不再是第一次落笔或第一次敲击键盘。通过互文性(包括引文、典故、参照和仿效)的有力作用,艾略特的诗歌表明,与唯一性、可限定性、稳定性联系在一起的所谓独创性的开始概念,其实是非常成问题的。如果追问艾略特的诗歌是在什么地方、从什么时候开始的,就会牵涉作者身份、文本和读者,甚至普遍意义上的西方文学传统等一系列问题。

《荒原》对起源及其移植问题的重视似乎是非同寻常的。但是这个开端所探索的互文性的种种效用,事实上对一般的文学文本也具有十分重要的意义。这就是说,文学文本总是依照语境或传统,并且在语境或传统之内进行构建的。在其著名的论文《传统与个人才能》(1919)中,艾略特主张,"没有哪个诗人或艺术家可以拥有完全属于自己的意义",相反,他的重要性是由诗人"与死去的诗人和艺术家的关系来决定的"。一首诗、一篇小说或一个剧本,与先前的文本完全没有某种意义上的联系,真的是不可想象的。如果没有联系,这个文本的作者就不得不创造一切。这就好比不依赖任何现成的语言,而是从零开始去发明一种全新的语言一样。从这个意义上说,互文性(被移植到别的文本的原创性的东西,其实也移植了其他的文本,等等。换言之,它消解了存在纯粹的或直接的原创的固有观念)对于文学的机制至关重要。没有哪一部文本能脱离其他文本而形成意义。任何文本,都是罗兰·巴特(Roland Barthes)所谓的"过去引文的一种新的编织物"。

两个最具吸引力和绵延不绝的关于文学文本的神话都与它们自身的起源有关。第一个神话是这样一种观念,即在任何阅读中,最重要的是读者心灵与作者心灵的相通。这种观念作为"意图谬见"(intentional fallacy,即这样一种错误的信念:作者意图是作品"真正的"和"最终的"意义,我们能够并且应当去了解这个意图)的一个例证(见维姆萨特和比尔兹利[Wimsatt & Beardsley]的同名著名论文),在过去半个世纪已经广为人知了。但是,假如我们不能够按照一部文本呈现给我们的样子去把握它的开端的话,那我们要找出推动一个文本的思想起源,其难度之大就可想而知了。作者知道这些思想是从哪里来的吗?它们是真实的思想(神志清醒的、一贯的、连续的）吗？当我们读到《荒原》的开头时，我们读到的是谁的思想？是艾略特的思想，还是乔叟、庞德、佩特罗尼乌斯或但丁的思想？如果诗人声称诗歌来自"灵感的激发"，那么这些思想还能算是诗人自己的吗？第二个流行的神话是，个体的读者被赋予了首次阅读文本的优先权。按照这样的神话，所有的文学批评都会毁坏个体阅读的初始经验。从前（就像这类神话所表示的）我们可以阅读一部小说（比如夏洛蒂·勃朗特或者 J. K. 罗琳的小说），并且拥有一种完整、纯粹而没有受到批评性思考和其他复杂情况污染的阅读经验。不过，尽管我们经常谈到存在着某种只经得起一遍阅读的文学作品，但我们都知道，它在很多方面主要是指那些容易阅读的东西。罗兰·巴特在其著作《S/Z》中提出了这样一个观点，即：重复阅读的行为"与我们社会的商业与意识形态习惯反向而行"，并认为"只有那些边缘型读者（孩子、老人、教授）可以忍受重读"。教授（通常是老年人，很少会有孩子，不过两者不确定的结合也时有所见）当然也包括巴特，是向唯一或首次阅读观发起质疑的主要群体。巴特争辩道：

> 重读质疑如下声言：首次阅读具有原生态的、素朴的、真实的特性，此后，我们才不得不去施以"阐释"，使之理性化（仿佛有阅读之始似的，仿佛我们什么都不曾读过似的，其实，不存在什么首次阅读）。

再回过头来，艾略特的《荒原》显示了包含首次阅读在内的某些复杂性。假如艾略特诗歌的开头参考了乔叟的作品，那么，什么时候我们可以被合适地认为，已经读懂了"四月是最残忍的季节"？我们曾经读过它，然而带着对乔叟诗句的印象，我们确实必须再次阅读它。这个例子告诉我们，在任何情况下，仅凭首次阅读都是不充分的。或许可以绝对地说，任何其他文学文本的阅读也同样如此：每次阅读（即便是所谓的"首次阅读"），至少部分是对已知事物或某种程式做出的反应，并受到其他人和其他人阅读经验的影响。在这个意义上，用艾略特的话来说，批评性的阅读"像呼吸一样不可避免"。

本书从根本上说，就是关于起源问题和开端问题的。它集中讨论了我们应当如何开始阅读、思考和写作文学文本的问题。我们尤其认为，那些不确定的起源——无论是作者、读者还是文本——没有一个是理所当然的。既不是作者，也不是读者或文本最终或恰当地构成了开端。就好像我们说"开始文学研究"（我们现在已经开始了，还是没有开始？）一样，所有的事情都开始于作者或读者或具体的文本的观念，既是很富有吸引力的，同时也是完全错误的。

附记：本文的原标题为 *The Beginning*，选自英国学者 Andrew Bennett & Nicholas Royle 的著作 *An Introduction To Literature, Criticism And Theory*，2009 年第 4 版。完全不同于通常的文学导论，此书摒弃了习见的块状、渐进式写法和抽象的"主义"式阐述，注重问题意识，注重从新理论与文学作品相结合的生动角度切入分析，并以主题引领的新方法来编排著作的结构，因此受到西方学界的充分肯定和欢迎。全书共分 34 个主题，尽管第一个主题是"开始"，最后一个主题是"结束"，但实际上读者却可以从任何主题进入，没有顺序的限制；而主题与主题之间又互为印证、互相补充，从而使全书形成了一个丰富多彩的有机整体。这些主题有的是读者熟悉的（但也予以崭新的解释），而更多的则充满了前沿性和挑战性。这些主题在目录中的次序是：1.开始，2.读者与阅读，3.作者，

4. 文本与世界，5. 不可思议之物，6. 纪念碑，7. 叙述，8. 性格，9. 声音，10. 修辞和比喻，11. 创造性写作，12. 笑声，13. 悲剧性，14. 历史，15. 我，16. 生态，17. 动物，18. 幽灵，19. 电影，20. 性别差异，21. 上帝，22. 意识形态，23. 欲望，24. 酷儿理论，25. 悬念，26. 种族差异，27. 殖民，28. 突变，29. 述行语，30. 秘密，31. 后现代，32. 愉悦，33. 战争，34. 结束。

2013 年

从神话神学走向理性神学

古希腊文化是一本半遮半开的神奇大书。当你怀着敬畏的心情轻轻打开她的时候，会立即感觉到一股扑面而来的极其浓烈的气氛：各种神祇在海里、空中、树上、山顶和地下向你发出微笑或扮出种种奇异的面目；四周回荡着稀奇古怪的音响，到处弥漫着带有动物血腥味的烟尘；驻足交谈或来来往往的人们发出率真的笑声，而哲学家和诗人们可能就站在他们中间辩论着什么；有人在海边捡拾着造型奇异的贝壳并喃喃自语，也有人独自在屋里苦思冥想……"神充满在万物之中！"(泰勒斯语)[1]这就是古希腊早期独特的万物有神的文化氛围，这就是西方的先人们生活于其中的神、自然、人浑然一体的真实图景。如果你在研究历史或文学时，只看到研究著述中一行行规整的文字、一条条概括总结出来的结论和要点，那么你可能还未真正走进这个世界。

在研究古希腊诗学（包括书面文字和图像资料乃至实物）的时

---

1 E. 策勒尔：《古希腊哲学史纲》，翁绍军译，山东人民出版社 1992 年版，第 28 页。

候,我们会发现许多具有发生学意义的思想和真知灼见,它们是如此有趣、深刻和激动人心。然而同样的事实是,在思索这些思想的时候,我们又会发现许多无法自圆其说的矛盾。它们有时候会在合理的叙述中不由分说地忽然跳出来,有时候是那么顽固地盘踞着不走;它们有时候是艰涩复杂的,有时候是那么率真而富有诗意。这就给生活在今天的特别是异域读者的阅读带来了障碍,使得思绪无法顺畅地进入其核心部分。中国学者在研究古希腊诗学的时候,囿于自身的历史和意识形态环境,一般对其中的神学成分重视较少,忽视或者低估了这种宗教氛围对希腊诗学的催生意义,因而容易比较简单地用"唯物"和"唯心"、"理性"和"非理性"等现成的二元对立概念来规范原本非常复杂、多元的历史事实。[1]

事实上,古希腊诗学的迷蒙光晕现象,是由作为古希腊整个生活底盘的"宗教"背景所决定的。古希腊宗教的远古形态及其所富含的意义,是探索和解决这些矛盾的一把钥匙。

范畴和意味

讲到古希腊宗教,会涉及一系列与之有关的概念和范畴,比如:神学、巫术、信仰、神灵、神话、诗歌、戏剧等。由于古希腊尚处于人类文明的发生期和初级阶段,以上这些很久以后才逐渐形成的概念和范畴,在当时往往是模糊不清或紧密地交织在一起的。然而以今天的眼光来看,它们在逻辑和适用范围上是不同的,只有将它们的关系梳理清楚,才能进一步展开分析和研究。

1　参见朱光潜:《西方美学史》上卷,人民文学出版社 1979 年版,第 35—36、59 页;余虹:《中国文论与西方诗学》,生活·读书·新知三联书店 1999 年版,第 133 页。

　　首先,"神学"是研究和论证神的存在、本质,阐明宗教教义的学说。[1]当然也有借用意义上的说法或者广义的说法。比如将与宗教有关的现象都称为神学,如"神话神学"、"理性神学"等等。"巫术"与"神话"孰前孰后是一个有争论的问题。一般认为是巫术在前(这是一种按照原始意念的"行动"。希腊巫术的元素包括祭所、祭仪、神秘符号等),而神话则在巫术消失以后以一种口头语言的形式留存了下来。但事实上,神话不能仅仅理解成巫术的写照,它还有关于早期人类思维和生活的更丰富、复杂的内涵;同时,神话勃兴的时代,巫术这种古老的仪式在某些地域依旧存在。"神话"自身有漫长的流变史。它一开始是民间口头的东西,最后留存、积淀、成型于诗歌和戏剧等艺术,甚或其他的历史和哲学著作之中。当然,从东方(如埃及、巴比伦)古老观念对希腊产生影响以来真实的希腊宗教状况,与后世可读之神话诗歌和戏剧的叙事之间必然有很大的差异。这里的取舍与存亡,除了城邦和国家意识形态介入的因素以外,是极有历史和美学意味但又无法比较、验证的。神话从远古历史中分离,以隐喻的形式存在下来。这个隐喻的还原是如此之大、意味是如此之浓缩,以至于成为后人和后代文化取之不竭的源泉。"神话"不等于宗教,只是神话中的"神灵"观念在后人看来具有宗教的意味。"神灵"是信仰的对象。神灵之族,在不同的社会和时代是完全不同的。而信仰是指对特定神灵的崇拜。事实上,早期的希腊宗教,既有图腾崇拜、狩猎崇拜的遗迹,也有祛病法术、冥事崇拜、火灶崇拜、祭祀仪式等。[2]德国大哲学家黑格尔把希腊宗教称为"美的

1　参见 Macmillan Contemporary Dictionary,p.1034,Macmillan Publishing Co., Inc 1979;《现代汉语词典》,商务印书馆 1979 年版,第 1101 页;《辞海》,上海辞书出版社 1999 年版,第 1920 页。

2　参见托卡列夫:《世界各民族历史上的宗教》第 20 章,魏庆征译,中国社会科学出版社 1985 年版。

宗教",这是将荷马宗教当作全称判断,完全忽视了潜在底层而影响却更加深远的远古和民间宗教。

希腊远古时期的神祇形象是模糊不清的。希腊人的神灵先是自然力、图腾、祖先、幽灵、魔怪等,后来出现了一些与生存和生产需要相关的功能神,比如农业神、丰产神等。到希腊古风时代,出现了主要神灵崇拜,即:奥林匹斯神灵谱系崇拜和狄俄尼索斯神(酒神)崇拜。

钱穆先生的《中国散文》一文,对中西文学的发生学问题有很中肯的比较分析,曾经受到学界的关注。然而他说:"西方文学如史诗、神话、戏剧等,开始就像是自然的、朴素的、天真的、民间的以及地方性的","西方文学发展,普通是说,如神话、故事。是唱,如诗歌。是演,如戏剧"。[1] 这里的分类及解释存在着不少问题。首先,"史诗、神话、戏剧"的排列次序就不够科学。按历史顺序自然应当是"神话、史诗、戏剧"。再说,"神话"实际上是一个后来的概念:最初流传于民间的神的故事和英雄传说,在先民的眼里就是历史和生活的一部分(有学者认为,甚至在出现了荷马史诗以后,古希腊人还深信史诗所说的都是真实发生过的事件)。[2] 只有当神话被凝冻到后来的艺术形式中,并与人类的实际、功利生活发生了一种错位以后,才成为真正的"艺术"。由于原始神话是口头的,除了已经飘逝的声音外,别无物质遗存。所以,后人看到的神话都是以史诗和戏剧或者历史、哲学著作等方式存在的。至于我们读到的"古希腊神话故事"之类书籍,都是后人为了集中和普及起见,对以上各类遗

1　钱穆:《中国散文》,载《中国文学论丛》,生活·读书·新知三联书店 2002 年版,第 67、68 页。
2　参见兹拉特科夫斯卡雅:《欧洲文化的起源》,陈筠等译,生活·读书·新知三联书店 1984 年版,第 21 页。

存作品有关内容的改编或再创造。在神话时代，神话就是故事，所以，把神话与故事并列也不够科学。讲西方发生学意义上的文学是"说"、"唱"、"演"固然不错，但更应当指出这既是一个历史序列，也可能是并存的东西。在古希腊，"诗"是一个广义的概念，它既指史诗，也指抒情诗和剧诗。同时，当史诗出现了以后，它就是定型了的神话，这样，所谓"说"也就不再独立存在了。而古希腊反映神话的"诗"往往与"唱"是结合在一起的。

口头神话与书面神话（如史诗）对于古希腊先民而言，实际上就是真实历史生活的再现。神话简直就是那个时代包囊一切的百科全书。而宗教只是其中的一个主要部分。法国的希腊研究专家韦尔南指出：对于使用"神话"这个词的古希腊人来说，它的原初含义是"讲话"和"叙述"。最初，它并不与"逻各斯"相对立。直到公元前 5 世纪以后，情况才发生了变化（即它的神秘性、虚拟性逐渐被人认识到了）。总之，"神话"包括了人们自发地口耳相传下来的一切。"在希腊的背景中，神话不是一种特殊的思想形态，而是随意的交往、见面或闲谈中被一种无形的、匿名的、无法捕捉的力量传递并散播开来的全部内容，这种力量被柏拉图称为'传言'（Phèmè）"。[1] 从历史的发展观来审视，神话传播方式的顺序依次是：一、口耳相传，二、诗人的创造。韦尔南用生动的话语描述道：这就是希腊人的"知识"。首先，通过家庭的中介，孩子们在摇篮里就知道了这些内容。因为在人们学说话的同时听到而更加耳熟能详。他们制造了一个道德框架，希腊人依照这个框架自然而然地发展到表现神，安置神，思考神。后来，"通过诗人的声音，诸神的世界有距离地、奇特地向人

---

[1] 让-皮埃尔·韦尔南：《希腊思想的起源》，秦海鹰译，生活·读书·新知三联书店 1996 年版，第 11 页。

类展现,彼世的天神通过讲述他们的生动故事具有了理智所熟悉、允许的形式。聆听诗人们在乐器伴奏下的咏唱,这不再是很有限的范围内的个人行为,而是在公众场合,在宴会上,在正式节庆中,在重要的体育竞争和比赛中常有的活动。文学活动由于借助书写而得以延续,并且改造了源远流长的口吟诗歌传统,在希腊社会与精神生活中占据了中心位置。对于听者,这不是简单的个人消遣,不是博学才士专有的奢侈,而是代替社会记忆、知识的保存和交流工具的真正机构,其作用是至关重要的。正是在诗歌中,并且通过诗歌,各种重要特点得到表述和确定,同时具有了易于记忆的言语形式,这些基本特点超越每个城邦的神宠论,为赫拉德(古希腊地区名——引者注)的统一奠定了一种共同文化——专门涉及宗教表象,涉及纯粹意义上的诸神、精灵、英雄或死者。如果没有史诗、抒情、悲剧性的诗歌,人们就只能谈论希腊崇拜——复数的——而不是一种希腊宗教。荷马和赫希俄德在这方面起了特殊的作用。他们有关诸神的叙述获得了一种近乎经典的价值。对于摹仿这些叙事的作者和聆听、阅读过这些叙事的公众来说,他们已经成为参照的楷模"。"无疑,其他诗人不曾产生过类似的影响。但是,只要城邦还存在,这个活动就会继续起到这种镜子的作用。这面镜子反映群体的固有形象,使人们得以在对神圣的依附中自我把握,面对诸神自我确定,并且通过世代连续交替保证一个要消亡的团体的和谐、延续、恒常,以得到理解"。[1] 因此,韦尔南在另一个场合补充道:其实没有神话(口头神话),只有"通过一代一代口头流传下来的叙事形成了一种集体的知,一种同时构成被视为真理的文化的框架和内容的知"。[2]

1　让-皮埃尔·韦尔南:《古希腊的神话与宗教》,杜小真译,生活·读书·新知三联书店 2001 年版,第 13—15 页。
2　同上,第 93 页。

史诗诗人和戏剧诗人

古希腊处在无法记录声音的时代，原始口头神话的"真身"早已飘散得无影无踪。它们之所以能被后人窥见，除了雕塑、陶绘和神庙等可见之物以外，是因为它们留存、积淀、成形于以下这些后来的文字载体：

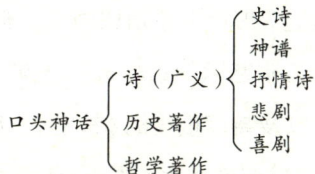

$$
口头神话\begin{cases}诗（广义）\begin{cases}史诗\\神谱\\抒情诗\\悲剧\\喜剧\end{cases}\\历史著作\\哲学著作\end{cases}
$$

关于古希腊神话，马克思曾发表过一些著名的言论。他说："任何神话都是用想象和借助想象以征服自然力，支配自然力，把自然力加以形象化；因而，随着这些自然力之实际上被支配，神话也就消失了。"他接着说："希腊艺术的前提是神话，也就是已经通过人民的幻想，用一种不自觉的艺术方式加工过的自然和社会形式本身。这是希腊艺术的素材。"他还说道："希腊神话不只是希腊艺术的武库，而且是它的土壤。"[1]在我国，对这些名言历来引用多、分析少。其实，这段话的含义是十分精当而丰富的。首先，马克思从人与自然关系的角度，深刻而简明地分析了神话产生和消亡的原因；接着，马克思将神话与希腊艺术分开，指出神话是希腊艺术的"前提"；然后，指出神话不是自然和社会形式本身，而是经过人民加工的产物，并准确地指出了这种加工的方式是"幻想"，是一种"不自觉的艺术方式"（即当事人并没有"艺术"的概念，是后人返视历史时的概念附

---

1 马克思：《政治经济学批判导言》，载《马克思恩格斯选集》第2卷，人民出版社1972年版，第113页。

加 ）；最后，再次清楚地说明了两者的关系：神话是希腊艺术的素材、
武库和土壤。

马克思的历史主义态度和高度智慧的话语是足以令人叹服的。
但是我想指出，这里实际上还有一个隐含着的重要问题值得我们思
考，它是后面多处论述的基础。那就是：马克思这里所说的"神话"
是仅仅指口头神话，还是指口头神话和早期诗人（荷马和赫西俄德）
作品的总和？

前面我们已经说过，古希腊原始民间口头神话的真实原型已不
复存在。虽然它作为希腊艺术的素材被很多文本叙写，但是最早的
叙写文本是荷马史诗以及赫西俄德的《神谱》。也就是说，对后人而
言，正是荷马史诗以及赫西俄德的《神谱》将整个古老丰富的神话世
界首次带入了人间。或者可以更明确地说：荷马史诗和《神谱》就是
希腊神话的总汇。这里还可以用恩格斯的话来支持这种观点："荷马
的史诗以及全部神话—— 这就是希腊人由野蛮时代带入文明时代的
主要遗产。"[1]这里，恩格斯把史诗和神话看作一个整体——野蛮时代
的遗产，从而区别于文明时代的其他文化。

这个分辨是意义重大的。按照这种认识，我们可以说：荷马史
诗和《神谱》与原始口头神话的关系是直接的，可以把它们当作一个
整体来看待；而希腊后世诗人的艺术叙说是以这个整体为前提的，
它们与原始口头神话的关系是间接的。这样，就古希腊的"诗"而
言，我们可以列出它们与神话的另一种关系图式：

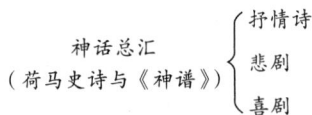

$$神话总汇 \atop (荷马史诗与《神谱》) \left\{ {抒情诗 \atop 悲剧 \atop 喜剧} \right.$$

1　恩格斯：《家庭、私有制和国家的起源》，载《马克思恩格斯选集》第 4 卷，人民
出版社 1972 年版，第 22 页。

　　这个图式告诉我们：存在两种诗人：以记录原始神话为主的史诗诗人和以原始神话为写作题材的戏剧诗人。鲁迅先生说过："惟神话虽生文章，而诗人则为神话之仇敌，盖当歌颂记叙之际，每不免有所粉饰，失其本来，是以神话虽托诗歌以光大，以存留，然亦因之而改易，而消歇也。"[1] 通过前面的分析可以知道，鲁迅先生这里所说的"神话"当是指口头神话，而"诗歌"和"诗人"则只能理解为戏剧和戏剧诗人等，而非荷马和赫西俄德。处于诗歌发生期的荷马和赫西俄德，并没有"艺术"的概念和"诗歌类型"的意识。对神灵的"诗化"，不是他们刻意的"艺术处理"，也不是真实与虚拟的有意识结合，而是一种希腊历史上"黑暗时代"晚期自然滋生出来的思维形态，它是完全"自然"而"真实"的叙写。英国历史学家罗宾·奥斯本说："我们所进行的'神话'和'历史'间的区分是公元前5世纪晚期以前的任何一位古希腊作家都没有做出过的区分。密索斯（Muthos）和逻各斯（logos）这两个在修昔底德、柏拉图和其他人手中逐渐代表'神话'和'理性'对立的两极的术语，实际上是被较早的作者们混用的。甚至在公元前430年代或公元前420年代写作的希罗多德——历史之父——也乐意把荷马、赫希俄德和特洛伊战争看作具有同等地位的。"[2]

　　我们有理由相信，荷马在《伊利亚特》开篇时的吁求："女神啊，请歌唱佩琉斯之子阿喀琉斯的致命的忿怒……"和《奥德赛》开篇时的恳求："请为我叙说，缪斯啊，那几位机敏的英雄……"是一种十分诚挚的情感流露。赫西俄德在《神谱》中吟咏道："曾经有一天，

────────────

1　鲁迅：《中国小说史略》，载《鲁迅全集》第9卷，人民文学出版社1981年版，第17页。
2　泰勒主编：《劳特利奇哲学史》第1卷，韩东晖等译，中国人民大学出版社2003年版，第35页。

当赫西俄德正在神圣的赫利孔山下放牧羊群时,缪斯教给他一支光荣的歌。"这也只能理解成是诗人的一种自然之声。同样,为神建立谱系,不是一种"艺术创造",而是对业已存在的"事实"的归类,是关于神性历史的家谱和时历。史诗诗人对原始口头神话与历史事实的混融是天真而无意识的。把荷马笔下的特洛伊战争说成是"一次在神话的动人外衣掩盖下的掠夺",[1] 只能是今天分析家的语言。在谈到荷马诗歌中的超自然力量问题时,德国哲学家谢林认为:在荷马诗歌中没有超自然的力量,因为希腊的神就是自然的一部分。[2] 荷马和赫西俄德之所以没有自觉的"想象"、"夸张"等艺术意识,是因为"想象"和"夸张"就是先民时代的整体思维特征。亚里士多德在《诗学》中说过,只有荷马能把谎话说圆。[3] 这其实已是另一个历史阶段的意识形态话语。亚氏把它放在史诗和戏剧创作的技巧问题中来论述,是一种错综叙事,也是另有用意的。

在今天看来,史诗诗人的这种主观与客观的混融性,在当时——按意大利学者乔瓦尼·巴蒂斯塔·维柯(Giovanni Battista Vico)的说法——正是"诗性智慧"的产物:"我们发现各种语言和文字的起源(注意,这里的'起源'既指'语言'也指'文字'——引者注)都有一个原则:原始的诸异教民族,由于一种已经证实过的本性上的必然,都是些用诗性文字(poetic characters——引者注)来说话的诗人。"我们"要凭大力气才能懂得这些原始人所具有的诗的本性"。[4] 遵循古埃及人的观念,维柯指出各民族都经历了三个不同的时代:神的时代、英雄时代和人的时代,这三个时代各有自己的自

---

1 参见杨周翰等主编:《欧洲文学史》上卷,人民文学出版社 1979 年版,第 20 页。
2 鲍桑葵:《美学史》,张今译,商务印书馆 1985 年版,第 18 页。
3 参见亚理斯多德:《诗学》,罗念生译,人民文学出版社 2002 年版,第 75 页。笔者论述时统一使用"亚里士多德"的译名,引用他人论述时,保留其译法。全书同。
4 维柯:《新科学》,朱光潜译,人民文学出版社 1986 年版,第 28 页。

然本性。在神的时代，初民们最具备想象的能力，他们对各种现象的原因一无所知，他们于是根据需要创造出一批一批的神，把神作为原因。他们从唯一可参照的自身出发来揣测外部世界，把自然界想象成一个巨大无比的有生命的躯体，它的变化和文采就是神的语言，只有通过占卜加以解读，才能领会神的意思。从后人的眼光看来，初民们是天生的"诗人"，做诗是他们的本能。各种口头"修辞"话语（后人的认识）的汹涌翻滚，实在只是无意识的行为。在维柯看来，荷马属于英雄时代，这个时代可以说一直到希罗多德才宣告结束（因为《历史》作为一部目的在纪录历史事实的散文著作，依旧缠绕着神话的迷雾。这个意见与罗宾·奥斯本是一致的。当然，从发生学意义上说，荷马史诗与《历史》还是有很大不同的）。英雄时代不具备抽象思维，诗人的所为，是一种人格化的"推己及物"的自由联想。比如，不说"我发怒"而说"我的血液在沸腾"，不说"地干旱"而说"地渴了"。维柯认为，英雄时代的神话传说，就是英雄们和他们的习俗的历史。或者说：神话就是历史。[1]

　　维柯的研究成果启发我们做一种还原性的思考：（1）"英雄时代"的神话是"神的时代"的神话之衍申并加上自己时代的无意识想象思考的结果；（2）我们既可以说史诗作者是"诗人"，也可以说他们是"历史记录者"或者"神学创始人"，但在他们的时代并没有这种区分；（3）由于创造"神"原本是现实生活的各种需要，因此原初的神之形象就必然是变化而多样的。同时，尽管初民们和史诗作者的想象可以天马行空，但终究离不开"人"自身的局限，所以人的各色品相自然就全方位地转移到了神的身上。

1　关于先民与自然的和谐关系所生之诗性智慧，也可参见德国诗人席勒的《素朴的诗和感伤的诗》，载伍蠡甫主编：《西方文论选》上册，上海译文出版社1979年版，第489—493页。

然而，荷马与赫西俄德还是有区别的。在荷马史诗中，我们读到的是流畅的叙述，是人、英雄和神的自然交往。这里尚没有"虚构"的明确意识。但是在《神谱》中，情况却较为复杂也更有深意。《神谱》诗人是这样咏叹的：

也正是这些神女——神盾持有者宙斯之女，奥林匹斯的缪斯，曾对我说出了如下的话，我是听到这话的第一人：

"荒野里的牧人，只知吃喝不知羞耻的家伙！我们知道如何把许多虚构的故事说得像真的，但是如果我们愿意，我们也知道如何述说真事。伟大的宙斯的能言善辩的女儿们说完这话，便从一棵粗壮的橄榄树上摘给我一根奇妙的树枝，并把一种神圣的声音吹进我的心扉，让我歌唱将来和过去的事情。"[1]

从这段文字中引用的缪斯的话看，仿佛存在着"虚构"（也有译成"把谎话说圆"）的概念，这种说法是未见于荷马史诗的。但在诗里这只是第二个层面的话语，从第一个层面或终极话语发出者的角度，即《神谱》作者的角度看，"虚构"的意味便被瓦解了：诗人要你相信，他所听到的一切都是真实的。于是乎，我们就看到了荷马之后不久的赫西俄德的特点：认为神使用过虚构的概念，但绝不认为自己的叙述是虚构。

后期的戏剧诗人则完全不同了，他们的时代（公元前 5 世纪以降），逻各斯意识已经抬头。尽管依然是神话笼罩的时代，但诗歌叙述已经逐渐成为有意识的"艺术创造"。这里既有对发生期艺术（如史诗和神谱）神话内容的再叙写，更有自己在历史现场的想象和虚

1　赫西俄德：《工作与时日　神谱》，张竹明等译，商务印书馆 1991 年版，第 27 页。

构。可是，这里似乎也存在一个带有悖论的问题：一方面，我们承认存在原始口头神话，但实际上我们从来不知道真正的民间口头神话是什么；另一方面，学者们责备诗人篡改了原始的神话因素，但事实上我们同样不清楚原始神话对神的态度到底是什么。

宗教类型和诗歌形态

当荷马[1]登上历史舞台的时候，神话中远古时代的直接感知特征逐渐消失。在小亚细亚无名氏创作的口头神话故事的基础上，以荷马（约公元前 9 世纪）与赫西俄德（约公元前 8 世纪）为代表的诗人，用自己的作品（《伊利亚特》《奥德赛》和《神谱》）开始为神祇建立起奥林匹斯谱系。与其他宗教发生源的情况有所不同，古希腊的神祇谱系具有高度人格化特征，从而在神性和人性之间架起了互相沟通的桥梁。这样一来，神便具有了人形，除了神是长生不死的以外，但凡当时人所具有的种种属性（包括各种道德缺陷），神也都具有。荷马史诗的性质属性如前所述，是一个复杂的艺术类型发生学问题。它们的形成原因并不以构成艺术类型为指归。它本是历史事实（特洛伊战争）和口头神话（神的故事和英雄传说）在一种无意识的想象支配下交相混融的产物。荷马史诗于公元前 6 世纪被正式写成文字，公元前 3 至前 2 世纪又经过亚历山大学者的最后编订。由于它的最后定型是一个不断累加、变化的过程，所以其中必有不同时代的历史印记。

由于地理、社会、民族等原因，希腊神话系统的组成是相当纷繁复杂的。公元前 8 至前 7 世纪，作为希腊氏族社会精神产物的神话

1　这里对是否实有荷马其人暂不讨论。

已经基本定型。由荷马与赫西俄德建立起来的奥林匹斯教（也称为"荷马教"）由十二主神组成，宙斯为最高的天神，是奥林匹斯山上所有其他神的领袖，是希腊万民之父。另外十一位主神是：赫拉（宙斯的妻子）、波塞东（海神）、阿波罗（太阳、光明、理性之神）、赫耳墨斯（信使、牧神、集会神、发明神等等）、阿耳忒弥斯（保护神、狩猎神等等）、雅典娜（处女神、和平女神等）、阿佛洛狄忒（爱情女神）、得墨忒耳（谷物女神）、赫淮斯托斯（火神、锻冶之神）、阿瑞斯（战神）、狄俄尼索斯（植物神、葡萄种植和酿酒的保护神）。从这些神灵所司的职能看，它们依然与希腊人的社会与生活有密切的关系。奥林匹斯教是多神教，但具有"单一主神教"的因素。它逐渐成为了希腊大多数城邦的宗教，增强了希腊人统一的民族意识。荷马与赫西俄德创造的天神系统及其故事为奥林匹斯教奠定了教义性的基础，他们的诗是希腊知识的来源。然而，奥林匹斯山上的景象除了神祇们的巨大威力以外，同时呈现出神祇之间勾心斗角、尔虞我诈、互相欺骗等与人间相似的道德沦丧的图景。有学者认为，这里的情形正是当时人间迈锡尼的生动写照。对于这个现象，曾经有过许多争论。一种看法基于荷马对希腊宗教的贡献，提出荷马是一位神学家，荷马史诗是一部神学著作；另一种有代表性的看法认为，荷马完全是非宗教的，是世俗的诗人。[1] 但不管怎么说，到公元前 6 世纪左右，由于人们在荷马与赫西俄德的文本中看到了与原始蒙昧形成距离的理性观念与神话观念的奇怪结合，[2] 荷马实际上已经成为希腊民族的导师。这里的"理性"含义不是指逻各斯，它首先是指荷马史诗与《神谱》超越了怪异形象和魔法阶段，为神建立了体系。神似

---

1 参见王晓朝：《希腊宗教概论》，上海人民出版社 1997 年版，第 186 页。
2 奥夫相尼科夫：《美学思想史》，吴安迪译，陕西人民出版社 1986 年版，第 9 页。

人形、人神同在，整个宇宙变得有秩序了。赫西俄德层层追述诸神起源的言说思路，启发了以后的自然哲学探寻宇宙本原的基本走向；其次，它们几乎包含了当时希腊的天文、地理、历史、社会、文化等一切知识；最后，是指荷马作品所表现出来的人神相通、英雄身上充满正义和善意的英勇无畏精神。当有人建议赫克托尔在战斗之前去观看鸟的飞翔，以判断吉凶时，赫克托尔说："去看那翅膀宽大的飞鸟吧，不管它是飞向左还是飞向右—— 不，只有一个征兆是最好的，那就是为我们自己的城邦而战。"[1]

　　史诗诗人的思维与意识是一个层面，将史诗诗人作为导师的希腊民众的思维和意识又是另一个层面。这是不能混淆的。古希腊宗教是一种公共生活，作为希腊的正统宗教，奥林匹斯教具有强烈的世俗性和功利性。但是它在精神和心理方面对希腊人有着深刻的影响：一是命运天定、不可改变的观念。这里的神圣"定数"甚至凌驾于诸神之上。"定数"的观念加重了希腊人对宗教和命运的敬畏感。值得一提的是，这里支配一切的"定数"观念和《神谱》中的追本寻源意识也为后来的哲学家引申出"规律"的科学观，埋伏了基础。二是随着世代的演变，奥林匹斯教的宗教神话观念逐渐成了希腊人维系社会秩序的准则，大到国家的事情，小到私人的契约，都会以向神起誓来作为保证。但希腊人没有圣经宝典，没有教规，没有十戒，没有教条。尼采说，希腊人并不把荷马的神祇看得高于自己，这与犹太人把神和人的关系看成是主仆关系大相径庭。[2]

　　除了作为国家宗教的奥林匹斯教（但并不是强制的规则），在希腊部分地区和部分人中间还存在一种影响巨大的民间宗教，以此

1　依迪丝·汉密尔顿：《希腊精神》，葛海滨译，辽宁教育出版社 2003 年版，第 217 页。
2　尼采：《人性，太人性的》，参见陈鼓应：《悲剧哲学家尼采》，生活·读书·新知三联书店 1994 年版，第 197 页。

来满足对探索生命神秘的需要，那就是流传在民间的狄俄尼索斯教（对狄俄尼索斯的崇拜与葡萄种植和酿酒技术在希腊的传播有关）。这是一种在本质上离真正原始意味更近的宗教。前面我们说过，狄俄尼索斯是奥林匹斯山上排行最末的神。实际上，追本溯源，它只是一个外来的色雷斯神。在荷马笔下，他非但不是主神，而且是"不尊严的"。在赫西俄德的《神谱》中，只是简略地提道："卡德摩斯之女塞墨勒与宙斯恋爱，生下一个出色的儿子，快乐的狄俄尼索斯。母亲是凡间妇女，儿子是神。现在两人同为神灵。"[1]狄俄尼索斯诞生的故事有好几个版本，他的卑微、苦难、再生和狂欢等等传说在希腊的土地上被反复叙说是意味深长的。它不仅对希腊哲学而且对希腊戏剧的产生与发展都有重要影响。由于这个外来神与奥林匹斯天神的贵族特征不同，他强烈的平民性更易被民众接受。狄俄尼索斯教的典型画面就是：狄俄尼索斯由羊人和酒神狂女陪伴。他们手持长笛、毛皮和酒杯，载歌载舞，醉醺醺的。神人不分，神人同欢，以血祭来沟通人性与神性。特别重要的是，只要你信仰狄俄尼索斯，你自己便是神圣的神。这样一来，神与人的界限就被打破了。信徒们在祭仪和庆典中，通过与神的沟通和认同，体验到了自身的神圣性，获得了精神上的轻松和提升。[2]在不断的发展过程中，狄俄尼索斯精神成了与代表理性的神阿波罗相对的感性之神，对狄俄尼索斯的崇拜是一种对精神力量的崇拜，对感性张扬的崇拜。是希腊的诗人和艺术家，把狄俄尼索斯接到天神家族中来的。尼采说：古希腊早期的一些悲剧人物形象（如普罗米修斯、俄狄浦斯等）其实都是狄俄尼索斯的面具[3]（酒神崇拜的庆祭在内容与形式上催生了悲剧和喜剧）。

---

1 赫西俄德：《工作与时日 神谱》，张竹明等译，商务印书馆1991年版，第54页。
2 参见王晓朝：《希腊宗教概论》，上海人民出版社1997年版，第201页。
3 尼采：《悲剧的诞生》，周国平译，商务印书馆1986年版，第40页。

这种从悲剧人物的曲折经历和精神意味角度作出的分析是很有深意的。然而，希腊人不会把这种奔泻的酒神情绪推向极端。公元前 6 世纪的俄耳甫斯（Orpheus）教（也译为奥菲斯教）正是对狄俄尼索斯教的改革与发展。俄耳甫斯在传说中是一个半神半人的人物、阿波罗的学生，他以一个手捧七弦琴的神秘诗人形象出现。关于他和狄俄尼索斯的关系，有不少矛盾的说法。普遍认为他融合了阿波罗精神和狄俄尼索斯精神（有趣的是，这两位神的雕像以后甚至在形体上也显出某种一致，可以互相替代 [1]），以至于最终在德尔菲神托所举行共同的狂欢祭礼。俄耳甫斯教在改革和发展狄俄尼索斯教的基础上，改革了狂兴的仪式，建立起了一整套的秘仪，形成了一种秩序。它的特点是：（1）神谱体系与荷马、赫西俄德有所不同；（2）提出了肉身与灵魂分离、现世与来世的轮回思想；（3）强调罪与罚的观念，重视涤罪仪式。由于俄耳甫斯教实行神秘主义的原则，宗教仪式只在小圈子里进行，所以我们只能通过同时期或后来别的著述者的引述和介绍来略知一二（阿里斯托芬的《鸟》和公元 1 世纪的普鲁塔克对此有过描绘）。希腊史专家爱德华·策勒尔（Eduard Zeller）认为：俄耳甫斯教带来的人生观和价值观变化，与希腊人的天性其实是格格不入的。也许是这种神秘主义倾向打动了性格敏感的希腊人的心弦，满足了大约在这种宗教崇拜兴起时令人异样地感觉到的某些需要等等，不过，这种神秘主义的二元论把人的本性划分为两种对立的成分，在希腊人的血液中仍然是一种属于东方的、异质的东西。但是这种新宗教有助于动摇旧事物的权威，它给予希腊人的思想一种新的推动力。

　　由此可见，公元前 6 世纪的希腊是一个分裂的时代：在大多数

1　温克尔曼：《希腊人的艺术》，邵大箴译，广西师范大学出版社 2001 年版，第 133 页。

人将荷马奉为民族导师的时候，有一部分希腊人再也不满足于传统的宗教，在他们面前敞开着两条道路，一条是我们已经说过的充满浓重的宗教神秘主义的道路，俄耳甫斯教的学说和秘仪指引了这条道路；另一条是趋于理性的思维和探究的道路，伊奥尼亚的自然哲学家遵循了这条道路。但是新宗教与自然哲学、神秘主义与理性主义的发展并不是永远截然分开，而是交叉渗透的。[1]

如果不考虑时间因素，将古希腊有代表性的诗歌形式与有代表性的宗教类型挂钩（不同类型之间有复杂的交织），我们就会发现这种有意思的联系：

（1）荷马史诗、《神谱》——奥林匹斯教神话体系崇拜。

（2）戏剧（悲剧为代表）——狄俄尼索斯教神话体系崇拜。

不同的是：荷马史诗是艺术又是历史，在原生态意义上甚至不是艺术而是希腊生活的全部，它的艺术性只是后人赋予的；而戏剧一开始就是一种精神生活，是一种主动自觉地反映神话、现实与理想的艺术形式。

不同平面上生长的神学立场

恩斯特·卡西尔（Ernst Cassirer）在《人论》中曾经依据吉尔伯特·穆雷（Gilbert Murray）的研究，把希腊宗教的发展分为三个阶段。[2]第一个阶段是原始人的时代，生命一体化的感情和神话思维占主导地位，人与自然、动物有亲缘的关系，流行动物崇拜和图腾信仰。第二个阶段为"奥林匹斯的征服"时代，生命的一体化的情感让

1　参见 E. 策勒尔：《古希腊哲学史纲》，翁绍军译，山东人民出版社 1992 年版，第 17—19 页。

2　参见恩斯特·卡西尔：《人论》，甘阳译，上海译文出版社 1985 年版。

位于对人的个体性的特有意识。人在人格化的诸神中开始以一种新的眼光看待自己的人格，这种过程在最高的神——奥林匹斯山的宙斯——的发展中可以清楚地看到：甚至连宙斯本来也是一个自然神，一个被尊为居于山顶司掌云雨雷电的神。但是渐渐地呈现出一种新的形态，宙斯成了正义的监护人。正如穆雷所说，荷马的宗教是希腊人自我实现的一个步骤。荷马的诸神在精神上和形态上都像人，只是大得无可相比。因此，人化的诸神是希腊人文主义发展的特殊方式。在这种人格化的神话中，人自己发现了自己。到第三阶段，"旧的神话——荷马和赫西俄德的诸神开始消亡，关于这些神的流行的概念受到激烈的攻击，一种由个别的人们所形成的新的宗教理想产生了，伟大的诗人和伟大的思想家们——埃斯库罗斯、欧里庇德斯、色诺芬[1]、赫拉克利特、阿那克萨哥拉——创造了各种新的智能和道德标准。"

陈来先生在介绍了卡西尔关于希腊前哲学时代的论述后说：历史上神话—宗教的各个阶段其实并非截然清晰地分别开来，更多的是重叠消长。较之以中国文明的情形而言，商代的上层宗教已经不是动物崇拜和图腾信仰，而表现为一种多神教的信仰，与早期希腊相当。不同之处是希腊人更加以无与伦比的艺术化想象，使神谱都附有浪漫的故事。礼乐文化自西周建立到春秋的展开，相当于后神话时代，仍充满了理性与神信的较量和紧张。中国文明的人文化不是通过神话人物的人性化来实现，人的自我确证是通过消解神灵信仰和减降神灵地位，突出民、人、德的重要而得以实现，从而把礼乐

1　这里的色诺芬不是指《回忆苏格拉底》的作者 Xenophon，而是希腊早期哲学家 Xenophanes。他的汉语译名颇乱，有：色诺芬、色诺芬尼、塞诺芬尼、塞诺法奈斯、克塞诺芬尼等等。为了区别起见，后文统一用"克塞诺芬尼"。

文化本有的人文化气质更加发展起来。[1] 这里的比较，道出了东西方神话的本质差异，是富有启发的。叶秀山先生在《苏格拉底及其哲学思想研究》一书中指出：不能说古代希腊人没有历史感，但在中国人看来，他们的历史感相比之下显得相当薄弱。希腊固然有希罗多德的《历史》，有赫西俄德的《神谱》，更有修昔底德的《伯罗奔尼撒战争史》，但他们对历史事件的"感想"（包括艺术性的感受），大大超过了他们对这些事件的"忠实感"。因此，比较而言，他们的历史大都是"大而化之"，不一定顾全"细节的真实"的。[2] 这里的启迪也是很有兴味的。

不过，卡西尔的概括有简单化倾向。明确地说，奥林匹斯神话的神圣地位动摇以后的希腊意识形态，事实上呈现出三维格局：宗教活动、自然哲学以及悲剧艺术（后二者与宗教也密不可分）。宗教活动除了传统的奥林匹斯崇拜依旧存在，"新的宗教理想"即俄耳甫斯教开始在民间形成巨大的市场，而自然哲学和悲剧艺术则相对于奥林匹斯教和俄耳甫斯教作出了反应。关于"新宗教"的情况已经说过，这里只谈哲学和艺术的态度。在分析第三个阶段时，卡西尔只指出了一种情况，即对神的公开地怀疑。定本于公元前6世纪的荷马史诗，一出现就遭遇了自然哲学和悲剧艺术的兴起。这种钦定恰恰造就了新思维的靶子。以后的情况是，既有公开的怀疑（包括两种形式，第一种如哲学家兼游吟诗人克塞诺芬尼，他并不是完全反对神，而是不赞成变动不居、万物皆神的态度，企图将神的观念导向一元化的未来；第二种如后起的"智者"，他们提出了"人是万物的

1　参见陈来：《古代思想文化的世界》，生活·读书·新知三联书店2002年版，第105—106页。
2　参见叶秀山：《苏格拉底及其哲学思想研究》，人民出版社1986年版，第177页的注解。

尺度"的观点。但是正如有的研究者指出的那样，这里的"人"只是"个体"概念，它的提出本身就瓦解了自身存在的可能性），[1] 也有戏剧家们（如埃斯库罗斯）捉摸不定、前后矛盾的神学态度。而自然哲学家们则用探索存在本源的思维成果来与神话思维对抗。但有趣的是，这些哲学家的思维往往以准神话的方式出现。比如泰勒斯哲学关于"水"是万物本原的观点，就并不是忽然产生，像天上掉下来似的，而是古老神话的哲学版本。继他以后的"火"、"四根"等关于宇宙基质的探寻，也都还是准神话思维的产物。哲学的兴起，一方面企图通过对自然现象和存在本质的解释，来破除宗教神秘感；可是另一方面又往往不自觉地为提升宗教的理性品位铺路架桥，结果殊途同归地导向了一种非人格化的一神论理性神学。古希腊早期哲学既是对宗教的诘难，也是宗教的产儿。早期哲学之后，出现了一个师生组合的十分重要的思想家群体，那就是苏格拉底和柏拉图。虽然苏格拉底因为渎神罪而被判死刑，但是思想史上的资料一再表明，这只是一种政治迫害而非其他。至于柏拉图，他在《国家篇》中对于荷马的态度，明确表明了他对谩神的无法容忍。相对于其他哲学家而言，苏格拉底与柏拉图将哲学的目光从自然与神的关系引向了人与神的关系，被称为自然哲学向人本哲学的转化。相对于奥林匹斯教而言，柏拉图更在意对狄俄尼索斯进行了改革的俄耳甫斯教。在为建立城邦理想说话的时候，柏拉图批评荷马辱谩了奥林匹斯山上的诸神。而在心底里，柏拉图其实更喜欢既神秘又讲究秩序的俄耳甫斯教。

这也就是说，主要由奥林匹斯神话意识形态一统天下的局面，在公元前 6 世纪开始受到挑战以后，希腊的土壤上前后出现了多种不同平面的神学立场。这里的展开实际上都是围绕以荷马史诗为主

1　参见叶秀山：《苏格拉底及其哲学思想研究》，人民出版社 1986 年版，第 308 页。

的神话进行的。正如维柯深刻指出的那样：这是诗性智慧本身用神话故事向人们提供机缘去思索其中高明的真理。[1]

在关于古希腊的宗教现实问题上，存在激烈的争论。一种观点认为：这是一个神的世界。神渗透在希腊人生活的每一个领域中。古希腊人的社交活动和仪式、观剧等等无不充满了神性；另一种观点认为：对希腊人而言，并不存在肃穆的、严格的宗教感。他们的观剧活动虽然对象总是神的生活，但观剧本身却不是在参加宗教活动（希腊的观剧还有公民教育作用）。[2]这里的关键在于区分两种不同的"宗教"观。前面说过，古希腊是先民社会。所谓"宗教"是后人在研究时所使用的概念和术语。因此，尽管神在希腊人生活中的地位逐渐减弱，但"逻各斯"（Logos）思维的发展从来没有脱离过"密索斯"（Muthos）。从发生学的意义上讲，对当时的人而言，其实并无所谓明显的宗教（相对于世俗生活）概念。神、自然、人，是互不间离的混融整体。随着历史的发展，自然哲学的解释越来越不同于神话。但出于强烈的精神需要，它依旧逐渐导向了晚期的"一神论"。因此，如果说希腊充满了宗教，那是因为希腊处处是神祇，凡是人能想象的东西都由神掌控着；说希腊的大众没有强烈的宗教感，那是因为就发生学意义上讲，从古老东方传入希腊的神秘观念还未与世俗生活相分离，宗教就是生活本身。神就是一切，反过来，神也就消弭了。西方文化中一般将基督教圣经称为 scripture，而 classics 则指古希腊罗马人文古典遗产。与之相应，他们称中国佛道经典为 scripture，而把儒家经典称为 classics。这种表面看起来似乎是字源

1　维柯：《新科学》，朱光潜译，人民文学出版社 1986 年版，第 449 页。
2　参见海伦·加德纳：《宗教与文学》，江先春等译，四川人民出版社 1998 年版；让-皮埃尔·韦尔南：《古希腊的神话与宗教》，杜小真译，生活·读书·新知三联书店 2001 年版。

学上的考究，实质上暗示着对不同宗教形态的价值判断。如果没有这种区分，古希腊与中世纪怎么会成为人文世界与神权世界的两极呢？从自然崇拜、祖先崇拜和氏族崇拜向人格神崇拜的过渡，是希腊人自我实现的一个步骤。人格化的神所传达的，实际上是人性的诉求。这种情形与中世纪宗教信仰压倒世俗生活的生存景观完全不同。也正是在这个意义上，文艺复兴时期的思想家和艺术家们才会站在人文主义的立场上说：回到希腊罗马去！

从总体格局来看，古希腊的宗教走过了这样的路线：(1)荷马以前的原始魔法和纯感性认识阶段；(2)荷马时代的诗性智慧阶段(建立起奥林匹斯神祇谱系)；(3)兴起于民间的狄俄尼索斯教和后来经过改革的俄耳甫斯教阶段；(4)早期自然哲学家企图从迷乱的诸神中出走，寻出宇宙的本原和基质，但依然充溢着神学话语的探索阶段；(5)"密索斯"和"逻各斯"的对立逐渐显现，对神话思维(人神共存、神意的宇宙阐释观)的挑战不断出现，但神学思维和理性思维依旧紧密交织的阶段。柏拉图和亚里士多德正处在第五个阶段，时为公元前 5 世纪至公元 4 世纪。

现在我们可以进入诗学的领域了。如果说宗教是希腊民间的日常状况本身，而哲学是少数特别爱思考的人的事情，那么诗学实在只是希腊历史上思想之海里的一朵小小浪花。

在古希腊诗学史的叙写上，关于荷马、赫西俄德以后的早期情况及其对柏拉图和亚里士多德的影响，可以有两种不同的方式。一种是唯物主义与唯心主义消长起伏的叙写：

(1)公元前 5 世纪，唯物主义哲学开始进入文艺理论。赫拉克利特在宣称世界是按规律燃烧着、熄灭着的永恒的活火的同时，否认艺术是神的产物，主张"艺术摹仿自然"，首次提出了尊重自然和现实的唯物主义的文艺摹仿说。

（2）诗人品达不久提出了与摹仿说相对立的唯心的"天才说"："诗人的才能是天赋；没有天才而强学做诗，喋喋不休，好比乌鸦呱呱叫，叫不出什么名堂来。"[1]

（3）德谟克里特是一个奇怪的、难以统一的人物。他一方面继赫拉克利特以后，从仿生学的意义上提出文艺和其他人类活动都是对自然的摹仿，但是另一方面他又认为诗人凭天才和灵感写作，赞美荷马写了许多"惊人"的诗作。因而削弱了赫拉克利特的唯物论观点。[2]

（4）苏格拉底宣扬唯心主义的神学目的论，主张文艺必须宣传政权神授的思想。但是也强调文艺要更多地描写社会和人。他还对摹仿说传统有所补充，提出了通过形式表现内容、形式与内容的统一问题。[3]

按照这里的思路，以后的柏拉图走的是一条唯心主义的诗学路线，而亚里士多德走的则主要是一条唯物主义诗学路线。唯心唯物的解释虽然简明，可是由于忽略了笼罩希腊诗学思想形成的大的宗教背景，许多矛盾现象便难以解释。下面是从历史事实出发，换一种思路后对古希腊早期诗学思想的重新叙写：

荷马以后的哲学家和诗人其实并没有走出神学的圈子。如果我们把眼界再放开一点，后人看来的种种矛盾只要深入宗教层面，便都能合理圆释。

（1）南意大利哲学的代表人物、哲学家毕达哥拉斯在古希腊诗

1　参见伍蠡甫：《欧洲文论简史》，人民文学出版社 1985 年版，第 1—3 页。作者同时认为，荷马、赫西俄德的创作观也是唯心论的。

2　参见伍蠡甫：《欧洲文论简史》第 5 页和朱光潜：《西方美学史》上卷，第 35—36 页。

3　参见伍蠡甫：《欧洲文论简史》第 7 页。

学历史上具有重要的意义。他是一个宗教首领,自称"神明"。但是理性与神性,始终在他身上奇异而又顺畅地交织着。他企图用理性的语言来证明其非理性的宗教信仰。其神学思想是对俄耳甫斯教的发展,主张灵魂轮回和灵魂不朽。认为人是小宇宙、世界是大宇宙。小宇宙是大宇宙的一部分,两者均受数与和谐原则的支配。万物是对"数"的关系的摹仿(亚里士多德曾谈论过它对柏拉图的影响):星体的运转造成了天上的和谐音乐,人间的音乐是对天体中神曲的摹仿。人们可以通过凝神默想和聆听音乐,来领悟宇宙由数和秩序造成的和谐,从而达到心灵的净化。

(2)深受俄耳甫斯教和毕达哥拉斯学派影响的哲学家恩培多克勒,用"爱"来解释世界万物之间的一切联系,体现了初民的思维特点。有两部残留的著作:《论自然》和《论净化》(即《净化篇》)。他将自己的宇宙本原"四根说"(亦译为"四元素说",即土、气、火、水)融进俄耳甫斯教的轮回说;倡导通过学习知识达到净化的效果(与俄耳甫斯教不同的是,他坚决反对宰吃动物的血祭,因为动物与人有血亲关系,动物可能是人的灵魂的寄居地),而神就是知识的来源。他认为凡间已有掌握神的知识的人,其中包括诗人。[1]

(3)克塞诺芬尼反对神人同形,以及神可以是不道德的观念,第一次提出了传统神灵观念是古人拟人化的结果。他反对万物皆神,提出神是"唯一"的和全知、全视、全闻的,这个观点启发了巴门尼德,也启发了柏拉图的"理式"观。他开了批评荷马和赫西俄德的先河,其思想基于存在着"一个"崇高至上的神明观念,意在主张和缓、中庸的生活态度。同时,他也解释说,他批评荷马,是因为

---

[1]　参见《西方哲学原著选读》上卷,商务印书馆 1981 年版,第 42—43 页;E. 策勒尔:《古希腊哲学史纲》,翁绍军译,山东人民出版社 1992 年版,第 62 页。

"从一开始人人都从荷马那儿学习",荷马获得了独一无二的权威。[1]

（4）品达是诗人,他的特殊身份决定了他对荷马的在意和尊重。他在荷马史诗中看到了诗人对灵感的祈求,他在自己的创作中也一定感受到了灵感的降临。但是他无法加以解释,便自然呼唤天才和灵感。但是品达在创作实践中一定也体会到了加工、提炼的重要作用,所以他在标举"天才说"的同时也主张修养与努力。这里的"矛盾"实在是十分自然而合理的。不存在与唯物主义对抗的问题。因此,贺拉斯接过这个话题,在《诗艺》中作了进一步的发挥。

（5）赫拉克利特是一位被公认深刻而晦涩的哲学家。他主张"一切皆流",影响了柏拉图对现实存在的不信任态度。和泰勒斯一样,也企图寻找不同于众神的自然"基质"。可是他找到的"火",依然只不过是一个充满神学意味的意象,关于"火"的叙述也是理性神学话语。特别重要的是:他的艺术"摹仿说"本意其实不是指对个别孤立事物的简单复制,而是指艺术（技艺）应当摹仿天体宇宙的对立造成的最初之神秘的和谐,艺术的过程是对宇宙的"过程"和"秩序"的摹仿。[2]

（6）对德谟克里特而言,原先存在于不同人身上的看似对立的观点开始统一于一身,这是一个转折。他的类仿生学摹仿说,是建立在留基波的原子流射说基础上的,这个论断本来就谈不上唯物的色彩。他关于灵感和激情的说法完全是传统荷马式的:荷马写了那么多优秀的诗篇,荷马在史诗中自己就是这么说的!作为民主派代表人物的德谟克里特,自然也希望维护合理的社会秩序,所以他强调美与善的结合（这与柏拉图相似,虽然两人的政治立场势不两

1　特伦斯·欧文:《古典思想》,覃方明译,辽宁教育出版社、牛津大学出版社1998年版,第7页。

2　参见《西方哲学原著选读》上卷,商务印书馆1981年版,第23—24页。

立）。德谟克里特以后，在今人看来矛盾的两种文艺观（摹仿说与神授说）事实上就开始并行不悖地存在了。[1]

（7）苏格拉底据说是石匠的儿子，他重艺术对形的摹仿，但是他更重形后面的性格和心灵的展现（这不能理解成后人之所谓"形式与内容"的关系，而是一个充溢着玄机的话题）。苏格拉底完全是神学论者，对他而言，最重要的神谕是：苏格拉底是一个无知的人。他为自己清楚明白这一点而感到自豪。

按照历史学家的研究，希腊人观念的形成受到过埃及和其他东方国家的深刻影响。上溯至远古形态，我们就会发现这里的思想连续性是如何真实、如何之紧密。古埃及人认为，自己的一切文化，都是神的启示。"神在同样的程度上主管着书写人的芦苇笔，丈量土地的绳索，医生用的工具和雕塑家用的刀具。"[2]古埃及人相信：是神用黏土造出了第一个活人，所以艺术家们的活动是向神学习，在创造人和动物的时候，也创造了他们的生命（比如，古埃及人相信，雕塑家在创作一个人的雕像时，它不仅仅是在石头上或是黏土上再现出这个人的特征，而且，他至少是部分地创造了这个人的生命）。古埃及陵墓中的殉葬物，也正是在这个意义上产生的。艺术不只是现实事物的简单消极反映，而是它们生命的反映，是在人们的记忆中延长它们存在的一个手段。[3]古埃及的神秘艺术观念导致了后来希腊艺术观朝不同方向平行发展的可能性：（1）艺术家的产品是现实的摹仿（实际上存在着各种变体），（2）摹仿的结果可以显现出生命，

1　由于德谟克里特的著作只剩下残篇，所以历来不同意见甚多。贺拉斯说："德谟克里特相信天才胜于技艺，不许清醒的诗人在赫里孔山上逍遥"（《诗艺》第295—296行）。也有学者认为，德谟克里特实际上是否定诗人需要灵感的，或他的灵感说无宗教意味。参见塔塔科维兹：《古代美学》，杨力译，中国社会科学出版社1990年版，第119—120页；阎国忠：《古希腊罗马美学》，北京大学出版社1983年版，第55页。
2　3　参见特罗菲莫夫：《论古代埃及的审美观念》，载《现代文艺理论译丛》第5辑，人民文学出版社1962年版，第13—14页。

（3）这种摹仿是由神指引的，（4）物象中隐含着象征性和假定性（比如后来的灵魂、轮回、再生等观念）。这种复杂而又合情合理的原始思想体系，我们不是可以在柏拉图以前（当然也渗透到柏拉图的思想中）的哲学和诗学言说中见到影影绰绰的痕迹么？

这样一来，还有什么是不能解决的呢？古希腊先人的文本表述无论显得多么复杂、多么自相矛盾或前后难以统一，其实，这只是后人阅读时的困难，是一种"阐释的痛苦"。我发现，古希腊哲学家和艺术家在发表自己的意见或评论别人的观点时，经常过渡、转换、跳跃于这些看似彼此冲撞的话题之间，但从来不存在阻碍和惶惑。这种阻碍和惶惑心理是有别于古希腊的不同时空的社会意识形态所造成的，是一种"他者"的心理状态。在古希腊，是社会现状和神话氛围，造就了柏拉图以前的哲学家和诗人对待艺术的态度：充满了神学意味的态度。

宗教氛围中的柏拉图和亚里士多德

作为一个对后世最有影响的希腊人，柏拉图的主要身份是哲学家。传说中他的出生充满了神秘色彩：柏拉图的生日与阿波罗神的生日是同一天，甚至把柏拉图说成是阿波罗的儿子。这种历史传说在无意间传递了一种隐秘的讯息：柏拉图与神的因缘。德国哲学家尼采在论述古希腊哲学家的时候说过：柏拉图以前的哲学家都是纯粹性格的人，而自柏拉图开始，哲学家往往具有一种混合的性格。[1]这也就是说，柏拉图所处的时代使他具备了从前辈或当时哲学家那里汲取思想营养的条件，他们的哲学思想特别是他们哲学思想中的

1　尼采：《希腊悲剧时代的哲学》，周国平译，商务印书馆 1994 年版，第 18 页。

神学成分强烈地影响了后来的柏拉图,并经过某种转换影响了亚里士多德。

英国哲学家伯特兰·罗素(Bertrand Russell)在评论和比较柏拉图和亚里士多德时认为,柏拉图对后代的影响要远大于亚里士多德。这是因为,第一,亚里士多德本人就受柏拉图的影响,第二,基督教的神学和哲学直到13世纪,始终是柏拉图式的。罗素还指出柏拉图的哲学中最重要的东西有五项:(1)乌托邦;(2)理念论;(3)主张灵魂不朽的论证;(4)宇宙起源论;(5)把知识看成是回忆而不是知觉的知识观。罗素的勾勒,实际上点出了柏拉图思想包括诗学思想的精神实质,即神学观念的主导意识。罗素同时指出,柏拉图是一个生活在具体环境中的人,他的思想是可以分析出来源的。罗素简要然而相当准确地宣布,这些来源出自毕达哥拉斯、巴门尼德、赫拉克利特和苏格拉底。从毕达哥拉斯那里(无论是不是通过苏格拉底),柏拉图得来了他哲学中的奥菲斯主义成分,即宗教的倾向、灵魂不朽的信仰、出世的精神、僧侣的情调和洞穴比喻中所包含的思想,以及对数学的尊重、理智与神秘主义的密切交织。从巴门尼德那里,柏拉图得来了下列的信仰:实在是永恒的、没有时间性的;并且根据逻辑的理由来讲,一切变化都必然是虚妄的。从赫拉克利特那里,柏拉图得来了那种消极的学说,即感觉世界中没有任何东西是永久的。这和巴门尼德的学说结合起来,就达到了知识并不是由感官得到的这一结论。这一点与毕达哥拉斯主义也密切吻合。从苏格拉底那里,柏拉图学到了对于伦理问题的首要关怀,以及他要为世界寻找出目的论的解释而不是机械论的解释的那种企图。"善"之主导着他的思想,远甚于"善"之主导着苏格拉底前人的思想。[1] 这里实际上还应当提到一个人,那就是德谟克里特。希腊哲

1　参见罗素:《西方哲学史》上卷,何兆武译,商务印书馆1963年版,第143—144页。

学史上柏拉图和德谟克里特的关系十分微妙。在柏拉图的文本中，我们会发现德谟克里特式的典型的观念矛盾状态：客观摹仿与主观灵感的随意游走。尽管柏拉图几乎从来不提德谟克里特。据记载，柏拉图有一次还企图烧毁德谟克里特的所有流行书籍。有人认为是政治态度使他们势不两立，有人认为德谟克里特的影响在当时使柏拉图感到了威胁。所有这些先贤的哲学矛盾和自身逻辑都可以在柏拉图身上找到影子。柏拉图不仅直接了解俄耳甫斯教，而且主要是通过对其他哲学家思想的创造性继承来形成自己见解的。当然，这些人物及其思想观念自身也是相当复杂的，它们可以追踪到更古老更邈远的源头。

前面罗素指出的五点，几乎都与诗学思想有关联。如果我们将柏拉图的理想国思想、理式理论、灵魂轮回的思想，以及驱逐诗人、诗歌创作的灵感与迷狂等与之对照，就会明显地发现这里的思想渊源。甚至在柏拉图的语言风格上也会时时遇见这种神秘的对应。当然，这种矛盾现象被推向极致，与柏拉图个人的性格、气质、爱好等方面都有关系。

指出柏拉图哲学和诗学思想中的这些重要影响，是为了说明在柏拉图之前，就存在许多彼此看似矛盾、冲突的观念和思想。其主要表现，是难以理解的感性思维、神学思想与理性意识的自由流动与交织渗透。要说清楚这个问题，必须跳出当代人的思维框架，从诗性智慧的角度来理解：在宗教、哲学、诗学的发生年代，感性与理性、神话思维与理性思维统一于对自然界、对人的存在和本质的探讨上。当他们发现了某种事实或者规律的时候，它们的思想和叙事显得冷静与富有逻辑，但是当他们停留于终极力量的解释面前时，它们又只能以神的力量来加以解说。因为这是不证自明的。最典型而富有诗意的就是毕达哥拉斯的例子。是他的学派发现了至今在数学领域意义重大的勾股定律,以及数的和谐在构成万事万物(如音乐、绘画)中的作用等等。可是也正是他发现了这些规律背后无以言说的神秘和美妙。于是最科学的表述与最神秘的教义和礼仪结合在一起了。如果联系到今天,我们会在世界著名的物理学家李振道和画家吴冠中的神交与绘画合作(在 2001 年举行的"艺术与科学国际作品展"上,李振道创作的"物之道"和吴冠中创作的"生之欲"左右对称地放置在展厅门口,成为科学与艺术神奇结合的最大亮点)、台湾漫画家蔡志忠关于微积分和牛顿定律的漫画中,看到人类这种原始而自然的心理现象的袅袅余烟。

公元前 6 世纪末和公元前 4 世纪之际,被称为希腊的古典时代。这也是柏拉图和亚里士多德作为古希腊最重要的哲学家登上历史舞台的时候。希腊的宗教状况实际上正在酝酿和发生实质性的变化,这就是希腊历史上的所谓"诗歌与哲学之争"(也即"诗歌与哲学的官司")。其实,这种争论的实质,是原发性的、传统的希腊神话思维向理性的、逐渐趋于科学的思维的过渡。这种过渡既是希腊的个例,也是人类的一种普遍情形。由于神话在当时的希腊主要是以诗(如史诗和戏剧)的形式表现出来的,所以这种转折被形象地称为"诗歌与哲学之争",当然也可以被理解为"神话与科学之争"。在这场"争论"中,柏拉图的表现极具特色,他用自己的理论为这场争论留下了鲜明的印迹。但同时,他自己也因此写下了许多深刻而美丽的"神话"(他的诗性话语、神奇想象和激情状态有时使他比诗人更像诗人)。

柏拉图是一个巨大的矛盾体。他的许多著作,长期以来被视为一个又一个谜。他的"理式"观及其自我解构,他对诗和诗人态度的出尔反尔,他对艺术本质和创作的矛盾观点,他对神的不同态度等等,其实都可以也必须放到希腊当时的宗教传统和氛围中来考察,这样，才有可能看到一个真实而并不分裂的柏拉图。

在柏拉图那里，理性的思考从来就没有脱离诗人的个性和神话思维的浓重影响。他甚至常常用自编的神话来形象化地阐释自己的理性主张。比如，人原是圆的，有四只脚、四只手和四只耳朵，两副面孔分别朝向前后，神为了削弱人的力量把人劈成两半，因此，人类的爱就是对另一半的寻找的神话故事（《会饮篇》）；女神阿佛洛狄忒和爱神厄洛斯的故事（《会饮篇》）；灵魂的活动如一人驾驭两匹飞马的神话故事（《斐德若》）；在充满空气的世界以上的以太世界，我们能看见一个比地球上所看到的日月星辰美得多的真正的天堂的神话故事（《斐多篇》）；英雄埃尔死后到还生的十二天里灵魂的经历的神话故事（《国家篇》）；造物主以理式世界为蓝图，造成了一个有序世界的宇宙生成说的神话故事（《蒂迈欧篇》）等等。

所以，柏拉图不会不知道荷马是天真的，也不会不知道荷马天真的吟咏对后人来说，实际上是一个巨大的纵横交织的历史隐喻：对宇宙形成的空前迷茫、特洛伊战争时期人间迈锡尼的写照、母权社会（群婚和血缘婚时代）向父权社会的过渡痕迹。他怀着矛盾的心情批评荷马对诸神不敬（从历史和逻辑的角度而言，他可以站在自己的政治立场上，批评作为虚构艺术形式的古希腊戏剧，但他没有权利批评荷马史诗，因为这是真实而天真的造物，它不是虚构，它也无法虚构。它只能是独一无二的"这一个"）。这种现象是他的神学信仰和建立正义国家的政治抱负结合的结果，这种结合最终逐渐导向了自成体系的统一学说——模糊的一神论——理式说（充满感性描写的宇宙图景中的理性一神。这种绝对、永恒的"神"的观念，实际上为一种普世宗教的到来做好了准备）。

哲学探讨经过自然哲学阶段，如今又回到了人自身。如果从客观性和社会性的角度发展，就会往另一条路上进展。然而对柏拉图而言，回到人也就是回到了神，只不过这不是奥林匹斯山上的天神，这是他心中的神：理式。柏拉图并不真正看重奥林匹斯教，虽然他有时也修辞化地提到种种天神，比如在《国家篇》中，为了维护理想国的正义，他批评了荷马对神的态度，但是他对以宙斯为代表的众神并不满足（他们是荷马和赫希俄德立下谱系，从而定型的），这种纷乱的人形自然神对柏拉图来说并不重要，他漫不经心于此。其实，希腊早期文化从表面看创造了令人神往的神话和宗教氛围，可是另一方面，它所透露的神灵信仰与伦理关切又并不深刻和邈远。因此，在精神深处，柏拉图崇拜的是神秘的俄耳甫斯教及其精神实质：现世与来世的分离，身体与灵魂的二元，等等。他要将这种神学观注入自己的哲学，从而形成一种理性神学、哲学化的神学。他要把自己的理论导向一种有信仰的、有深度的哲学维度。从遗世不多的柏拉图保存下来的俄耳甫斯教的材料看，柏拉图对此是很感兴趣的。而他理念论的正式形成又是巴门尼德哲学（最高的一，是不动的）和赫拉克利特哲学中对立和谐的理论（现象是不真实、一直在变的）的统一。这样，柏拉图的哲学就是俄耳甫斯神秘教义与早期一神论思想的融合。而在表面看来，它又的确是一种哲学。希腊哲学到柏拉图，依然只能称是神学哲学或者理性神学。有趣的是：不同于其他哲学家，柏拉图又是一个地道的"诗人"。在师从苏格拉底之前，他写过一些诗歌和剧本，极富诗人气质。直到很久以后（《法律篇》），他还情不自禁地说：我们也是诗人。前面我们说过柏拉图的神学信仰和建立正义国家的政治抱负结合在一起的时候，他不满于诗人和诗歌。然而当柏拉图的神学观念一旦和他的诗人气质统一起来的时候，他的文字便充满了修辞和诗意，诗歌的创作也被视为神灵凭附的神圣过程。柏拉图骂诗人荷马，他其实也是诗人；他是了不起的哲学家，他其实又是一位大神学家。这种矛盾统一于一身，他的思想与言说自然也就打上了悖谬的印章。

柏拉图与古希腊历史学家、哲学家、艺术家和诗人的关系是错综复杂的，如果梳理一下他们在宗教观念上对柏拉图诗学思想的影响，就可以发现至少存在以下这些明显的联系：

（1）荷马笔下的迈锡尼"神王"对柏拉图"理想国"的统治者"哲学王"的影响。

（2）荷马史诗和《神谱》中呼吁神灵降临、感谢神教会诗人歌唱的句子，显然对柏拉图的创作论产生了深刻的影响。

（3）泰勒斯的基质有灵魂、脱胎于神话的"水"为本原说和磁石说的理论对柏拉图的诗歌创作神附论、灵感说的影响。

（4）巴门尼德和赫拉克利特的理论对柏拉图"理式"论的影响。在神学层面上，"理式"与神明存在着同一性。

（5）俄耳甫斯教教义本身或通过毕达哥拉斯学派的理论（如肉身灵魂二元论和"轮回"说）对柏拉图思想及其有关诗学、艺术理论的重大影响。

（6）毕达哥拉斯教派的涤罪、净化说对柏拉图"善"、净化学说的影响。

（7）毕达哥拉斯的神秘办院授教方式启发了柏拉图的教育理想。

（8）俄耳甫斯教的神话修辞叙说方式对柏拉图一系列对话叙事方式的影响（如《斐德若》）。

（9）德谟克里特关于诗歌创作"摹仿说"与"灵感说"矛盾并存的表述，同样出现在柏拉图的对话中。

（10）克塞诺芬尼对荷马的批评和苏格拉底深信不疑的神谕（无知即有知），深刻影响了柏拉图对待诗人的态度。

柏拉图几乎无处不提他的老师苏格拉底，并说那标着自己署名的对话永远都属于苏格拉底。而亚里士多德在论述自己观点的时候很少涉及柏拉图。在亚里士多德那里，宗教的情形基本不存在于表面化的叙述。逻辑合理性是亚里士多德的特征。但是如果把这种观点推向极端，那就立刻成了不攻自破的谬误。据说，亚里士多德在早期的《论哲学》这篇对话中说："哪里有较好者，就有最佳者；在现存事物中，一个比另一个更好；因此有最佳者，这必定是神。"在同一篇对话中，他在描写一个种族第一次看到大地和海洋的美丽、星空的壮丽时就得出结论：这些巨大的东西是神的杰作。梦、预兆和动物本能都被亚里士多德用来进一步证明神的存在。罗素在论及这一点的时候，不无幽默地说：亚里士多德的神学是很有趣的。[1] 亚里士多德的神学与他的形而上学其他部分有密切的联系。亚里士多德称赫西俄德为神学家，称研究自然生成原理的学问为第二哲学，而称研究原理和原因本身、研究实体和本性的为第一哲学。他认为，存在三种实质：一种是可感觉又可毁灭的（包括植物和动物），另一种是可感觉但不可毁灭的（包括天体），还有一种是既不可感觉又不可毁灭的（包括人的理性的灵魂及神）。在亚里士多德看来，证明神存在的主要依据就是"四因说"中的"形式因"（也译为"最初因"）：必须有某种事物产生运动，而这种事物本身必须是不动的、永恒的，是实质与现实。神作为纯粹的思想、幸福、完全的自我实现，没有任何未曾实现的目的。然而感觉世界则是不完美的，但是它有生命、欲念、不完美的思想和热望。一切生物都在不同程度上感觉到神，并且是被对神的敬爱所推动而行动着。这样，神也就是一切活动的"终极因"（也译为"目的因"）。他还进一步区别了"灵魂"与"心

---

[1]　参见罗素：《西方哲学史》上卷，何兆武译，商务印书馆1963年版，第219页。

灵",认为"心灵"是"植于灵魂之内的一种独立的实质,并且是不可被毁灭的"。在《尼各马可伦理学》中,亚里士多德对术语作了一些修改,认为灵魂里面有一种成分是理性的,有一种成分是非理性的。理性灵魂的生活就在于沉思,这是人的完满的幸福。他还说了一句相当著名的话:善就是幸福,那是灵魂的一种活动。亚里士多德的神学态度和思想与当时流行的宗教观念相去甚远。他摒弃了流行宗教把神的本性人格化的做法。在他看来,上帝就是自我意识的精神,它是万物的起源,并且就像爱者与被爱者那样去推动世界。他以崇敬而惊叹的心情站在万能的造物主面前,然而并不指望神对世界的琐碎小事或人类个人有什么干预或兴趣。他更多地强调神的统一性和理智性,并以自我意识的精神君临一切来游离于柏拉图的二分理论:他在《论灵魂》一书中,嘲笑了毕达哥拉斯学派的轮回学说。他运用四因说解释道:身体与灵魂是质料与形式的关系,所以这两者是结合在一起的。[1]亚里士多德的基本立场形成了他在实践和理论上对待世界的态度:他只关心此岸世界。他没有柏拉图对于理式世界的超验感受,这就决定了他善于按照自己的本性从事物的种类和逻辑关系上来理解和评价它们,从而对艺术和诗歌作出了许多客观和肯定性的评价。但是,策勒尔评论道:"虽然他有极高的善于思考的禀赋,却全然缺乏柏拉图那种燃烧着改革激情的炽热精神,这种改革激情最终得自于神秘主义的启发。"而且,"当亚里士多德从一个他断言为不朽的外在源泉获得精神的能动要素时,他仍然不过是柏拉图灵魂不朽学说的一点内容空洞的残余"。[2]然而也有学者认为,

---

1   参见 W. D. 罗斯:《亚里士多德》,王路译,商务印书馆 1997 年版,第 197 页;罗素:《西方哲学史》上卷,何兆武译,商务印书馆 1963 年版,第 219—225 页;E. 策勒尔:《古希腊哲学史纲》,翁绍军译,山东人民出版社 1992 年版,第 214 页。
2   参见 E. 策勒尔:《古希腊哲学史纲》,翁绍军译,山东人民出版社 1992 年版,第 215—216 页。

正是亚里士多德明确将神看作单一、至善、理性的精神实体，使希腊人最后抛弃神人同形同性论。荷马时代认为神住在奥林匹斯山上，而亚里士多德凭自己的天文知识指出：神在"第一天"（恒星运行轨迹）之外。而且亚里士多德的神学有其特殊功能，可以用来回敬神学受到的来自理性的挑战。[1]而著名的现代亚里士多德翻译家和研究者布丘（Butcher）认为：亚里士多德《诗学》中的某些用语，如"事物理应如此"，不应做道德性的解释，而只可做灵学性的解释。[2]

亚里士多德在《诗学》和《政治学》中提到的"净化"学说是诗学上的一个难点。它与宗教的联系是一个比较复杂的问题。在希腊的历史上，论述过"净化"的人不在少数。荷马时代就有流行民间的水洗、烟熏、火烤等净化方式。毕达哥拉斯学派认为要达到轮回转世，只有经过"净化"才能摆脱肉体对灵魂的羁绊。净化的方式包括宗教仪式、沉思默想和音乐的途径。恩培多克勒写过《论净化》，他反对血祭，认为通过禁食某种食物、凭借美德和知识，可以达到心灵的净化。历史上的积淀的、渗透着神学色彩的净化观念和习俗对柏拉图影响很大，通过他，自然也影响到了亚里士多德。亚里士多德生活的时代宗教气氛依然比较浓烈，从他所用的某些词汇就可以嗅到当时的宗教气息。但正如许多研究者已经指出的，亚里士多德从来不是一个宗教迷，他不会把宗教的某些端倪推向更大的范围。如果考虑到亚里士多德的家庭医学背景以及生物学的知识，把他的学说视为一种综合因素的产物或许更为恰当。

柏拉图和亚里士多德都反对人格神的世俗化，对奥林匹斯神都没有太大的兴趣。但柏拉图重宗教信仰，主张神秘的肉身灵魂二分

1　参见陈村富：《希腊宗教概论·序言》，上海人民出版社1997年，第10—11页。
2　卫姆塞特、布鲁克斯：《西洋文学批评史》，颜元叔译，志文出版社1984年版，第25—26页。

说，建立了理式世界；亚里士多德也承认神（万能的造物主），但主张肉身与灵魂的统一。在"灵魂"的分类上，柏拉图认为是：理性、激情、欲望；亚氏认为是：感觉、理智、欲望。一般认为亚里士多德理论的神学意味不强，可是托马斯·阿奎那恰恰在亚里士多德的理论中发现了用理性证明上帝存在的最佳途径。这或许就是所谓的反神学立场所导致的合神学话语的历史建构过程。[1]

　　在古希腊，宗教是宏大的历史现场，是大众的事情；而哲学是心灵的思索，是少数人的事情。宗教的解释是普泛的、不证自明的；而哲学是难解的、玄奥的。尤其在古希腊，虽然哲学已经趋于理性，但正如韦尔南在《希腊思想的起源》中所说的，这是一种独特的理性，而不是后来所说的一般意义上的"理性"。柏拉图和亚里士多德在特定的时代，分别以自己的方式走进宗教，并把它化作了自己深邃思想的丰厚资源。从荷马史诗一直到柏拉图和亚里士多德的言说，是一部丰富多彩的、从神话神学走向理性神学的历史。

2004 年

1　参见李吟咏：《原初智慧形态》，上海人民出版社 1999 年版，第 485 页。

美国旧金山山景（莫为 摄）

《诗学》中的柏拉图声音

俄国 19 世纪著名的文艺理论家和作家车尔尼雪夫斯基曾说："《诗学》是第一篇最重要的美学论文,也是迄至前世纪末叶一切美学概念的依据","亚里士多德是第一个以独立体系阐明美学概念的人,他的概念竟雄霸了二千余年"。[1] 尽管事实上由于种种原因,《诗学》的影响力直到 16 世纪经过意大利学者的详尽阐发才逐渐显现出来,但是它和《修辞学》等相关著作在西方诗学史上的"法典"地位的确是有目共睹的。

柏拉图与亚里士多德是西方历史上最负盛名的一对师生。据史书记载,亚里士多德是柏拉图学园(Academia)中最有才华的学生。公元前 347 年,享年 80 岁的柏拉图去世,亚里士多德遂离开雅典去各地游历。公元前 342 年,应马其顿国王菲利普之邀,亚里士多德成为年方 13 岁的王子亚历山大的老师,教授其诗学、修辞学、政治

1　车尔尼雪夫斯基:《美学论文选》,缪灵珠译,人民文学出版社 1957 年版,第 124、129 页。

学和伦理学。公元前335年,亚里士多德第二次旅居雅典,在郊区创办吕克昂学园并执教,大约就是这个时期,撰写了《诗学》和《修辞学》。

从著述时间上说,亚里士多德写作《诗学》时,柏拉图已离世约12年;从著述形式上说,与柏拉图公开出版的正式著作不同,《诗学》是亚里士多德在雅典吕克昂学园授课时的讲稿,属于未公开发表的"对内本"。罗念生先生说:"《诗学》大概是亚理斯多德的讲稿,没有经过整理,有些论点彼此矛盾,有些论点阐述不清。《诗学》风格简洁,论证谨严,但有时流于晦涩,其中许多词句只有亚理斯多德本人和他的门徒懂得,后世的人难以猜测。"[1]

作为亚里士多德的老师,柏拉图对于"诗"的基本态度是明确的,即:要将除了歌颂神、赞美好人之外的诗歌和诗人逐出"理想国",故其诗学思想常常被后人称为政治诗学。但在《理想国》第十卷中,柏拉图笔下的苏格拉底对对话者格罗康说:"我们也可以准许她的护卫者,就是自己不做诗而爱好诗的人们,用散文替她作一辩护,证明她不仅能引起快感,而且对于国家和人生都有效用。我们很愿意听一听。因为如果证明了诗不但是愉快的而且是有用的,我们也就可以得到益处了。"[2]

在西方古典诗学史上,直接或间接回应柏拉图笔下的苏格拉底这一温和挑战的名人有好几位,如古希腊的亚里士多德、古罗马的贺拉斯、法国的布瓦洛、英国的锡德尼和雪莱,等等。然而,其中最著名也最有资格作出回应的,当属秉持"吾爱吾师,吾更爱真理"观念的亚里士多德。亚里士多德不仅是柏拉图的杰出弟子,而且在社

1　参见罗念生:《译后记》,载亚理斯多德:《诗学》,罗念生译,人民文学出版社2002年版,第109页。
2　柏拉图:《文艺对话集》,朱光潜译,人民文学出版社1963年版,第88页。

会文化环境和知识学术背景上与老师有许多相似之处。古希腊先贤毕达哥拉斯、赫拉克利特、德谟克里特、苏格拉底等人的思想对柏拉图有深刻的影响,如果说这些先贤对亚里士多德的影响是间接的,那么老师柏拉图对他的影响则是直接的,因此他对柏拉图的理解相对来说一定是最接近原初意义的。单独地审视《诗学》,我们完全可以说,这是亚里士多德一部独立的、具有创新性的集大成著作。可是,倘若从历史和整体性角度将亚里士多德集中论述诗学问题的《诗学》和柏拉图一系列散见的论述诗学的著作结合起来研读就会发现,《诗学》其实是一部有"隐迹稿本"[1]、意味特别的独异文本。有意思的是,《诗学》无一处提到柏拉图的名字,但是却处处弥漫着柏拉图的影子,我们几乎可以说,《诗学》就是学生亚里士多德与老师柏拉图在诗学思想上展开的论辩性对话。

　　当代西方文论转向的一个重要特征,就是关于互文性(intertextuality,也译为文本间性、跨文本性、副文本性、边缘性等,是后现代主义思想体系在文本形式研究上的生动体现,其研究成果已被视为学术共同体的共识)的研究。自从20世纪60年代法国批评家朱丽娅·克里斯蒂瓦(Julia Kristeva)在苏联学者巴赫金"复调"理论和"对话"理论的启迪下正式提出"互文性"概念以来,互文性理论的研究得到长足的发展,并在流变过程中逐渐汇入两个大的方向:一个是解构批评和文化研究,一个是诗学和修辞学。前者(美国耶鲁学派与文化批评、新历史主义、女权主义的融合)对互文性的理解较为宽泛,主要视之为一种批判的武器,其特征是意义开放而不稳定,被学界称为广义互文性和解构互文性;后者(以法国诗

1　"隐迹稿本"是法国学者热拉尔·热奈特在《隐迹稿本》一书中使用的术语,参见热拉尔·热奈特:《热奈特论文集》,史中义译,百花文艺出版社2001年版。

学理论家热奈特和法裔美国文体学家里法泰尔为代表）趋向于对互文性概念作出缜密的界定，努力使之成为可操作的工具，其特征是意义较为封闭而稳定，被学界称为狭义互文性和建构互文性。[1]

在中西学界，对柏拉图与亚里士多德诗学思想的比较研究已经极为丰赡，本文主要尝试从当代西方诗学互文性理论与亚里士多德《诗学》文本关系的新角度切入探讨，以期推进和拓展古典学研究的现代性视域。

《诗学》互文性的理论维度及其特异性

运用互文性理论的基本规律和方法，可以对许多作品进行深层次的解说和阐释。它与传统文学研究的差异主要体现为：（1）传统研究以作者和文本为中心，而互文性理论强调读者与批评的作用；（2）传统研究相信文本有终极意义而批评也能获得最终的求解，而互文性理论则否认文本存在的终极意义，强调文本意义的不可知性或流动性，从而更重视批评的过程而不是结果；（3）传统研究强调原文本或前文本是意义的来源，互文性理论则重视文本间的互相指涉。传统的来源—影响研究侧重历时性的展开，互文性理论更看重文本意义的共时性展开；（4）互文性理论突破了传统文学研究封闭的研究模式，把文学研究纳入与非文学话语、代码或文化符号相关联的整合研究中，从而大大拓宽了文学研究的范围，形成一种开放性的研究视野。[2]

克里斯蒂瓦 1966 年在《语言·对话·小说》一文中提出了深得

1　参见秦海鹰：《互文性理论的缘起与流变》，载《外国文学评论》2004 年第 3 期。
2　参见黄念然：《当代西方文论中的互文理论》，载《外国文学研究》1999 年第 3 期。

后现代主义精髓的"互文性"概念,她指出:"任何文本都是由引语的镶嵌品构成的,任何文本都是对其他文本的吸收和转化。互文性的概念代替了主体间性,诗学语言读起来至少是双声的。"1

这段话有三点应当明确界定,第一,标题和行文告诉我们,此处的文本是指文学作品,所谓"任何文本"是有特定范围的;第二,"诗学语言"不是指诗学理论语言,而是"诗学"一词的宽泛用法,这里就是指文学语言;第三,"由引语的镶嵌品构成"和"对其他文本的吸收和转化"是不同的概念,前者可以直接找出"镶嵌品",而后者的"吸收和转化"是内在而隐蔽的。

对互文性理论作出重要贡献的先驱人物热奈特,在《隐迹稿本》一书中,按照抽象程度、蕴涵程度以及概括程度大体上递增的顺序,列出了五种跨文本(也就是多数学者表述中的"互文性")关系的类型:一是"文本间性"(即文本的共在关系),二是"副文本性"(即文本的邻近关系),三是"元文本性"(即文本的批评关系),四是"承文本性"(即文本的原型关系),五是"广义文本性"(即文本的派生关系)。2 这里,热奈特的前两点与克里斯蒂瓦的"镶嵌说"大致吻合,后三点则与克里斯蒂瓦的"吸收和转化说"较为相似。总的来说,热奈特列出的五种情形明晰而具可操作性,后来的许多互文性研究成果都是在这个框架上的延展与深入。

这里的现代思维论观点揭示了文本存在的多元性、实践性、发展性和辩证性,的确给人以启迪。然而,对于我们的研究来说,还有几个需要进一步挖掘和深思的问题。

1　参见李玉平:《"影响"研究与"互文性"之比较》,载《外国文学研究》2004 年第 2 期。
2　参见热拉尔·热奈特:《隐迹稿本》,载《热奈特论文集》,史中义译,百花文艺出版社 2001 年,第 69—77 页。

(一) 从文学作品到理论著述的辐射

迄今为止，互文性研究的对象都是文学作品，那么它对于理论著述是否适用呢？从现代学术共同体的规则来看，理论著述的文本在融入非作者自创的要素时，要么是直接引用，要么是间接转述，而这种"引用"和"转述"其实就是"互文"的特定标识。但是一般而论，理论著述的互文与文学作品的互文存在一些重要的差异：第一，理论著述的互文主要指"内容"，而不像文学作品那样还包括风格、文字、技巧、结构等"形式"的因素；第二，理论著述的互文应清晰地注明引用和转述的准确出处，否则就是学术失范或不轨。而文学作品的互文通常要经过批评家的分析、琢磨、阐发才能看清楚。

前面引述过热奈特概括的互文性关系的五种类型，其中的第三种情况，很少引起学者的注意，也没有被发散过，可它正是我们关注的焦点。热奈特是这样具体解释第三类互文性关系的："人们常把元文本性叫做'评论'关系，联结一部文本与它所谈论的另一部文本，而不一定引用该文（借助该文），最大程度时甚至不必提及该文的名称：黑格尔在《精神现象学》一书里即如此，暗示性地默不作声地影射了《拉摩的侄儿》。这是一种地地道道的批评关系。自然，人们曾经深入研究过某些批评类元文本，并且把批评史作为体裁来研究；然而我不敢肯定人们是否以应有的关注考察过元文本式关系的现象本身和地位。这种可能性总有一天会到来。"[1]

尽管已经话到嘴边（热奈特所说的"批评"性例子已经暗示了

1　热拉尔·热奈特：《隐迹稿本》，载《热奈特论文集》，史中义译，百花文艺出版社2001年版，第73页。

互文性适用于理论著述的问题），热奈特却依旧没有明确指出，互文性研究是否同样适用于和文学作品平行的另一大类——理论著述。有趣的是，今天的互文性研究成果已经相当成熟并被写进了教材类和词典类书籍[1]，但是将互文性研究方法理性地运用于理论著述的那一天似乎仍未到来。不仅如此，另一个更为重要的问题也没有得到应有的重视，那就是，热奈特的"完全暗示性地默不作声地影射"的说法，意味着在某些特定的理论著述文本中，批评的对象甚至可以类似克里斯蒂瓦在诠释文学作品互文性时所说的那样（"吸收和转化"）非同寻常地不出现。

由此，我们可以得出几个具有创新性的认识：第一，互文性研究同样适用于理论著述；第二，理论著述和文学作品的互文性研究要素不完全等同；第三，极个别理论著述的批评对象是"暗示性"的、潜在的。其互文性与文学作品的互文性类似，也要经过批评家和研究者的分析、琢磨、阐发，方能看清楚。[2]

（二）《诗学》文本互文性的特点

符合以上第三点的理论著述文本（特别是经典文本）非常少，而亚里士多德的《诗学》恰好就是这样的经典文本（《诗学》的互文性可以分为两种情况，一是指明人名和文名来源但无具体注释的引用，二是与潜在的柏拉图诗学思想的论辩式对话，后者是《诗学》互文性

1　例如蒂菲纳·萨莫娃约：《互文性研究》，邵炜译，天津人民出版社 2003 年版；艾布拉姆斯：《文学术语词典》，吴松江主译，北京大学出版社 2009 年版；杰拉德·普林斯：《叙述学词典》，乔国强等译，上海译文出版社 2011 年版；赵一凡等主编：《西方文论关键词》，外语教学与研究出版社 2006 年版；Chris Baldick：*Oxford Concise Dictionary of Literary Terms*，Oxford University Press，1996；Andrew Bennett & Nicholas Royle：*An Introduction To Literature*，*Criticism And Theory*，Pearson Education Limited，2009 等。

2　文学作品互文性和理论著述互文性的关系及异同研究应当是一篇专门论文的主题。

的重头,具有全局性意义,本文研究的是后者)。按前述的认识和观点,对亚里士多德《诗学》文本互文性的特点可以做以下分析:

第一,《诗学》作者之一及其话语的缺位。

普林斯顿大学东亚文学系主任、国际知名汉学杂志《通报》主编之一的马丁·克恩(Martin Kern,汉文名柯马丁),对《史记》中的"作者"问题进行了深入的分析,他指出:与先秦时代完全不同,《史记》中的"作者"开始具有清楚的个人意识。[1] 这与关于西方自文艺复兴以后,艺术品作者的身份才开始逐渐明晰起来的研究相类似,[2]是从历史和文化的角度对"作者"主体概念的实证性研究,在本质上还是传统的找出影响、逐渐定性的思维。这可以称为互文性理论的逆向路径研究。而哈罗德·布鲁姆的名著《影响的焦虑》虽然依旧维护作者的中心地位,但是他的有些话既通俗又深刻,"批评是摸清一首诗通达另一首诗的隐蔽道路的艺术","影响,在我看来意味着,不存在文本,只存在文本间的关系"。[3]

因此,西方当代关于"作者"问题的研究其实存在三个维度:(1)通过细致的探索,努力确认文本的作者;(2)既承认作者的中心地位,又努力发掘作者所受到的影响;(3)"作者已死"(福柯语),不存在原始写作,文本是"编织物"。

处在人类历史轴心期的古希腊出现的《诗学》,展示的是一种复杂的异见状态:一个在场的人与一个不在场之人的论辩式对话,组成了一部理论著作。这部著作的行文看起来是一个人在富有逻辑地论述问题,而实际上是两个人在一问一答、难分难解地论辩诗学难

1　参见《柯马丁受聘我校特聘教授》,载《上海师大报》2014年5月10日第2版。
2　参见特伦斯·霍克斯:《结构主义和符号学》,瞿铁鹏译、刘峰校,上海译文出版社1987年版,第123页。
3　哈罗德·布鲁姆:《影响的焦虑》,徐文博译,生活·读书·新知三联书店1989年版,第101—102页。

题。这里逻辑性与丰富性的统一，恰恰说明不在场之人其实是问题的引领者和自成体系的理论家。很清楚，《诗学》的作者实际上是两个人：署名的亚里士多德和不在场的柏拉图。由于《诗学》的独特发明（既没有对话者，也没有对话者的语言，不存在词句抄袭和观点剽窃），即使从今天的所谓“学术规范”角度去看，也绝对没有诟病的可能，这是一种以论述为名行论辩式对话之实的高超的理论互文性类型。

第二，《诗学》论辩式对话与柏拉图对话的差异。

《诗学》是一部千古一绝的、独特的“对话录”，其互文性正是通过潜在的论辩式“对话”实现的。将《诗学》的对话文本与柏拉图的对话文本加以比较，可以发现两者之间明显的差异——

（1）对话者的显与隐。柏拉图对话录的对话者往往是：A. 固定的柏拉图笔下的苏格拉底（尽管这里的苏格拉底与柏拉图有着千丝万缕的内在联系）；B. 不固定的同时代的一个或多个著名人物。两者各自发表不同或接近的观点，“发送源”一目了然。而亚里士多德《诗学》的对话者是：A. 署名的亚里士多德；B. 潜在的老师柏拉图。因此表面看来这是一个人的论述而不是寻常的对话。

（2）对话的主题。柏拉图的相关对话录体大量多，其主题往往除了诗学和美学，同时还包括其他内容。而亚里士多德《诗学》的对话主题是单纯而集中的诗学问题，特别是悲剧的写作问题，或者说是通过悲剧写作的具体问题来阐发一般的诗学和美学问题，涉及艺术属性、艺术创作和艺术接受诸方面。

（3）对话的形式。柏拉图对话录的形式是有问有答式，亚里士多德《诗学》是暗中回答特定问题，采用直陈其事、不求回应式。

（4）对话的体裁属性。关于柏拉图对话录文体的属性有过许多不同的见解。由于柏拉图的对话录是对苏格拉底与他人对话活动的摹仿,按照亚里士多德摹仿是艺术的"首要原理"的观点,应当属于"艺术"的范畴,但是难以具体命名。[1] 有学者进一步认为,它们具有生动、形象、对话的特质,也就是戏剧作品,故有"戏剧诗人柏拉图"[2] 的说法。而《诗学》的文本特征决定了它属于理论著述的范畴。

(5)对话的语言风格。柏拉图极其蔑视古希腊的智者,否认他们在词语上的努力和教授方式,可是他自己的对话作品却充满文学性和反讽意味,处处讲究修辞。而亚里士多德尽管写过《修辞学》专著,可是其著述语言却十分朴素、简洁。[3]《诗学》讲究逻辑,语言平实而严肃、直白而不求文饰。这虽是亚里士多德著述一贯的特色,但因为其潜在对象的针对性,所以这里还是呈现出一种对照、反衬、回应的互文意味,言下之意便是:你用艺术的手段论述理论问题,我则用理论的方式论述艺术问题。在形式上这可以称为逻辑性对诗性或哲学对诗的对位性互文。

(三)《诗学》文本互文性的成因

《诗学》之所以具有这些互文性特点,主要有下面几种原因:

(1)吕克昂学员的心知肚明

后人单独阅读《诗学》文本,会认为这是亚里士多德一个人的独白。但实际上,聆听《诗学》的,是对亚里士多德理论的论辩对象清清楚楚的雅典吕克昂学园的学员,他们与亚里士多德是同时代人,潜在的互文文本完全可以通过参照和联想来加以补足(柏拉图的许多对话录当时都是公开本)。

1　参见亚理斯多德:《诗学》,罗念生译,人民文学出版社2002年版,第4页。
2　参见戈登(J. Gordon)等:《戏剧诗人柏拉图》,张文涛选编、刘麒麟等译,华东师范大学出版社2007年版。
3　参见李平:《柏拉图亚里士多德诗学著述文体论》,载《社会科学》2005年第3期。

（2）特定的师生关系

亚里士多德秉持"吾爱吾师，吾更爱真理"的立场，但老师柏拉图毕竟是影响深远的前辈人物，因此在吕克昂学园的学员面前不便直接挑明，故存心不记、不说。

（3）政治诗学与创作学之异

柏拉图的相关对话录被称为政治诗学或"心灵诗学"，而《诗学》从表面看一直在谈创作问题，如处处提及论辩对象则有不对等之嫌。

（4）讲稿自身的特性

《诗学》为集中型讲稿，对象是学员，为了达到教学要求，具有自身的语言逻辑和层次，尽管事实上是在论辩，但是难以作一一对应性的文字表述。尤其重要的是，《诗学》是对内的非完成性著作，并未进行过整体性的编辑和加工。

（5）古希腊对文本附加信息未有说明的要求

古希腊对理论著述尚没有关于"注释"、"引用"和"参考文献"等使用方法的具体明确的要求。

《诗学》互文性的古今内涵

法裔美国学者里法泰尔认为：互文性分析的基本任务，是考察互文性在文本中留下的、可供读者感知的异常"痕迹"。[1]这里的"痕迹"即指涉端倪之意，它既是一个静态的概念（否则就无法辨认），也是一个动态的概念（因人而异）。以"当下"的视角，可以从三个方面看出《诗学》中存在柏拉图互文"痕迹"的形态与主题。[2]第一，并行互

---

1 参见秦海鹰：《互文性理论的缘起与流变》，载《外国文学评论》2004年第3期。
2 对《诗学》指涉"痕迹"进行具体比较和阐释的内容极其浩大，本文暂不展开论述。

融的互文。所谓"并行互融"形态，是指《诗学》中暗含着一种对柏拉图相关思想基本认可的承继关系，是哲学上"扬"的涵义和立场。其主题主要包括：（1）逻辑性、整体性、有机性等理性意识；（2）艺术与上层贵族的关系等。第二，延伸发展的互文。所谓"延伸发展"的互文形态，是指《诗学》中暗含着对柏拉图相关思想的进一步推进，是哲学上"扬弃"的含义和立场。其主题主要包括：（1）艺术与摹仿的关系；（2）艺术与虚构的关系等。第三，对抗悖谬的互文。所谓"对抗悖谬"的互文形态，是指《诗学》中暗含着对柏拉图相关思想的反对和颠覆，是哲学上"弃"的含义和立场。这部分的主题较为丰沛，包括：（1）艺术作品、现实世界、理式世界的关系；（2）艺术分类的原则；（3）悲剧与史诗的优劣；（4）悲剧的效用；（5）灵感与技艺等。

当代互文性理论十分复杂，学者们从各个角度对互文性展开了有时几乎是对立的言说，如所谓的稳定说与非稳定说、历时说与共时说、封闭说与开放说等等。但是，正如对互文性适用于理论著述的忽略一样，尽管有学者指出了互文性理论与影响研究的关键差异是从主导性的影响走向了平等的对话，从注重作者与文本的关系走向了注重读者（接受者）与批评的关系等等，可是在具体分析时，并没有结合读者（接受者）的多重性、多维性，因而难以指出解决问题的出路。后结构主义的互文理论甚至有一种"虚无"或"无边际"的倾向。笔者比较赞同这样的一些理解：互文性是"读者对一部作品与其先前的或后来的作品之间关系的感知"（里法泰尔）。"互文性是拓展封闭的文本概念的一种方法，它使人们能够思考文本的外在性，但又不因此而放弃文本的封闭性"（拉博）。互文性更强调一种性质或动态过程（克里斯蒂瓦），摈弃了存在不变本质的本质主义观点。[1]

1　参见秦海鹰：《互文性理论的缘起与流变》，载《外国文学评论》2004 年第 3 期。

如果将《诗学》与柏拉图在诗学重要问题上的互文指涉——列出并加以对照就会发现，两者之间的紧密勾连和交织几乎就是一部古希腊诗学思想大全。然而从前文分析可以推知，古希腊吕克昂学园的学员眼里的《诗学》指涉"痕迹"一定与今人有异，这主要是由读者群的迁移及其引发的一系列差异所导致的。互文性理论家们的种种异说纷见，可以从这个向度作出圆融的解释。这里，尝试根据辩证的思维方式，从"读者"群"迁移"的角度，对亚里士多德《诗学》互文性的古今内涵问题进行较为深入的解读与阐释。

（一）《诗学》互文性的古希腊内涵

尽管古希腊并没有互文性概念，然而一旦从现代思维论向度确定《诗学》文本的互文性质，我们就可以推想性地理解《诗学》互文性的古希腊内涵。不过，在讨论此问题之前有必要先确定一下《诗学》原初接受者的身份。在吕克昂学园聆听亚里士多德讲授"诗学"理论的是些什么人？他们是边听边记呢，还是人手一份亚里士多德的讲稿？这是一个较少为人提起的话题，但是对于我们的研究具有重要的意义。说《诗学》是"对内本"，是有依据的；说接受者就是学员，也毫无疑问。但是学员的"专业"是什么？罗念生认为，亚里士多德把属于创造性（制造性）科学的诗学与修辞学作为学员于学业将完成时才学的功课，这两门功课的目的在于训练门徒成为诗人和演说家。但亚里士多德的门徒中只有忒俄得克忒斯成了悲剧诗人。[1]然而有学者持完全不同的观点，认为亚里士多德通过《诗学》要培养的其实是政治家。由于古希腊时代戏剧活动在社会生活中的重要作

1　参见罗念生：《译后记》，载亚理斯多德：《诗学》，罗念生译，人民文学出版社2002年版，第93页。

用，政治家只有懂得戏剧，才能更好地从事社会实践活动。

　　对此进行仔细分析显然是十分必要的。首先，亚里士多德的吕克昂学园一定与老师柏拉图的学园有某种相似之处；其次，亚里士多德本人并不是戏剧实践家，主要的志向和研究对象也不是艺术，他绝对不可能用很大精力和很长时间来办一所专门培养戏剧家（诗人）的学校。要使培养对象将来既是"诗人"也是"演说家"似乎也是不可能的。联系到亚里士多德为马其顿王子亚历山大开设的课程中包含有诗学，也可以发现一些理解的线索。这样的话，最有可能的就是，还是如先师一样，亚里士多德企望培养未来的小至"教育家"或"政治家"，大至"哲学家"。但是作为一个学业完整的毕业生，应当掌握诗学和修辞学这类当时成为成功的管理者所必需的知识（戏剧演出是古希腊城邦公民的功课，城邦的告示和通知等也都会在演出或竞赛前后发布。在一个文盲居多的时代，需要修辞加以优化的演讲也是对管理者的基本要求）。在亚里士多德看来，这是在完成了理论性科学（数学、物理学、形而上学等）和实践性科学（政治学、伦理学等）以后的第三个，也是最后一个学习阶段，即创造性科学（诗学、修辞学）的学习阶段。通过这样的分析，就可以明白，《诗学》不是类似于今天戏剧学院编剧专业的教材，其开设和传授，实在是有着更加实用也更加宏远的目的。"总之，《论诗术》（即《诗学》，引者注）明显关乎古希腊的城邦'诗教'，绝非讨论一般意义上的'文艺创作'——如今不少学者喜欢从现代所谓'戏剧学'的角度来绎释《论诗术》，结果不仅非常吃力，而且最终一无所获。"[1]

　　如果按照互文理论家大略一致的思路，将互文性研究的着眼点

1　刘小枫：《中译本前言》，载阿威罗伊：《论诗术中篇义疏》，刘舒译，华夏出版社2009年版，第18页。

放在"读者"身上,那么,"读者"群的"迁移"就是形成《诗学》互文性内涵诸多变化的关键因素。亚里士多德时代雅典吕克昂学园的学员("读者"群)眼中的《诗学》与今天的研究者("读者"群)眼中的《诗学》是既有联系也有区别的。这是一个由相对稳定、历时、封闭,逐渐走向非稳定、共时、开放的"迁移"过程,这个过程没有也永远不会完结。从互文性理论的角度看,吕克昂学园的学员们眼里的《诗学》即是一个互文性质的文本,他们的课堂学习或者散步时的师生对话("逍遥学派"的特点)一定是有趣而意味深长的,因为学员们对《诗学》的聆听和理解必然受到以下几个方面的制约或影响:

(1)公元前335年前后古希腊的历史、政治、社会、艺术状况(文化空间);

(2)古希腊戏剧(悲剧、喜剧、萨提尔剧)的基本和高级知识(感性和理性);

(3)柏拉图之前民间和先贤关于艺术的一系列说法和思想(复杂而缠绕);

(4)柏拉图关于艺术的一系列说法和思想(智慧与矛盾);

(5)老师亚里士多德关于艺术的一系列说法和思想(学习的重点);

(6)侧重于城邦治理考虑的相关思想观点(学习的最终目的)。

这里值得重视的是:

第一,古希腊属于人类社会的早期,历史、政治、社会和艺术都处于萌芽但又极为生动的阶段。因此,学员作为读者,自然会将教材文本与外在文化空间文本联系起来思考和理解,这是不言自明的。但是因为受时代和地理(与外部联系不发达)的局限,参照系较为缺乏,其作用是相对稳定的。

第二,亚里士多德的时代处于希腊戏剧高潮过后的尾声阶段。

因此，亚里士多德可以集大成的态势来对希腊戏剧作出总结。尽管一些最著名的戏剧家，如埃斯库罗斯、欧里庇得斯、索福柯勒斯、阿里斯托芬等早已去世，但是学员读者一定会具备较为丰富的关于古希腊戏剧的感性与理性知识。然而由于悲剧和喜剧等本身就萌发于古希腊，"前无古人"可比，因此顺着老师的思路，读者对戏剧的认识和理解只能在当时的艺术门类内部展开（如戏剧与史诗、戏剧与抒情诗等）。由此可见，尽管有读者的参与，《诗学》文本的互文性在古希腊也是较为稳定和封闭的，而且主要是"历时"（戏剧艺术的发端、发展、繁盛、尾声）的。

第三，亚里士多德在《诗学》中提到的人名（包括理论家、诗人等各种职业）共有 46 个，提及的作品（包括理论著述和艺术作品）共有 49 部。这是老师直接提及或展开分析的情况，并不包含学员可能已经具备的诗学知识。但是考虑到《诗学》接受者的特点，这种知识的范围应该也是有限的。

第四，最有意思的是，尽管亚里士多德在《诗学》中提到的人名数高达 46 个，可是却一次也没有提到最重要的柏拉图。我们完全有理由相信，出于某种特定的原因，学员读者一定是深明《诗学》针对性的，学员与教师之间不仅彼此存有默契，而且一定预先对柏拉图的诗学思想有相当的了解，否则一切就无法进行，也难以理喻了。不在场的柏拉图其实时时刻刻出现在《诗学》接受者的面前并且发出自己的声音是毫无疑问的。从时序上说，柏拉图在前，亚里士多德在后，明明白白。所以，柏拉图虽然潜在、无名，但是两者的关系呈现出较为稳定、封闭、历时的状态。

第五，吕克昂学园的学员在学习了理论性科学和实践性科学以后，实际上已经在整体观念上受到老师亚里士多德带有倾向性思想的深重熏陶，《诗学》作为最后阶段的课程，自然也打上亚里士多德思想深刻的烙印。老师的讲授时时在比较分析（对象或明或暗，暗的更其重要），但是也时时在带有引导性地宣讲自己的艺术立场。

第六，吕克昂学园的学员都内心明白，除了极个别人可能成为诗人外，学习诗学的目的是为了更好地治理城邦。因此诗学对他们而言，主要是一种方法而不是专业方向。这种心态是较为奇异而值得后世好好研究的。《诗学》的原初读者是未来的教育家、政治家甚至哲学家的一个依据是，亚里士多德以"哲学"为标准比较了"诗"（戏剧诗、史诗、抒情诗）与"历史"，认为诗比历史更高、更具普遍性，更有哲学意味。[1]

（二）《诗学》互文性的当代内涵

经过两千多年的变迁，《诗学》变得越来越"厚"了，这是因为，对当代接受者而言，各种情形有了很大的变化，其中最大的不同就是，绝大多数的"读者"不再是未来的教育家、政治家或哲学家。随着历史的发展，诗学和修辞学在政治治理中的作用已经不再隆重。今天的《诗学》研究性读者一般会受到如下这些因素的影响：

（1）公元前 335 年前后直至今天的历史、政治、社会、艺术状况（世界的文化空间）；

（2）古希腊戏剧的总结性知识及后人对之的实践、争论和发展（极为丰盛）；

（3）迄今为止关于艺术的浩如烟海的思想和理论（众说纷纭和经典学说并存）；

1　参见亚理斯多德：《诗学》，罗念生译，人民文学出版社 2002 年版，第 24—25 页。根据有的学者的说法（参见刘小枫：《中译本前言》，载阿威罗伊：《论诗术中篇义疏》，刘舒译，华夏出版社 2009 年版，第 16 页），《诗学》中亚里士多德认为诗高于历史的辩称其实是针对古希腊《历史》一书的作者修昔底德的。此说值得商榷，因为最有影响的责难诗和诗人的古希腊名人当然是柏拉图。

（4）柏拉图关于艺术的一系列说法和思想以及后人的理解和态度（未有定论）；

（5）亚里士多德关于艺术的一系列思想和说法以及后人的理解和态度（未有定论）；

（6）多从美学、艺术与写作角度考虑的相关思想观点（艺术创作和学术研究的目的）。

这里的"读者"群"迁移"所带来的变化对《诗学》互文性的作用体现为：

第一，今人在研读《诗学》时，除了通过史料了解该文本诞生时的历史等情况（由于种种原因而导致对原初意误解的可能性依旧存在），在思想上必然还会受到较为明确的后世以及更为新鲜的当下元素的影响和渗透。这就使得关于《诗学》整体意义的评价充满了历史进阶的复杂性，呈现出一个极为多元、开放的世界文化空间。

第二，今人在研读《诗学》时，因为有颇多的参照系（包括各种译本和日积月累、汗牛充栋的"副文本"）和艺术实践，所以对古希腊戏剧的认识更加立体和丰富。古典与近代、现代、当代的比照，希腊戏剧与其他艺术类型的比较，都使得今人对《诗学》的合理性、合法性和局限性有了品头论足的资本（尽管自以为是的误判，如对古希腊悲剧不重性格的批评、认为三一律发端于亚里士多德等比比皆是），但是无人敢言自己的理解是最接近真相的。

第三，今人在研读《诗学》时，关于诗学和艺术的学问、知识、思潮、人物等的了解，至少存在这样一些维度：柏拉图之前的、柏拉图和亚里士多德的、后世各代的、当下的。同时，经典论述与层出不穷的新观点或互相渗透或各执一词。但是，这里不存在主次的绝对律令，互文性研究将所有这些元素视为一个浑整的总体。

第四，今人在研读《诗学》时，尽管有西方诗学史论的大致指引,但由于柏拉图观点的内在矛盾性,以及读者自身的文化、政治和宗教等因素的影响,他们对柏拉图诗学思想作为理解《诗学》的参照系的认识与态度往往是大相径庭的。就这个意义上说,笔者的研究也只是一家之言而已。

第五,今人在研读《诗学》时,自然首先将其视为一个基本自足的"母本"(尽管有多处佚失),可是在亚里士多德研究已是显学的今日("吾爱吾师,吾更爱真理"的肺腑之言已经深入人心),他们一定会将亚里士多德的诗学理论与其老师柏拉图的诗学理论放在一起探讨、辨析,从而体会到内在的互文意味。这里最值得关注的是,对今人而言,柏拉图在前、亚里士多德在后,这种师生和时序关系已经不那么明显和重要了。理论著述的互文性研究所注重的,是思想和理论的潜在勾连和批评关系。

第六,今天的《诗学》"读者",主要是文艺理论或戏剧专业的研究者和学生,虽然《诗学》可资借鉴和参考的东西很多,但是它对治国理邦几乎不起作用。读者之所以研究《诗学》,是出于对美学、诗学、艺术的兴趣与爱好。同时,今日的研究性读者面对的是《诗学》文字中的亚里士多德,其眼界与心理感受,与直接面对老师明显具有倾向性演讲的吕克昂学园的学员是不可同日而语的。在互文性理论的启示下,《诗学》向今日读者展现出了时序失范、倾向不再、宽容开放的风貌。

回到本文开头引用的车尔尼雪夫斯基对《诗学》的评价,我们发现,在互文性理论(反对根深蒂固的原创性、独特性、单一性、自主性观点)看来,对于今天的读者而言,这里所谓"第一篇最重要的美学论文"、"一切美学概念的依据"、"第一个""独立体系"、"雄霸了二千余年"等说法,其实是过于简单化,也并不准确的。首先,《诗学》在本质上是亚里士多德与柏拉图就一系列诗学问题的对话,其思想与学术洋溢着古希腊的时代精神。不理解那种神祇时代的特性,就会在许多问题上作出南辕北辙的误判。第二,从以上的分析中已经看到,《诗学》几乎就是条分缕析地回应着柏拉图的"挑战",但是这里的回应是有层次的,既有"并行互融"、"延伸发展",也有"对抗悖谬",两人的观点和思想非但不游离而且盘根错节地交织在一起。第三,由于《诗学》的内部讲稿性质和佚失等原因,留下的许多碎片化造成的疑难问题有待逐渐解决。

借用法国学者罗兰·巴特的说法,《诗学》在当代的互文性意义恰恰体现在它的"可写性"上。他在《S/Z》一书中将文本划分为两大类,第一类被称为"可写的文本"(writable text),它"赋予读者一种角色,一种功能,让他去发挥,去做贡献。第二类被称为"可读的文本"(readable text),它"使读者无事可做或成为多余物,'只剩下一点点自由,要么接受文本,要么拒绝文本'"。[1] 在实践中,抽象地将文本划分为"可读的"与"可写的"是很困难的一件事。"可读"与"可写"在很大的程度上其实是一物之两面,而翻动的"手",就是读者以及它所蕴含的时代、主体、技术、工具等因素。在亚里士多德的时代,对吕克昂学园的学员来说,《诗学》的意义是相对稳定的、可读的、难以书写的。但是对于两千多年后今天的研究性读者而言,《诗学》的意义则是相对开放的、活跃的、可写的:潜在的柏拉图处处浮出水面,与亚里士多德唇枪舌剑、难分难解;历来对柏拉图亚里士多德诗学思想的诠释充塞于《诗学》的字里行间,异说纷呈、刀光剑影;当代的新思维新方法把阐释的维度推向了极为广阔的领域,

---

1　特伦斯·霍克斯:《结构主义和符号学》,瞿铁鹏译、刘峰校,上海译文出版社1987 年版,第 116 页。此书将 writable text 和 readable text 译为"作者的文本"和"读者的文本",意思不够贴切。

瞬息万变、各领风骚。薄薄的《诗学》文本在互文性的大海中被浸润得极其饱满。当然，从古希腊到当代，其间实际上存在许许多多接受层级，《诗学》对于不同层级的读者而言，其互文性都是有差异的。

　　本文的研究只是初步的，如果我们在文学作品互文性（目的在探求"文学性"）研究的已有基础之上，从历史性、有机性、辩证性出发，总结出一套具有特定方法、概念、范畴、标识、术语等的理论著述（尤其是古典理论著述）和互文性研究体系，从而进一步对文学作品互文性与理论著述互文性的关系及异同作出完整的科学的解释，并将研究推进到文本母体与文本变体、作者中心与读者迁移、意义的确定与不确定、接受美学与互文研究的关系、比较诗学与互文研究的关系、传统文艺学与互文研究的关系等有待开发和深入的课题，那么，互文性研究的疆域将在新的意义上获得全方位和立体性的展开。

2014 年

探寻比较文学中国学派的学理依据 *

1991 年初，针对某些西方学者对建立比较文学中国学派的严重质疑，[1] 作为中国比较文学主要奠基人之一的孙景尧，在《文学评论》杂志（1991 年第 2 期）发表了《为"中国学派"一辩》的论文，影响巨大。该论文充分表达了中国学人对长期以来"欧洲中心主义"的不满和建立比较文学中国学派的信心和大致构想。孙景尧指出，"'中国学派'的提出，正是为了消除不仅在西方，也包括在东方都存在的'欧洲中心主义'，以便重估与科学认识非欧洲国家，尤其是中国自身文学及其文化体系，以更客观与更正确地沟通中外文学与把握其规律。这正是当今国际文学研究的'崭新阶段'"，"其次，中国学派的提出，也是为了消除比较文学学科中历史形成的'欧洲中心主义'，以便更好地发展我们这门学科的理论和方法，更有力地显示

---

* 本文与程培英合作。
1 这里主要指 1987 年荷兰学者佛克马在中国比较文学学会第二届学术讨论会上的发言。20 年之后，佛克马修正了自己的看法，公开表示欣赏建立比较文学中国学派的想法。参见《比较文学报》2007 年 5 月 30 日，总第 45 期。

它的国际性与开放性特点"。这里,作者敏锐地指出了建立比较文学中国学派的两个关键:一是要具备更加宽广的跨文化眼光并把握中外文学沟通的规律,这是中国学派的认识立场;二是要探寻和发展既属于中国又显示国际性和开放性的学科理论和方法,这是中国学派安身立命的学理依据。而后者又是其中的重点和难点。孙景尧在其毕生的学术生涯中,为探寻和建构这一学理依据作出了艰苦卓绝的努力,取得了令人瞩目的成就,在学界产生了深远的影响。

"总体比较研究法"的宏大构想

(一)超越西方研究模式的独特思考和探索

"在比较文学建立和发展的百余年中,曾经发生过多次有关学科理论的争论,这种争论,归根结底是关于方法论的争议。"[1]法国学派以"影响研究"的方法奠定了自己在国际比较文学界的地位;继之而起的美国学派,在影响研究的方法之外,提出"平行研究"的方法,从而成为国际比较文学界具有深远影响的学派。比较文学的学科史告诉我们:一个学派所创建和应用的研究方法,对该学派的巩固和发展具有极其重要的影响。甚至可以说,方法存,则学派存;方法陨,则学派陨。方法的发展与学派的发展是一种正比例良性关系。一个学派要真正成为被国际公认的学派,是有条件的。这个条件就是,不仅要提出学派自身的思想观点,还必须在思想观点的基础上建立起独具特色且切实可行的研究方法。

中国比较文学自改革开放复兴以来,"中国学派"的口号经历了

---

1 刘象愚:《比较文学方法论探讨》,载《北京师范大学学报》(社会科学版),1986年第4期。

怀疑、质疑、巩固和普遍接受几个阶段，已经成为中国比较文学界的专业术语，成为中国比较文学研究者的愿景和奋斗目标。[1] 因此，为了真正建立起比较文学的中国学派，我们势必要超越法国学派和美国学派的模式，在研究方法上有所突破，创建一套科学和新颖的方法论体系。

有学者认为，在中国学者建构中国学派的过程中，先后产生过五种研究方法，即：跨文化的"阐发法"（以古添洪、陈慧桦等为代表）、中西互补的"异同比较法"（以袁鹤翔、刘介民等为代表）、探求民族特色及文化根源的"模子寻根法"（以叶维廉等为代表）、促进中西沟通的"对话法"（以乐黛云等为代表）以及旨在追求理论重构的"整合与建构"法（以刘若愚等为代表），以这五种方法为支柱，正在和即将构筑起中国学派"跨文化研究"的理论大厦。[2]

仔细审视这五种方法就会发现，它们都是以"跨文化"为其主旨的，也就是说，它们虽然在某些方面有一定的创新度，也给人以启发，但究其实质，主要还是本文前面说过的"认识立场"，而非学理依据或具体的方法论；同时，这些"方法"也可以运用于一般的文学研究。因此，它们并没有提出切实的研究方法，尚难以完整构成区别于法国学派和美国学派的中国比较文学研究独特而有机的方法论体系。

然而，对于一个学派来说，形成一种基础的、核心的、系统的方法是极其重要和迫切的。众所周知，法国学派和美国学派都是以其简明的方法论名称（影响研究、平行研究、跨学科研究等）而被学界

1　比较文学中国学派的发展历史，可参见曹顺庆、王蕾：《比较文学中国学派三十年》，载《外国文学研究》2009 年第 1 期。

2　曹顺庆：《比较文学中国学派基本理论特征及其方法论体系初探》，载《中国比较文学》1995 年第 1 期。

所熟知熟记的。如果中国学派没有一种基础的核心的系统的方法，
而只有存在着缺乏内在联系的众多名称不一的"方法"，那么，它们
将会分散学界的注意力、影响中国比较文学的发展，也会阻碍中国
学派真正成为国际比较文学队伍中名副其实的研究学派。法国著名
比较文学家谢夫莱尔在一次谈话中说："我们应该最大限度地使用一
种经受了最多考验的比较研究方法，或者是构成了比较研究本身基
础的一种方法。这种经受了最多考验的比较研究方法，就是在我们
接触来自两种或者两种以上不同文化传统的读写方式时，能使我们
于不同的文化系统中，关注到共同发生的事情。"[1]这也正是构成比较
文学研究自身基础的方法。

比较文学研究对象的地理空间，已经从过去法美学派所关注的
西方范围，扩展到了东方。对于中国学者来说，比较文学研究的内容
已经大大拓宽，方法上的变革自然就是题中应有之义，而已有的探索
却并不能满足现实研究的需要。正如孙景尧所诊断的那样：

"比较文学在其漫长的百多年发展史上，主要而又大量的研究课
题与成果，都囿于西方文学的领域之内。对此，只要浏览一下那些
权威的比较文学论著索引就可知道。……中西文学方面的比较研究
论著不是一无所有，就是绝无仅有。显然，这同我们这门学科所具
有的广泛国际性，是极不相称的。产生这一状况的原因很多，但是
通常的比较文学理论和研究方法，由于其产生于西方文学间的比较
研究基础上，故而对彼此差异极大的中西文学比较研究，并非就能
天然适应，这当是其原因之一。……可见，要发展中国比较文学研
究，除需要借鉴与运用现有的比较文学理论与研究方法外，还需要

1　谢夫莱尔、钱林森：《比较文学方法论及新世纪发展前景》，载《中国比较文学》
2000 年第 4 期。

总结与探索已有的研究中西比较文学之经验,以丰富与矫正已嫌不足的现有理论与方法。"1

这就说明:第一,在以往的国际比较文学的研究成果中,中西文学方面的比较研究论著极少;第二,这原因就在于,建立在西方文学比较研究基础上的文学理论和研究方法,不能完全适用于性质差异极大的中西文学比较研究;第三,对于中国学者来说,在借鉴和运用已有的比较文学理论与研究方法的同时,积极地总结和探索已有的研究中西比较文学的经验,阐发出适合扩大了对象的比较文学研究的新方法,是一个重要的任务和目标。

随着中国比较文学的发展,中西比较文学研究论著较少的情况已有所改善,但是其他一些问题依然存在,而形成自己的方法论体系,更是当前中国学派建设最为迫切的工作。对比较文学学科方法论的思考,是孙景尧比较文学学术思想的核心。他从来没有间断过对这个问题的探索,并且在不同时期均有新的发展。1984 年,孙景尧在与卢康华合著的我国第一部比较文学专著《比较文学导论》(黑龙江人民出版社 1984 年版)中即表示,不赞成把"阐发式研究"和"中庸学派"视为比较文学的"中国学派",并指出:一个学派的创立必须有一套较为完整的理论和方法,这需要一两代人的努力。我们应当以马克思主义为理论基础,以我国优秀传统和民族特色为立足点与出发点,汲取古今中外一切有用的营养,去努力发展中国的比较文学研究,通过不断努力和创新总结出自己的一套理论和方法,这样,"中国学派"必然会水到渠成地产生。按照这样的思路,孙景尧在书中还提出了有关"可比性"等方法论问题的初步设想。这可以视为孙景尧关于建立比较文学中国学派及其方法论的早期思想。

1　孙景尧:《沟通》,广西人民出版社 1991 年版,第 111—112 页。

在以后的岁月里，孙景尧就方法论问题发表了一系列论文，如《关于比较文学研究可比性问题的刍议》(《外国文学研究》1984年第4期)、《关于比较文学研究方法的思考——〈管锥编〉〈攻玉集〉读后偶记》[《广西大学学报(哲学社会科学版)》1986年第1期]、《中西比较文学研究方法探》(载国际比较文学学会编辑出版的《比较文学的当代趋势》，德国，1987年)、《从必然王国向自由王国发展——小议"X与Y"比较文学模式》[《暨南学报(人文科学与社会科学版)》1991年第3期]、《跨文化影响研究的"有效化"》(载北京大学出版社编辑出版的《季羡林与二十世纪中国学术》，2001年)、《比较文学的研究之道：可比性——重读比较文学理论名著的札记》(《中国比较文学》2003年第4期)等。[1] 经过艰苦的思考和探索，孙景尧根据中国比较文学的研究现状，提出了"总体比较研究法"的宏大构想。

(二)"总体比较研究法"的提出、构成及要领

1. "总体比较研究法"的提出

继法国学派传统的"影响研究"之后，美国学派提出了更加开放的"平行研究"方法，然而却没有对这种方法作出进一步的说明。研究方法的宽泛性和模糊性在具体的比较研究实践中碰到了困难：怎么平行研究？无交集点的两个平行对象之间能不能进行比较，又怎么进行比较？如何确定比较对象之间比较的可能性？扩展到异文化关系研究的比较文学如果不能照搬已有的研究方法，中国学者将何去何从？

中国比较文学的复兴和发展面临的就是这样的背景。这些问

1　这些单篇论文的主要思想也体现在孙景尧的多部著作(如《比较文学导论》《沟通》《简明比较文学——"自我"和"他者"的认知之道》《比较文学经典要著研读》《简明比较文学教程》《沟通之道》)之中。

题，只有中国学者自己才能解决。正如曾任国际比较文学学会会长的美国学者迈纳1985年在深圳举行的中国比较文学会成立大会上的讲话所指出的那样："我认为对中国比较文学家来说最重要的一个问题是：比较文学的中国学派应该是什么样的？这只有中国人能决定，而我们这些人将抱着极大的兴趣旁察这一决定。"[1]

正是在这样的情形下，孙景尧于1987年提出了具有独创性的"总体比较研究法"。他站在一个很高的视点上这样阐释自己的理论——

中西比较文学研究，由于其所研究的对象不仅跨越国家，而且跨越了截然不同的文化体系和文明传统的界限；又由于"文学"在各自历史上都存在泛指各种文字记载的相似而又复杂的情况，因此，在中外文学关系上，既有壁垒分明的界限，同时又具有跨学科、跨体系与跨传统的错综复杂关系。……因此，对"人学"的文学，尤其是对中西文学进行比较研究，……一方面要进行纵横上下的交叉综合研究，另一方面又应当进行宏观到微观，又从微观到宏观的本末循环研究。这是有别于影响研究、平行研究或学科整合研究的一种新的、并又适应中西文学相互关系实际的总体比较研究法。钱锺书、季羡林、杨周翰、范存忠、王元化和杨绛等前辈学者的论著中，都或多或少在这方面作出了可喜的尝试与贡献。

孙景尧在同一个场合说明，这个研究方法的提出是受到了钱锺书先生和王元化先生学术实践的启发，他圆融了两人的话语概括道："人文科学的各个对象彼此牵连，交互渗透，不但跨越国界衔接时

---

1 《中国比较文学通讯》1986年第1期。

代，而且贯穿着不同的学科"（钱锺书语），因此，在中西文学比较研究时既要"从前人、同时代人的理论中去追源溯流，进行历史的比较和考辨，探其渊源，明其脉络"，"这种比较和考辨不可避免地也包括了外国文艺理论在内"（王元化语）；又要"积小以明大，而又举大以贯小；推末以至本，而又探本以穷末；交互往复，庶几乎义解圆足而免于偏枯，所谓'阐释之循环'者是也"（钱锺书语）。1

2. "总体比较研究法"的构成

由此可见，"总体比较研究法"是由"交叉综合研究"和"本末循环研究"两个部分构成的。这里，"交叉综合研究"是"总体比较研究法"的核心；而"本末循环研究"则是"总体比较研究法"的补充和完善。

为了更清楚地说明这种方法在具体研究中的运用，并便于人们的理解，孙景尧分别从有影响的研究和无影响的研究两个角度切入，以杰出学者的范文为例，对之展开了详细的说明和论证。

比如，杨周翰先生的《弥尔顿〈失乐园〉中的驾帆车》一文，一般认为属于"影响研究"，但是孙景尧在对之详加分析阐释后跃上一个思辨层面说道：

通过这样的交叉综合的比较研究，不仅提出了文学评论中的一个重要课题……。而且也提出了文艺创作除了"深入生活之外，还应当多读书增加知识"，知识"不是附加的装饰，而是宇宙观人生观的素材，是同根本有关的东西"。……这样的认识，既有扎实充足的"实证"依据，又有全面深刻的理论阐述，是可信的，有普遍意义的，因而也更具科学性。因此"这种对有接触关系的中西文学进行比较

1　孙景尧：《沟通》，广西人民出版社 1991 年版，第 112—113 页。

综合交叉研究,是同通常旨在求渊源、查实证的渊源学,流传学或媒介学等类影响研究,不可同日而语的。"[1]

孙景尧还对钱锺书先生的名著《旧文四篇》和《管锥编》中若干似乎并无"涉及中西文学实际影响",但深具"钱锺书风格"的研究进行了详尽、生动的实证分析,并独具慧眼地指出:

钱锺书在研究中,"推末以至本,而又探本以穷末,或考证、或对照、或阐释、或生发、或类推、或归纳、或演绎、或评点、或引证、或存案,纵横上下、各科交叉,宏观微观,综合循环地比较研究。且又集中西文论传统之长,对中外文学作出了'东海西海,心理攸同;南学北学,道术未裂'的研究。这种宏观微观交叉循环的总体比较研究方法,绝非通常所见的'平行研究'或'学科整合研究'所能企及。"[2]

以上的例证分析说明,[3]"中西文学交互参照的比较研究,既非单纯的平行研究,又非通常的影响研究或学科整合研究",[4]这种"总体比较研究法"不仅吸收了影响研究中有益的因素,也吸收了平行研究中有益的部分,而又有效地克服了两者的先天不足。同时,它不仅是对传统的法国学派的"影响研究"方法的改进,也是对后期的美国学派的"平行研究"方法的具体化。换句话说,它是同时适合于影

1　孙景尧:《沟通》,广西人民出版社 1991 年版,第 114 页。
2　同上,第 117 页。
3　孙景尧对王元化名著《文心雕龙创作论》的比较诗学研究也十分推崇,认为其中《刘勰的譬喻说与歌德的意蕴说》一文是克服了平行研究的先天性不足,以基本事实为基础,同时注重"历史的比较和考辨"的出色范例(参见孙景尧:《简明比较文学——"自我"和"他者"的认知之道》,中国青年出版社 2003 年版,第 147、202 页)。
4　孙景尧:《沟通》,广西人民出版社 1991 年版,第 115 页。

响研究和平行研究的方法,是比影响研究和平行研究更为基础,也更为普遍的研究方法。

"总体比较研究法"是比较文学学科的基础性研究方法,因此,它不仅适用于中国的比较文学研究,而且同样适用于国际比较文学界的比较文学研究,这是一个学派具有国际性的鲜明特征。

3."总体比较研究法"的要领

在提出"总体比较研究法"以后,孙景尧结合马克思主义经典作家的比较研究实践,进一步探索了这种方法的科学性和有机性,将其建构成一个有层次的方法论系统,其要领如下:

(1)在进行比较文学研究之前,首先要确定被比对象的可比性。

(2)进行比较研究时,一方面要在诸文学现象间进行外在比较,这种形而上学的比较方法在特定认识阶段是必要的。另一方面,积极地使用异中求同与同中求异的辩证比较方法。

(3)在进行比较研究中,既注意文学的特点即美学性,又注意到其整体性与系统性。

(4)在进行不同国家文学间的比较论述中,还可以运用纵向性的历史比较和横向性的跨学科分析比较,即历史时间与社会时间相结合的比较中有分析、分析中有比较的方法。

(5)在对不同国家的文学进行比较研究时,注意质与量的关系,即既有数量的比较又有质量的比较。[1]

"总体比较研究法"的这五项要领既是逐层递进的,也是互为因果的。我们特别要注意其中的一些重要的思想和观点,比如"可比性"、"形而上学"、"辩证比较"、"美学性与整体性"、"纵向与横向"、"历史时间与社会时间"、"数量与质量"等。

---

[1] 孙景尧:《沟通》,广西人民出版社1991年版,第14—22页。

"可比性"的内涵及其运用

(一)"可比性"理论的内涵

"总体比较研究法"的核心是"交叉综合研究",然而,"交叉"如何进行?"交叉"的要义又是什么?前述孙景尧"总体比较研究法"要领的第一条就是:"首先要确定被比对象的可比性"。他还明确说过:"可比性是比较文学研究的基本的学理假设",[1]"正因此,比较文学一个多世纪以来的发展历程,对比较文学特定研究方法的探究,也就被比较文学家一提再提,并一论再论"。[2]"可比性"不确定,所谓"交叉"就无从谈起,比较文学的研究工作则无法展开。孙景尧是我国研究比较文学可比性理论用力最勤的学者,经过他的长期探索,形成了一套关于"可比性"的成熟理论和方法。1984年,孙景尧第一次提出"可比性"问题:"所谓可比性,主要有两种:一是列宁所指出的基本原则,即拿来比较的对象必须是同类的……二是把问题提到一定的范围之内,也就是提出一个特定的标准,使不同类的现象之间具有可比性,从而进行比较。"[3]后来,在论述"总体比较研究法"时,他又提出了"交叉综合"的概念。因此,总起来说,孙景尧认为作为比较文学研究首要任务和基本学理假设的"可比性"内涵包括了三个环节:

(1)"把问题提到一定的范围之内";

(2)找到研究对象的"交叉点";

1　孙景尧:《简明比较文学——"他者"和"自我"的认知之道》,中国青年出版社2003年版,第147页。
2　孙景尧:《对美国比较文学独立学科性质一种新说的质疑》,载《上海师范大学学报》(哲学社会科学版)2007年第2期。
3　卢康华、孙景尧:《比较文学导论》,黑龙江人民出版社1984年版,第133页。

（3）最终确立"特定的标准"。

这实际上是一个连贯而下的具有逻辑性的学理链条。具体而言，"提到一定的范围之内"，就是为了寻找确保比较对象之间具有比较可行性的"交叉"点，最终确立起一个比较研究的"特定的标准"。"特定的标准"的预设，使得"交叉综合研究"方法简明、具体，更具可操作性。我们把以上思想称为"一定范围论"。

"一定范围论"的提出，最早主要是针对"平行研究"中出现的问题。平行研究和跨学科研究，在扩大了比较文学研究领域的同时，由于在实践中缺乏具体的操作依据，其负面的作用就是使比较文学研究出现了泛化的倾向。"一定范围论"的提出，就是以"可比性"的解决作为切入点来化解相关问题的。

孙景尧指出：为确保求得被比对象间内在规律和新的科学认识，第一，对于事实存在的影响关系，应注重对影响类型、流传途径和接受方式的事实考证；第二，对于无影响事实的平行关系，属于同类的文学现象、文体、文学观念则应采用分析与综合的方法，而对于不同类的，则需"把问题提到一定范围之内"，"提出一个特定的标准"，使可比性得以显现。[1]

这一理论的设定具有其自身的合理性，又便于操作，对于解决可比性问题作了有益的尝试。但有的学者认为，这里"一定的范围"和"特定的标准"语焉不详，没有确定的具体的内涵。这种质疑，指出了"一定范围论"的主要问题，同时也说明比较文学的研究对象纷繁复杂、层次多样，要想指明一个具体的范围和标准存在着具体操作上的难度，因此需要作出进一步的界定。鉴于此，孙景尧对之作了进一步的探讨，认为"比较文学的可比性，实质上就是使影响研究

1　卢康华、孙景尧：《比较文学导论》，黑龙江人民出版社 1984 年版，第 133 页。

与平行研究得以有效实施并获得科学认识的研究法则,具体说来,就是通过对影响类型、影响流传途径和影响接受方式的事实加以考证,或通过对类同与对比的分析、综合和解释,以求得被比对象间的内在规律和新的认识",[1] "这个'一定的范围'是不能囿于现成的类标准或现有的定论的,尤其在对被比对象的异中求同或同中求异的辩证探析时,常常需要调动与之有关的其他学科的知识,方能一方面使形式上的不可比变为本质上的可比,另一方面又能从更广更深的文学文化背景上,揭示其内在规律",最终"提出一个特定的标准"。[2]

虽然"一定范围论"最初是针对平行研究提出的,但是由于这一思想自身的内在周延性,因此同样也适用于影响研究。孙景尧在这个意义上,将"可比性"从一个"范围"具体化为一种研究法则,并结合影响研究与平行研究探讨了可比性的具体内容,使一定范围论得到具体展开。之后,他又进一步提出:"比较文学的可比性,实质上就是使影响研究与平行研究得以研究证实'事实联系'、彼此关系和作用功能及其内在规律认识的、具世界文学视野的学理逻辑假设。"[3] 更进一步说:"比较文学可比性,是基于跨语言界、跨国界和跨学科界的学科宗旨和研究对象,又服务于学科宗旨及其任务的学理逻辑假设,是比较文学学科的研究之道。"[4]

从"特定标准"到"研究法则"再到"学理逻辑假设",孙景尧对可比性的研究逐步深入,并且越来越切入到可比性的本质内涵。将

---

1 孙景尧:《简明比较文学》,中国青年出版社 1988 年版,第 181—182 页。

2 孙景尧:《关于比较文学研究可比性问题的刍议》,载《外国文学研究》1984 年第 4 期。

3 孙景尧:《简明比较文学——"他者"和"自我"的认知之道》,中国青年出版社 2003 年版,第 126—127 页。

4 孙景尧:《比较文学的研究之道:可比性——重读比较文学理论名著的札记》,载《中国比较文学》2003 年第 4 期。

可比性视作一种前提性的学理逻辑假设，更加明确了"交叉点"的起点性质：甲文化圈与乙文化圈的交集点。在这个"点"上，形成一个"共同的语义空间"，这样，对话和比较便成为可能并且显示出意义。"交叉点"无论从一般的方法论意义上讲，还是从比较文学的本体意义上说，都解决了一个切入点和前提的问题，也即确定了可比性究竟是什么的问题。美国著名文学理论家、比较文学学者乔纳森·卡勒曾经指出："如果我们要想对比较文学的性质作一理论上的探讨，那么我们就必须弄清楚，文学研究中比较的前提究竟是什么，亦即可比性的本质是什么。虽然对可比性的争论常常没有一个明确的结论，但可比性却是这门学科发生重大转变的内在原因。"[1]

在孙景尧看来，在"交叉点"上，同源性、类同性内容是起点，但同时也可以在此基础上进行扩展，研究其异质性与互补性，真正使比较文学具有"世界性胸怀"。强调这一点，在于区别目前比较文学界认为比较文学的研究思路在于"求异"的观点。求异的研究思维是分析判断。分析判断，无法提供新的知识，因此也就难以使比较文学贡献出新知。"交叉点"理念的根本点在于"求同而非求异"。求同的研究思维是综合判断。综合判断，能够在研究中提供某种新的成果或者知识。比较文学之所以需要交叉综合的思维方式，正是因为只有这种综合，才能在研究中提供出新的研究成果，才能对学界有所贡献。而这种贡献，正是比较文学得以存在的价值基础，"不管你是否意识到，各学科之间只有彼此都感到有独立存在的'价值'，并在学识上能进行起码的'等价交换'时，那么这么一门学科才会获得承认、生存与发展，否则就会吊销'执照'。这就叫'各司

1　查明建：《是什么使比较成为可能？——乔纳森·卡勒对"可比性"的探讨》，载《中国比较文学》1997年第3期。

其职',也才会'相辅相成'"。[1]

在比较文学的研究中,存在着形形色色的所谓新理论,而这些新理论极易使比较文学成为一种理论的试验场,成为玩弄新术语、新词汇的游戏场地,对于实际的研究却无甚助益,其结果毫无意义。针对这种现象,比较文学界的重要学者曾作过严厉批评。威斯坦因毫不留情地反击过这种研究方法,"他毫不客气地批评这些新理论,'只不过是在较高水平上修改和复兴了被新术语所掩饰的老方法而已'。'没什么令人惊讶之处,既无新方法的突破,也未为比较文学打开新途径'"。[2]雷马克批评这些新理论,"认为是'更危险的敌人',因为这些理论像'大冰山'一样,把比较文学'淹没在它下面'。……近十五年来'盛行的那些理论,一般说来是经不起作品的检验',既'对比较文学显得空洞',又对文学美学性解释显得'缺陷明显,令人难受'。而且'他们的外语和文化知识下降,成了一种本末倒置,于比较文学无大用处'"。[3]甚至连开始对新理论持支持态度的韦勒克也猛烈抨击当代新文论,"说它们不研究文学作品的好坏,不作美感与价值判断,使文学研究成了游戏,把作品瓦解成一堆符号。其本身其实也就是一种'价值判断',不过它对批评一无是处,是拿作品作跳板而跳进'反美学'的象牙之塔中去的新虚无主义"。[4]由于孙景尧关于比较文学的"可比性"和"交叉点"的思想主要是从文学自身出发的,因此内在地保证了比较研究的归宿点是文学研究。换句话说,在研究之初,它就保证了比较文学研究的文学属性,而不会泛化为其他各种各样的文化理论的脚注或者材料,甚至被其他理

1　孙景尧:《沟通》,广西人民出版社1991年版,第110页。

2　同上,第105页。

3　同上,第106页。

4　同上,第107页。

论所淹没。

（二）"可比性"方法的运用

在前述"可比性"思想的统领下，孙景尧探索了一系列进行比较研究时具体可操作的运用途径，对我国的比较文学研究起到了指点迷津的关键作用。

1984 年，孙景尧就指出："影响研究既然以因果关系为前提，以事实关系为依据，可比性就较容易确立；至于平行研究，其办法是找出没有直接联系的类似或建立关系，设置可比的标准（标准有理论根据则可比性就越大）。例如一位美国学者提出研究'流放者文学'，我国的大诗人屈原曾被放逐，就可列入这一比较范围。"也就是说，"影响研究"的可比性基础是"影响"，而"平行研究"的可比性基础是"关系"。[1]

孙景尧将"影响研究"的"影响"类型归纳阐释为：正影响、反影响、负影响、超越影响、回返影响、虚假影响（"幻境"）。并指出此类"影响"可以是单向的，也可以是相互。他将"平行研究"时必须考虑的主要"关系"归纳为：

（1）社会思想文化发展的共同规律（首先与经济基础有关）决定了文学发展也存在共同规律；

（2）人类毕竟有社会性、阶级性，所以共通的感情和道德内容也使文学相似；

（3）从文学形式，包括诗律、体裁、表现手法等来看，也有共同规律可循，因此，彼此也有可比性；

（4）人们对文学的审美活动，也有共同的规律，这是可比性的

---

[1]　卢康华、孙景尧：《比较文学导论》，黑龙江人民出版社 1984 年版，第 134 页。

又一个因素。[1]

1991 年，孙景尧在分析没有实际影响的"平行研究"的可比性时强调，这就是"把问题提到一定范围内，也就是提出一个一定的标准，使不同类的现象之间有可比性"，这种可比性"是需要研究者独具慧眼的"。"比较文学的可比性，不仅限于同类事物，也就是说，不能用比较的具体性来否定比较方法的普遍性。""比附和比较的区别，在于是否具有辩证思维能力与高度的理论思想修养，能否科学地找到比较的'类'、'一定范围'与'标准'，从而去探索出其内在规律来。"[2]

2003 年出版的《简明比较文学——"自我"和"他者"的认知之道》一书，则更是将"可比性"的运用规则大大丰富而且体系化了。在论述"可比性与影响研究"时，作者不仅再次指出了"影响的类型"（并提醒人们，"影响研究"中也存在众多跨学科的间接影响），而且新设置了与之并列的"接受的方式"（从接受主体的选择性角度分为"翻译"、"评介"、"模仿"、"仿效"、"借用"、"出处"）和"媒介途径"（分为"文字媒介途径"和"非文字媒介途径"）的专节。在论述"可比性与平行研究"时，作者指出："其可比性既可以从'文心相通'和各具特色的文艺学本身去研究，也可以从与文学有关的其他学科领域去探索；既可以作形而上的对等同类比较，也可以作辩证综合比较等。"作者特别强调："通常的影响研究可比性与平行研究可比性都存在一些'先天不足'，在具体运用中，应当如中医所强调的，要作'辨证施治'。"[3]

---

1 卢康华、孙景尧：《比较文学导论》，黑龙江人民出版社 1984 年版，第 137—140 页。
2 孙景尧：《沟通》，广西人民出版社 1991 年版，第 14—15 页。
3 孙景尧：《简明比较文学——"他者"和"自我"的认知之道》，中国青年出版社 2003 年版，第 127—146 页。

　　总的来说，孙景尧建构的是一个由总体研究思路到具体研究方法逐层展开的严密的方法论体系，这是对我国当下比较文学研究缺失系统性的重大补充。

孙景尧方法论思想的影响

　　孙景尧建构的"总体比较研究法"及其"可比性"理论，是继法国学派和美国学派之后，在比较文学方法论思想上的新尝试，在学界产生了深远的影响。

　　"一定范围论"，是孙景尧在与卢康华合著的国内第一本比较文学著作《比较文学导论》中提出，后又经过孙景尧本人发展的理论思想。自 20 世纪 80 年代以来，国内许多比较文学教材、专著、学术论文曾一再对此问题展开探讨，在比较文学的方法问题上，以可比性切人思考的理论著作也多受其影响。孙景尧在比较文学理论建设上的开拓性思考，得到学界广泛的认可。

　　刘圣效在其《比较文学概论》一书中，曾列专节论述可比性问题。他认为："比较文学中的可比性，主要有两种：一是拿来比较的文学现象必须是同类的；二是把问题提到一定范围之内，也就是提出一个特定的标准，使不同类的现象之间具有可比性。前者是影响研究可比性的基础，后者是平行研究可比性的基础。"[1]

　　乐黛云主编的《中西比较文学教程》认为，可比性体现在两个方面：一是对于没有直接关系的平行研究，"拿来比较的对象之间必须有一定的内在联系，必须有相同之处，没有类同点，就无法相比。"二是完全相同的事物也无须相比，差别是比较的前提。"类同不等于

1　刘圣效：《比较文学概论》，湖南人民出版社 1989 年版，第 48 页。

相同，完全相同的事物，也无须相比。差别是比较的前提，没有差别就无法进行比较。"另外，"这种平行研究还要求把问题提到一定范围，在同一个层面上进行比较。"[1]

陈惇、孙景尧、谢天振主编的《比较文学》认为：卢康华、孙景尧在《比较文学导论》中提出，"把问题提到一定范围之内"，提出一个特定的标准，文学现象的可比性就会显现出来。这个意见为解决平行研究的可比性难题找到了途径，许多研究成果可以作为证明。其实，同类现象的比较也是如此，因为比较不可能是全方位的。[2]

不难发现，在方法论问题上他们对孙景尧的观点多有接受。还有学者认为，"一定范围"论作为可比性基础的提出，是"从现实出发，解决实际问题，突出学科理论的实际应用性和可操作性。"[3]另有学者受到"一定范围"论的启发，将可比性的"一定范围"论进行了具体化，并提出建立"把问题提到一定范围内"的"可比场"的观点。[4]这一观点，是迄今为止，对"一定范围"论思想的重要发展，也是对比较文学可比性探讨的重要贡献。

孙景尧在中国比较文学发展历史上的贡献，也得到学界的肯定。王向远认为"具有一定的独创（首创）性和学术特色的论著，以作者为中心……一是卢康华、孙景尧的有关著作"；[5]吴家荣等在《论新时期比较文学教材的发展》一文中认为，"《比较文学导论》在我国比较文学发展史上具有里程碑式的意义"；[6]谢天振指出："国内第一部

1　乐黛云主编：《中西比较文学教程》，高等教育出版社1988年版，第36—37页。
2　陈惇、孙景尧、谢天振主编：《比较文学》，高等教育出版社1997年版，第59页。
3　刘献彪、吴家荣、王福和：《新时期比较文学的垦拓与建构》，安徽大学出版社2007年版，第86页。
4　甘建民：《可比性与可比场》，载《中国比较文学》1991年第2期。
5　王向远：《中国比较文学研究二十年》，江西教育出版社2000年版，第15页。
6　吴家荣、刘萍：《论新时期比较文学教材的发展》，载《中外文化与文论》2009年第1期。

由中国学者自己撰写的比较文学专著《比较文学导论》（首版即 5 万册），为比较文学在上世纪 80 年代中国大陆的重新崛起做出了极其重要的贡献。"[1]

　　虽然学界对孙景尧的若干论点多有引证和借用，但遗憾的是，作为一种系统方法的"总体比较研究法"，学界还注意较少，至今鲜有学者对此有所挖掘并进一步作出阐释和发明。然而，当我们已经了解了"总体比较研究法"的内容和意义之后，就会发现，它将是比较文学继西方模式之后一条可行的新出路。它融合了法国学派和美国学派方法中的优点，摒弃了其研究方法中的弊端，正如艾琼伯所说，"这么一种比较文学：它将历史方法与批评精神结合起来，将案卷研究与文本阐释结合起来，将社会学家的审慎与美学家的大胆结合起来"。[2]

　　当然，这种方法的运用是需要扎实的基础和深厚的积累的。要掌握好平行研究中的辩证比较的可比性，是需要有众多学科知识，并又要进行综合研究方能奏效的。因此，"对每位严肃的比较文学者来说，除了应坚持研究对象必须是跨国界或跨学科界的文学现象这一基本要求之外，还应当清醒地认识到，研究者也还必须具备被研究对象所应具备的中外文学与文化学养及广阔视野。唯此方能胜任这一研究任务，并努力去克服流于浅层比附或生搬硬套和脱离'国情'的'X 与 Y'式比较文学之不足，变'自发'为'自觉'"。[3]

2013 年

─────────

1　谢天振：《怀念景尧兄》，载《中国比较文学》2012 年第 4 期。
2　干永昌、廖鸿钧、倪蕊琴编选：《比较文学研究译文集》，上海译文出版社 1985 年版，第 102 页。
3　孙景尧：《从必然王国向自由王国发展—— 小议"X 与 Y"比较文学模式》，载《暨南学报》(人文科学与社会科学版) 1991 年第 3 期。

文学先人与"陌生"的精神花园

　　基督教和其他宗教一样都是一种世界观，只是每一种宗教的叙事话语系统不一样。基督教所设置的生命场景宏大，旨趣渺远，关怀终极。极富敏感性的中国现代作家们，他们与基督教的关系如何呢？在阅读中国现当代文学作品的时候，我常常也能感受到一种瞬息闪过的"灵光"，但并未作系统的思考。所以，当杨剑龙先生的《旷野的呼声》（上海教育出版社 1998 年版）一书放在我案头的时候，自然令我十分欣喜。阅读以后，我发现：作者用他纤巧的手在浩淼而庞杂的文学书海中为我们挑出了一根精神的丝线，这根线从"五四"一直连到现在，让我们在大量事实面前，清楚地看到这些敏感之人的所思所想，以及这些思想所带来的丰富成果。

　　批评基督教的人——特别是在现代——不管他的意图是恶意还是善意，大多忽视了这样一个事实：基督的教义尽管纯净抑或有点"简单"，但它丝毫也没有把这个世界拖向一极——如鸦片对人所起的效果那样——而是相反，人们一旦将终极理想与实践理性交织起来以后，世界反而呈现多层次、多色彩的面貌。思想家并未减少，文学也因此而开出一片又一片郁郁葱葱的绿洲。

　　新时期以来,关于20世纪文学的论著层出不穷,但是也许与意识形态主流话语的最深层结构"无神论"有关,1949年以后,对宗教与中国文学的问题一直所谈甚少,即使谈,也是一样的口吻、一样的统一结论。在1992年第5期的《文学评论》和1993年第4期的香港《二十一世纪》杂志上,杨剑龙先生相继发表了两篇重头论文:《论"五四"小说中的基督精神》和《"五四"小说中的基督教色彩》,引起了人们的重视。以致后来有人在撰写博士论文时,将杨的论文列位于中断了几十年后重新焕发生机的有关基督教与中国现代文学关系的一系列研究成果的先声。杨剑龙在第一篇论文的前言中写道:"漫步于'五四'文坛多姿多彩的艺术世界,我发现一个奇异的文学现象:许多作家的小说创作呈现出浓郁的基督教色彩。无论是执著于人生的在许地山,王统照,还是努力探索人生问题的冰心,庐隐;无论是着力宣泄留日学生感伤孤冷情绪的郁达夫,郭沫若,张资平,还是执意展示时代女性情感与理智冲突的石评梅,陈衡哲,苏雪林——他们的许多作品都不同程度地受到了基督教文化的影响……"这篇论文的第一部分记述了"五四"作家对基督的牺牲精神、宽恕精神、博爱精神的描写和赞美。第二部分则从伦理的、哲学的、历史的角度来比较和分析。第三部分在前两部分的基础上,对"五四"小说中的基督精神的意义与价值进行了评价。他说:"'五四'小说,以强烈的人道主义精神反抗封建传统,对推进'五四'新文化运动和中国小说的现代化进程,产生了积极的作用和影响,但宗教毕竟是一种支配人们的自然力量和社会力量在人们头脑中的虚幻反映,渗透了基督精神的'五四'小说,也存在着调和社会矛盾,设置虚幻理想,颂扬愚民精神的弊端。"如果说,这里的结论依然有些"传统"而过于简略,还有点不能令我们完全满意的话,那么，他的第二篇论文则从更加客观的角度把基督教与中国现代文学关系的主题延伸开来了。他指出：与西方作家不同，"五四"作家所受基督教的影响主要表现在对基督徒（在中国的基督徒）生活的描写、对《圣经》词语典故的借用、对《圣经》人物原型的模仿、对基督人格精神的弘扬。他还分析了1891年狄考文、富善等人主持翻译的《新旧约全书》是怎样既传播了基督教义又对新文学白话运动的兴起与发展起了推波助澜的作用。他甚至指出，中国小说走向现代化的标志之一，是中国小说完成了从写事为主到写人为主的转变，在这个转变中，具有基督教色彩的"五四"小说作出了不可忽略的贡献。同时，基督教的影响也促进了中国现代作家悲剧意识的生成，推动了中国现代悲剧小说的创作。应该说，这两篇论文既是杨剑龙关于基督教与中国现代文学关系研究的基础，也是他继而完成的博士论文专著（即《旷野的呼声》）的一个总纲。

《旷野的呼声》从一个具体的"内在精神"的角度来重新审视中国现代文学，使得原本大家已经司空见惯、语焉能详的中国现代文学语境变得"陌生化"起来了，变得神秘复杂而更富有独具的韵致了。我们自然也可以写些诸如"佛教与现代文学"、"道教与现代文学"之类的专著，但是，《旷野的呼声》将我们推得更远，它用渗透在全部行文中的比较的方法、哲学的思维，在读者眼中展开了一个阔大的文化场景。作者没有笼统地把基督教对现代作家的影响混为一谈，而是根据每位作家的情况，相当细致地区分了他们的不同。这里所用的材料，有的我们很熟悉，但是在以往，混迹于被主流话语一再阐释过的洪流之中，没有在意它的内在联系；有的则完全是我们以往所忽视的东西。作者经过艰苦的梳理、深入的分析，对以前的注重对象作了一些调整，找出了一条以鲁迅为首，包括周作人、许地山、冰心、庐隐、苏雪林、张资平、郭沫若、老舍、萧乾、巴金、曹禺、徐訏、北村、张晓风十五位作家的思想和艺术的线索。杨剑龙先生在研究中发现，事实上，每一位作家接触基督教文化的渠道和所受的影响程度以及侧重面都是不一样的。比如冰心，她和弟弟都是在教会医院出生的，教会医生给她留下了很好的印象。后来，她还考入了在北京的美国卫理公会办的贝满女中，受到了基督教十分深刻的影响。以致后来冰心说：那时“因着基督教义的影响，潜隐的形成了我自己的‘爱’的哲学”。基督教文化中“爱”的内容成了贯穿冰心作品的核心。再比如庐隐，她虽然也在教会学校度过了很长的时光，并且皈依了基督教，但是她由于受到新思想的影响，能以一种比较全面的观点来看待基督教。她发现了教会学校和基督教传教士本身的一些黑暗面，她揭示了基督教内部的罪感文化。作为宗教学家的许地山，对佛教、道教、基督教均有十分深入的研究，因而对宗教的态度显然比一般的宗教徒要全面、深刻得多。他认为宗教的主要精神是求善。许地山的小说中经常可以看到《圣经》人物的原型，如《圣经后典》的《苏撒拿传》中刻画了年轻貌美而遭奇耻大辱的苏撒拿形象，而许地山的《缀网劳蛛》中的尚洁与其十分相似。由于许地山将基督的伟大人格理解为以其自我的牺牲拯救世人，以其自我的受难救赎世人的罪孽，故后来柳亚子先生将许地山与鲁迅先生相提并论。在论到张资平的时候，作者既看到了张的反基督思想，如指责基督教“一面教人认罪，一面背着人作恶”，说“做神的仆人可以，做教会的奴隶就错了”等等，又指出张的作品常以多角恋爱为核心，基督教往往是作品的背景或氛围，在情节的展开中又大多细细描绘欲望的骚动、肉的迷恋、性的变态等等，《圣经》经常是作品中人物对抗肉欲的工具。《旷野的呼声》还分析了郭沫若对基督教的怀疑、批判与接受态度的交织，以及他作品中常用的袒露人物心理与情感忏悔的叙事形式；萧乾既反对 20 世纪 20 年代的强迫性信仰，以及宗教与帝国主义的关系，又认为"《圣经》本身是一本了不起的大书"；巴金作为一个无神论者企图将自己的矛盾心态统一于一个决意"用牺牲代替谦卑、伪善的说教"，为救同胞出苦海而奋斗到底的基督徒身上的努力……《旷野的呼声》发掘出的所有这一切，展示了——如马克思所说的——人类思想花圃里的异彩纷呈的花朵。混沌的迷雾散去后，是清晰的呈现。

杨剑龙先生是这样解释他为什么要选择当代的北村来作为研究链条的一环的："在这个选题的研究中，我感受到从现代作家到当代作家有一个断层。我觉得北村的意义，就在于把中国现代当代文学跟基督教文化的关系接起来了。如果讲20世纪中国文学跟基督教文化的关系的话，中间空了一段，但是北村在20世纪末把这根线连起来了。"至于选择张晓风，很显然是为了在地域上的更全面起见。从对这两位当代作家的作品的剖析中，我们能窥见某种不同于前辈作家的神韵。

这里值得特别一提的是《旷野的呼声》对鲁迅的评论。作者在考证了鲁迅于1925年和1928年先后两次购买了《新旧约全书》《圣经》，并收藏了不少研究基督教的著作等史实以后指出：从鲁迅著译中所涉及的有关基督教的历史、典故、意象、词语等，均可以看见基督教文化对鲁迅的不可忽视的影响。鲁迅对基督教文化采取了客观公正的态度，在对基督教历史的考察中，鲁迅既指明了基督教对科学精神、思想自由的压抑，也肯定了希伯来文化的璀璨庄严及深远影响。鲁迅认为宗教虽然压制了科学，却孕育了社会精神的花朵。他批判了基督教的创世说、天国说、奇迹说等教义，而肯定、推崇基督的救世精神。鲁迅真诚地为启蒙民众、拯救民众而努力奋斗，他任劳任怨、一往深情地扶植了许多文学青年。他曾说："我先前何尝不出于自愿，在生活的路上，将血一滴一滴地滴过去，以饲别人，虽自觉渐渐瘦弱，也以为快活。而现在呢？人们笑我瘦弱了，连饮过我的血的人，也来嘲笑我的瘦弱了……"鲁迅的这种被自己呕心沥血相助的人嘲笑、折磨的情境，与耶稣的受难十分相似。作者在引用鲁迅挚友内山完造的话："鲁迅先生，是深山苦行的一位佛神"后说："我们似乎也可以说：鲁迅先生是一位为拯救世人而受苦的基督。"当然，我们知道鲁迅先生还有他金刚怒目、"决不饶恕"的另一面，这与"背着因袭的重担，肩住了黑暗的闸门"的形象构成了一个相当复杂深刻的主体灵魂。杨剑龙先生的研究给我们以启示。

在《旷野的呼声》的序言里，杨剑龙先生用深沉的语调写道：基督在旷野上疾呼人们悔过自新、改邪归正，但他的主张并不被人们所接受，"中国现代作家在启蒙运动中，常常会有一种身处旷野之感，那种呼唤民众的觉醒而不为人们所接受的孤寂之感，那种为民众而献身却不为人们所理解的落寞之感，那种欲和敌手对垒却陷入无物之阵的无奈之感，这在鲁迅的作品中表现尤为生动：在无物之阵中老衰、寿终的'这样的战士'，沉酣于大欢喜、大悲鸣中的'人之子'，赤裸地站立在无边的荒野上说出无词的言语的'垂老的女人'等，都托出了鲁迅深沉的旷野之感，这种感觉在诸多的中国现代作家心中都或多或少地存在着"。"旷野的呼声"是耶稣的形象，也是 20 世纪中国文学中一个深邃的精神意象，取之为书名，是很有意义的。

与美国学者罗宾逊的《两刃之剑》不同，《旷野的呼声》是从更加客观的角度来探讨基督教与 20 世纪中国文学的关系的。它所研究的不仅仅是基督教精神在中国文学中的光环效应，它也将作家笔下人物对基督教的责难一览无余地展露出来。这样一来，我们所看见的就是一个个真实而立体的心灵世界。本来，生活于顽固而又古老的文明传统之中的中国作家们，不可能具有西方作家那种根子上的、深入骨髓的基督教文化的熏陶与渗透。他们对基督教文化之花的采撷往往带着功利目的,他们可以根据自己的理解和需要将基督教文化溶入自己的作品之中。许地山在《我们需要什么样的宗教》一文中认为:当时中国所需要的宗教应当是"一要容易行的,二要群众能修习的,三要道德情操很强的,四要有科学精神的,五要富有感情的,六要有世界性质的,七必注重生活的,八要合于情理的"。他接着说:"按耶教近年发展的趋势似甚合于上述的理论。"这里的阐说,从当时看,有的是勉强的,有的是与事实不符的。其实,只要仔细读一读五四时期的大量作品,我们就会发现,作家一般都把基督教的教义和基督教的仪式分开,把伟大的耶稣基督和具体的教会神职人员分开。当他们(如同任何一个东方民族一样)恼于西方那种强制式的传教方式时,情绪自然是敌对的;而当他们虑于缺少一种唤起民众的精神武器时,情绪则又是柔和的。当他们目睹神职人员的虚伪与空洞时,态度是激烈的;当他们仰望基督被钉在十字架上蒙难的身影时,态度又是虔诚的。

假如将眼光投向世界范围,我们便会发现,随着时空的转换,文化的进步与科学技术的发展,宗教本身正在变得越来越宏阔辽远,中世纪神学的黑暗、压抑,缺乏自由空气的人神关系,被"博爱"、"民主"、"个性主体"等所代替。一方面,正如艾略特说的那样,倘若基督教信仰完全消失,欧洲文化就无法残存下去;而另一方面,在基督的旗子下,西方无论科学主义还是人文主义在当代都获得了长足的进展。联想到这样的现状,我们对"五四"的先人们是没有什么话可说的。

《旷野的呼声》从表面看是一种个案研究,但要把如此众多的文学作品加以条分缕析,找出各自的不同与联系,这里就已经暗伏着宏观研究在。没有大量的前期工作,没有史识与慧眼是根本做不到的。尤其难能可贵的是：作者特别注重《圣经》文本对于 20 世纪中国文学的影响，发前人所未发，努力探寻出现代文学中的《圣经》（如《马太福音》《约翰福音》）原型，这是很细致的研究工作。这部专著视野开阔，举例子得心应手，引经典恰到好处，文笔流畅生动，的确是一部填补现代文学研究空白的有价值的论著。

　　中国人的图腾是龙—— 一种至少我们所没有见过的动物，但很多人相信我们是龙的传人；西方人崇拜的偶像是耶稣基督—— 而基督却是一个实实在在的"人"的形象。我们唱《龙的传人》，我们也喜欢希伯来那充满青春气息的诗句："所罗门的歌，是歌中的雅歌。"

1999 年

汉语命名的难题 *
——Westminster Abbey 汉译引发的思考

中央电视台新闻频道 2017 年 11 月 20 日报道 [1]：为庆祝英国女王伊丽莎白二世（Queen Elizabeth II）和丈夫菲利普亲王（The Prince Philip）结婚 70 周年，"威斯敏斯特大教堂"特意鸣钟三小时，以表示对女王夫妇"白金婚"的纪念和祝福。这里所说的专属英国王室的"威斯敏斯特大教堂"，英语原文为 Westminster Abbey，位于伦敦泰晤士河畔的议会大厦旁，是一座历史悠久的典型的哥特式建筑。由于经常举办王室庆祝活动和国务活动，也是历代君王和其他许多著名人物的落葬之地 [2]，"威斯敏斯特大教堂"闻名遐迩，成为英国王室的重要象征，也是世人英伦游的必选景点。1987 年，它被联合国教科文组织授予"世界文化遗产"称号。然而，在一些介绍

---

* 本文与莫为合作。

1　http://www.chinanews.com/gj/2017/11-20/8380682.shtml.

2　著名人物如牛顿（Isaac Newton，1643—1727）、狄更斯（Charles Dickens，1812—1870）、达尔文（Charles Robert Darwin，1809—1882）都落葬于此。

西方大教堂的汉语书籍中，Westminster Abbey 也被译为"威斯敏斯特寺"或"西敏寺"；在一些更为专业的汉语论著中，Westminster Abbey 又被称为"威斯敏斯特修道院"。对于这样一处具有标志性的重要宗教建筑，为何会有大教堂、寺、修道院三种迥异的汉译呢？Abbey 到底应该如何翻译呢？这其实是一个很有趣味的话题，涉及不少历史与宗教问题。

"隐修院修会"与"传教修会"

天主教的"修会"（Religious order，order 源自拉丁文 ordor），指有纪律地工作、祈祷和研读，以及服从中心权威的生活方式。[1] 历史上，天主教的修会大致可以分为两类，第一类是"隐修院修会"，第二类是"传教修会"。

隐修院修会。早期的"隐修院修会"是从更早的"隐修修会"发展而来的。所谓的"隐修修会"，是古代基督宗教以个体为主的修会，盛行于公元 3 至 5 世纪，起因于当时一些基督徒为了躲避罗马帝国的迫害和世俗生活，遁迹深山旷野，专事内心修养，过隐居独处的苦修生活。埃及德巴意旷野的独修隐士安东尼（Antony，约 251—350），被认为是基督教个体隐修制的创始人。他曾经收徒授道，划定修行的地点和彼此间的距离，口授简单的修行规则，如静默、劳作、斋戒、苦行、祈祷等。公元 300—303 年间，天主教会在西班牙爱尔维兰举行会议，制定了数条规则，令独修者共同遵守，形成了隐修修会的初步模式。

随着过隐修生活人数的日益增多，独居的隐修生活逐渐发

1　参见丁光训、金鲁贤主编：《基督教大辞典》，上海辞书出版社 2010 年版，第 721 页。

展成为有组织的群居共处，隐修士必须服从相对统一的规章制度和隐修院院长[1]的主持。公元4世纪时期，埃及基督徒帕克米乌（Pachomius，约290—346）开了集体隐修制的先河。[2]他倡导将独修者组织起来，过集体的隐修院生活。于是，以埃及达百纳（Tabenna）隐修院为中心地区，不久便诞生了许多隐修院。公元5世纪初期，埃及尼罗河流域沿岸，已经有约五万名隐修院修士。公元6世纪初，意大利人努尔西亚的本笃（Benedict of Nursia，也译为本尼迪克，480—542），于罗马帝国战乱时期来到意大利中部的卡西诺山（Monte Cassino）避难，并在阿波罗神庙的原址创建了历史上著名的"卡西诺山隐修院"，这标志着第一个比较规整完备的隐修院修会"本笃会"的诞生。本笃还制定了"本笃会"的"会规"，对隐修士提出了严格、系统的要求，成为日后西方隐修院修会的制度基础。

　　西方早期隐修院修会没有专门对外传播和普及福音的机构，但是会从事一些古代经典的保存与整理性质的工作。以卡西诺山的"本笃会"为例，本笃创办卡西诺山隐修院以后，终其一生，再也没有离开过。在那里，前后有200多位隐修士参与了《圣经》和古希腊、古罗马典籍的抄写、注释、校勘等工作，成为保护和复制古代智慧和经典的重要组织。可以说，隐修士们将卡西诺山隐修院变成了天主教和古希腊罗马传统的储藏室。卡西诺山隐修院的历史是漫长和动荡的，它是"罗马帝国瓦解和文艺复兴秩序重建期间意大利乃至整个欧洲的人类机构的运气的象征"[3]。古代遗产就在这样的僻静

1　隐修院院长，其英语为 Abbot，是隐修会的最高管理者。该词源于叙利亚文 Abba 和希伯来文 ab，有"父老"之意，是一种尊称，指男隐修院的院长。女隐修院院长是 Abbess。参见任继愈主编：《宗教词典》，上海辞书出版社1983年版，第986页；霍恩比：《牛津高阶英汉双解词典》，石孝珠等译，商务印书馆2004年版，第2页。

2　参见丁光训、金鲁贤主编：《基督教大辞典》，上海辞书出版社2010年版，第466页。

3　玛格丽特·L.金：《欧洲文艺复兴》，李平译，上海人民出版社2015年版，第22页。

之处（本笃会的隐修院后来遍布欧洲乡村）[1] 得以保存下来，直到文艺复兴时期的人文主义者发现并重新消化了它们。

自此以后，类似的集体隐修院在中世纪的欧洲大为流行并发展起来，它常常是封建庄园，拥有大量土地甚至农奴。住院四周围有高墙，与外世隔绝。隐修院建筑群中，除了宏伟的隐修院大教堂（Abbey），还有专供修士独自祷告的小教堂，以及库房、膳厅、寝室、药房、客舍、工场、花园、菜圃和鱼池等。许多隐修院会开办院内学堂、收藏图书，同时经营一部分商业活动并且拥有武装，从而成为宗教、政治、经济、文化上的一种特殊力量。

传教修会。12 至 13 世纪，一些新的天主教修会（有些就是从先前的隐修院修会转制而来，期间也经历了种种曲折），如方济各会（Franciscan Order）、多明我会（Dominican Order）、加尔默罗会（Carmelite Order）、奥斯定会（Augustinian Order）纷纷创立。这些修会针对隐修院修会囤积大量地产和财富等而造成的社会问题以及时代趋势的种种变化，作出了重大改变。与隐修院修会的修士绝对服从院长领导有所不同，这些新修会在院长之上还有省会长和总会长，总会长则直接隶属于教皇。新修会规定，修士须"清贫"和"不置恒产"，主张修会的活动应走出隐修院（在中世纪后期，虽然隐修院也展开了一些针对平民的教育，但大多局限于隐修院周边的农民）的高墙，要承接"使徒的使命"[2]，对广大城镇市民进行传教。他们云游四方、托钵行乞，因而被形象地称为"四大托钵修会"[3]。

16 世纪的欧洲掀起了宗教改革的大潮，天主教会产生了危机感，开始在内部进行改良，并实施进一步加强和扩大自身影响的举

1　布鲁斯·L. 雪莱：《基督教会史》，刘平译，上海人民出版社 2012 年版，第 122 页。
2　王凯：《西欧中世纪修道院教育研究》，内蒙古大学出版社 2012 年版，第 116 页。
3　丁光训、金鲁贤主编：《基督教大辞典》，上海辞书出版社 2010 年版，第 642 页。

措。新修会"耶稣会"（Society of Jesus）的成立是当时一个重要的事件。耶稣会由西班牙退伍军人依纳爵·罗耀拉（Ignacio de Loyola，1491—1556）于 1534 年创立于巴黎，1540 年得到罗马教皇保禄三世（Paul Ⅲ）的批准。耶稣会会士广泛参加社会活动，不再拘泥于固定的会院。为了更好地前往海外传播天主使命、融入当地的风俗，耶稣会决定放弃统一的会服着装，并努力学习当地的语言和文化。以上这些具有外张革新意识的天主教修会，便是第二种"新制修会"。伴随着航海科技的进步，天主教向外传播福音的活动越来越频繁，规模越来越大，范围也越来越广（前往亚洲、非洲、拉丁美洲等地区进行传教）。这些"新制修会"在国际上多被称作"传教修会"。

由此可见，两种修会，即注重对内修行的"隐修院修会"和侧重向外输出福音的"传教修会"的先后形成，恰恰与天主教历史发展的时间之轴相契合。中世纪前期，"隐修院修会"是最为常见的，而中世纪后期及宗教改革运动期间，"传教修会"成为了罗马教廷维护和推广天主教信仰的中流砥柱。随着"传教修会"的发展和新教的兴起，"隐修院修会"的模式便渐渐式微，这与时代的大变迁是密切相关的。

"隐修院"与"修道院"

现在，我们可以讨论相关的另一个问题了。在基督教的汉语翻译和撰述中，经常会把"隐修院"与"修道院"混为一谈，或在释义上含糊其辞，造成理解上的许多困难。其实，准确的说法是："隐修院"（monastery）对应于隐修院修会，"修道院"（seminary）对应于传教修会（狭义的"修道"一词原是佛教用语，这里是采用"以中释西"的方法来命名天主教机构）。上文已经说过，早期"隐修院修会"

没有专门的教育部门，而是以隐修士的收藏、抄写、注释、校勘古代典籍等为主要活动（也是教育途径）。所谓学习场所也主要是指隐修院内部的学堂，其主要手段是个人的灵修；而天主教的"传教修会"，由于自身传教事业的迫切需要，才设立修道院。

就词源看，Seminary 来自拉丁文的 seminarium，是指罗马天主教培养神职人员（特别是传教神父）的学校——修道院（简称修院）。1562 年，教皇庇护四世（Pius Ⅳ）主持了特伦托公会议的最后阶段。会议决定在每个主教区开设修道院，以增加神父的数量并提高他们的素质[1]。一般而言，修道院按神父培养教育的不同阶段，依照由浅入深的次序细分为三级，即备修院（preparatory seminary）、小修院（minor seminary）、大修院（major seminary）。备修院是修道院的预科，主要学习高中课程，并要求选读拉丁语文，为有资格进入小修院做准备。小修院一般学制是三年，主课为拉丁文学以及其他古典文学。大修院的学制是六年，课程有经院哲学[2]、圣经学、教会法典、宗教礼仪、神修学和教义神学等课程[3]。因为天主教大修院的学习课程通常分为两大类——经院哲学和神学[4]，所以大修院也被称为"神

1　约翰·梅里曼：《欧洲近代史：从文艺复兴到现在》，焦阳等译，上海人民出版社 2015 年版，第 114 页。书中译为"神学院"，见后文说明。

2　经院哲学（scholasticism），是西欧中世纪主要哲学思想的总称。系从拉丁文"学校"（schole）一词演化而来。中世纪教会主掌一切学校，修生聚于学院（经院），主要研究基督教的教理，同时也研究哲学、逻辑、语法、修辞学等知识，以服务于基督教信仰。由于这一时期的哲学主要产生于经院，故也称为"经院哲学"。经院哲学寻求理性与信仰之间的调和，谋天启与人智的统一。以托马斯·阿奎那（Thomas Aquinas，1225—1274）为代表。

3　参见丁光训、金鲁贤主编：《基督教大辞典》，上海辞书出版社 2010 年版，第 719 页。

4　神学，源自希腊文 Theologia，意思是"论述神的学科"。古希腊一些哲学家就使用过该词。奥斯定（又译奥古斯丁，Augustine，354—430）所下的定义是"关于神的理论或论述"。托马斯·阿奎那又将神学划分为启示神学和自然神学两部分，后者更加偏重于理智，借助对于自然现象的分析，得到、领受神的一定的启示。

哲学院"。而神哲学院前一阶段的学习单位,英语称为 Philosophical Seminary,汉译为"哲学院";后一阶段的学习单位,英语称为 Theological Seminary,汉译为"神学院"。

随着历史的发展,由各国各地的教会主办的、以培养神职人员为主要目的的"修道院"(Seminary)已经在世界各处普及开来,并且往往被人以"局部代整体"的方式,直接叫做 Theological Seminary。汉语论著在表述时,有时也称其为"神学院"而不是"修道院"了。

两种性质的"神学院"

这里同时引发了一个很有意思的问题,那就是,我们在西方一些著名私立综合性大学的设置中,经常会看到 Divinity School 或 Divinity College 的存在,它们也被汉译为"神学院"。那么,这些大学(其中许多是在教会创立的、面向大众的"大教堂学校"的基础上建立起来的,后来一步一步逐渐发展成为综合性大学,但保留了神学院)的神学院和教会主办管理的神学院(Theological Seminary)有何不同呢?笔者认为,这里存在三个层面的区别:

首先,就设立的区域来看。Divinity School(College)仅设立于信奉基督宗教国家(以西方为主)的综合性大学之中。以我国为例,我国的大学就没有独立的神学院(Divinity School or Divinity College)设置。如有宗教学系(包含多种宗教的教学和研究),一般置于哲学学院之下(如复旦大学)。而 Theological Seminary 早期是天主教"传教修会"大修院的高级学习阶段单位,它主要设立于西方信仰基督宗教的国家,但也可以设立于被传教的国家或地区。以我国上海为例,1877 年耶稣会就在徐家汇建立了大修院(今位于上海市徐汇区南丹路 40 号）。当前，我国将天主教培养神职人员的学校称为"修道院"（如"佘山修道院"），将基督新教培养教牧人员的学校称为"神学院"（如"华东神学院"）。其实，这两者的英语名称都是 Theological Seminary。

其次，就设立的机构来看。Divinity School（College）主要是由基督教国家的私立综合性大学设立的。虽然历史上这些大学多数是教会创立的，但渐变成私立综合性大学后，已经转由董事会管理，其教会属性内在为一种教育理念和传统。在 Divinity School（College）学习的，除了宗教专业的学生，还有该校其他专业对宗教感兴趣、热衷于宗教社会服务的学生。经过 Divinity School（College）的学习和研究，学生成绩纳入综合性大学的学分体系，毕业生能够获得相关的文凭或学位，这是正规高等教育的一部分。而 Theological Seminary 则属于教会直接办学管理的性质，早先设立 Theological Seminary（Seminary 的高级神学学习阶段）的直接原因，是罗马天主教为了应对宗教改革并实现自身的改良和发展。前文提及的特伦托公会议的决议《特伦托信纲》，不但主张开办 Theological Seminary 阶段的学校，并且强调要重视之前阶段的哲学教育，从而为神学阶段的教育作充分准备 [1]。随着历史的演进，属于天主教"传教修会"大修院的神学院越来越发达，神学院的学习范围也逐渐拓展到论证基督全部教义的各个方面，举凡上帝、基督、人性、伦理、虔修、教会等，都属神学的论题。就方法论而言，神学院教育阶段，各种哲学和推理皆可借用，但根本精神都必须从承认神的启示出发，并且归于论证所信启示。

第三，就教育的结果来看。Divinity School（College）的学生

1　参见丁光训、金鲁贤主编：《基督教大辞典》，上海辞书出版社 2010 年版，第 618 页。

（可以是信徒，也可以不是信徒），经过学习，成绩符合要求，并且
达到授予学位的标准之后，可以被授予相关的神学学位（如 Degree
of Theology）。但学生若是平信徒 1，则不能仅凭在 Divinity School
（College）的学习经历、成绩或学位而获得神品 2；已有神品的学生，
也不能凭借在 Divinity School（College）的学习经历、成绩或学位
（哪怕是博士学位）在神品上直接获得提升。也就是说，各个等级的
神品都必须是教会授予的，综合性大学的神学院是无权颁发的。历
史上，经过教会办的神学院（Theological Seminary）阶段研习的人，
达到了规定的要求，就能获得教会授予的相应的神品。在当代，天
主教会七品（主教、神父）以下的神品等级概念已经淡化，而教会办
的神学院也会颁发自成体系的学位。

"修士"与"修生"

在此基础上，又衍生出的另一个需要界定的概念：修士。在相
关的汉语词典中，"修士"一词的解释多语焉不详。笔者发现，对应
于基督教汉语文献中"修士"一词的，其实是四个不同的英语单词，
即 Monk、Brother、Coadjutor、Seminarian。这种交错套叠的现象
背后，有着复杂的历史、文化原因，也需要按照逻辑线索加以梳理。

Monk，特指以前文所述的隐修院（Monastery）宗教生活为使
命的隐修士（汉语也有译为"僧侣"的）。他们终其一生于隐修生活。
为了"拯救灵魂"，Monk 除了"三绝"（绝财、绝色、绝意）之外，更

1　平信徒（Layman），基督教无"神职"和"神品"的一般教徒。
2　神品（Holy Order），亦称"圣品"或"圣秩"，共分七级（大品三级和小品四级），
曾是天主教会神职人员的权力、职分的品级。天主教会的神品领受仪式通常须由主教
主理。大品（Major Order）也称"正级神品"，即七品（主教和神父）、六品（执事）、
五品（副执事）；小品（Minor Order）也称"次级神品"。

要脱离"空虚的尘世"和"罪恶的世界"（女隐修院是 Convent，女隐修士是 Nun）。

Brother，原是一个强调血缘关系的常用词，在这儿，则是指因信仰天主教而离家进入修会、立下"三绝"誓言的男性。这里的第一重含义，是强调他们不同于平信徒，是天主教会内部的神职人员，从事祈祷或传教工作。一般来说，Brother 具有七品以下的神品，这是神职人员身份的象征；第二重含义，是对于其性别的界定，Brother 是相对 Sister（修女）而言的；第三重含义，是神职人员彼此之间较为亲切的互称，强调同一信仰，甚或同一修会。

Coadjutor，指男性修会中除了神父之外的成员，是教会内部的习惯性称呼，常被汉译为"辅理修士"，因其职责是辅助神父的各种日常事务。但这些成员之间也常常以 Brother 互相称呼，以简繁去冗。

Seminarian 的词根与 Seminary 相同，专指在传教修会的修道院学习的学生。他们尚处于学习阶段，不同于已经从事神职工作的其他修士。虽然汉语也常常将其译作"修士"，但显然是不够严格的。出于对其学生属性的考虑，Seminarian 应当译为"修生"，才更加确切。

以上四个英语单词，各有自身的词根，在宗教语境中有着截然不同的起源和原初义，如果统一用汉语"修士"一词来表达，难免有时会让读者摸不着头绪。

Westminster Abbey 如何汉译？

写到这里，可以回到 Westminster Abbey 的汉译问题了。

先来看"威斯敏斯特大教堂"的汉译名。Westminster 原义为

"西部隐修院"（West Minster），也是原先隐修院的旧名。据史料记载，早先的隐修院，由萨克森（Königreich Sachsen 属德国）公爵塞培特（Sebbert）于公元 616 年所建，10 世纪时英王埃德加（Edgar）在此建造正式教堂，并交由本笃会修士主持 [1]。Abbey 就是隐修院中大教堂的专有名词。隐修院高墙之内，只有隐修院的最高领导——隐修院院长（Abbot），才能担任隐修院大教堂的主教。16 世纪，新教国家的隐修院制度瓦解，英国也经历了宗教改革，Westminster Abbey 被英格兰圣公会占有，但是其名称中最具隐修院特征的 abbey 却得到了保留，这在一定程度上也是新教性质的英格兰圣公会对本笃会隐修院的历史性致意。今日的 Westminster Abbey，被高墙包围，正门的侧面有一扇铁门，铁门的上方用古老的英语书体写着 Westminster 的字样。走过铁门，置身于一座长方形的庭院，四边是走廊，为数不多的几扇窗，只能从内打开，隐约可见 Westminster Abbey 的恢弘。庭院对角的尽头是另一扇铁门，穿行过后，便是更高的围墙和更幽长的走道。今日位于伦敦黄金地段的威斯敏斯特区，正是发源于这个早年的本笃会隐修院所在地，它是伦敦历史文化的根脉。

将 Westminster Abbey 汉译为"威斯敏斯特大教堂"，忽略了其本笃会隐修院的特殊历史，减少了应有的历史厚重感，而且容易与当地另一处天主教建筑相混淆。事实上，仅仅离 Westminster Abbey 半英里远，就有一座可谓真正的"威斯敏斯特大教堂"（Westminster Cathedral），那是英国的罗马天主教中心所在地，也是英国红衣主教的住所。据记载，英国宗教改革 300 年后，罗马天主教的主教才得以再次进驻此地。1884 年，罗马天主教会买下 Westminster

---

1　参见丁光训、金鲁贤主编：《基督教大辞典》，上海辞书出版社 2010 年版，第 654 页。

Abbey 半英里外的一块沼泽（这块沼泽地原来也是本笃会的产业），
Westminster Cathedral 于 1895 年动工建造，1903 年落成。相较于
Westminster Abbey，Westminster Cathedral 要年轻得多。

　　再来看"威斯敏斯特修道院"的汉译名。如前所述，修道
院（Seminary）是传教修会的学校，不同于隐修院修会的隐修院
（Monastery）。将 Westminster Abbey 的 Abbey（隐修院的教堂建
筑）汉译为教会培养传教神父和神职人员的"修道院"，是多么的
尴尬。

　　最后来看"威斯敏斯特寺"的汉译名。"寺"原指佛教的庙宇，
是"僧侣"（男性佛教徒）生活居住、从事宗教活动的场所。之所以有
"威斯敏斯特寺"的用法，存在两种可能性：第一，以英语为母语的
作者往往将"寺"译为 monastery，将"僧侣"译为 monk。所以，以
汉语为母语的作者自然也就会顺其逻辑，将 monastery 和 monk 分
别回译成"寺"和"僧侣"。第二，这是汉语译者的有意而为之，即采
用"以中释西"、以佛教阐释基督教的手法，将外国的概念译成国人
便于理解的意思。然而不管怎么说，用佛教用语来翻译基督教国家
的宗教建筑，难免显得生硬、欠妥。

　　那么，汉语到底应该如何翻译、命名 Westminster Abbey，才能
恰当、清晰地传达其准确的含义，从而不让国人误解呢？这似乎并
不是一个轻而易举就能解决的问题。

2018 年

Westminster Abbey

札记一组

"高山在分娩"

"高山在分娩，结果生出一只小老鼠"（意为伟大的艺术家却生产出了微不足道的作品。参见雷立柏编：《古希腊罗马教父时期名著名言辞典》，宗教文化出版社 2007 年版）。

这是多么希腊化的语言！它再次证实了希腊人的"天真"，也说明了伟大作品的奥秘，其实就是哲理加形象化的结果。形象是外表，哲理是内涵。意大利学者维柯的古代诗性话语分析，又可以增加生动的案例了。

最早的指挥棒是手杖！

上海的 94.7 古典音乐频道告诉我们：最早的西方指挥家竟是用拐杖击打地板的方式来指挥乐队演奏的。后来这位音乐"统帅"因指挥时拐杖误伤脚趾，引发严重坏血病而不幸去世。

这样的故事除了让我们在精神上受到震撼，还能有什么呢？

"教育"与社会分层

我们对教育的含义一般多泛泛而谈。认识"通识教育"的重要意义是一大进步。可为何希腊时代，一方面说是人类的童年，一方面又说是轴心期，是伟大人物出现（其实并不多）的时代（他们的贡献有原创性，这毋庸置疑，可以理解，但这是另一个问题）？

读房龙《人类文明的开端》忽然想到，这其实就是"教育"造成的。教育抹平了分层，又分开了层次。

希腊时代受教育的人局限于贵族，非常稀少。然一旦教育施予原本天生聪明之人，加上没有太多阻碍，天才自然就会在勤奋的催发下爆发出来。凤毛麟角，因而十分显眼。

随着人口的增长和教育的普及，人与人之间的知识水平和视野的距离被拉近了，资讯呈几何级数增长，人皆可成专家，故而要出挑就显得困难。这从宏观上说是有益于人类的。知识分享的公平，人均权利的公平，只有从殊途、出怪招，才会出现令人耳目一新的创举（无论科学还是人文）。我们20世纪五六十年代出生的人，所受的教育是尴尬的，前有民国后有改革开放。

在依旧战火纷飞的中东或非洲，索性没有教育，大家仍在无知和愚昧中生活、挣扎。真正有见识，站立于群氓中立现光芒的人，往往是落后地区出去，接受西方先进教育，反观中东或非洲落后文化的人。只有他们，才提得出"后殖民主义"这样看似"批判"，而实际上"认可"西方文化的理论。因为这种理论本身正是在西方思维启发下催生和形成的。

亨廷顿说"文明的冲突"，现在有人说，根本就是"有知与无知的冲突"。无知者无畏，但永陷万劫不复之深渊。当年，罗斯福提出用庚子赔款开学堂、传教育，既是一种居高临下，但也道出了人间世的真相。蒙昧或愚昧的教育也是一种"教育"，但这是在海水中撒下胡椒粉，永远也看不清海底世界的。

希腊人说《荷马史诗》是希腊人的教科书，其实是从通识意义（人生一般意义）上说的。这样的背景，才是专门学问（相对而言）——如柏拉图、亚里士多德之论——产生的温床。当然，那时也未有今日之学科分类。不要混淆古代思维与现代思维。

《庭中有奇树》的抒情主人公

学者和诗人曹昇之从台湾中央大学来电商榷：这是一首写爱情的诗，还是象征君臣的诗，主要面在哪里？"庭中有奇树，绿叶发华滋。攀条折其荣，将以遗所思。馨香盈怀袖，路远莫致之。此物何足贵？但感别经时。"（《庭中有奇树》）

答：窃以为，一、此首古诗，如无确凿证据是断难说成君臣之谊的。唯旧时青春妇女多生活幽闭、爱恋无以实现，故于独处之中对季节、时序、自然等物（富足、繁忙、浑噩之人往往不加留意）敏感有加，并以欲献花而不得来表示对意中男子某种深挚的思念和无奈的哀怨之情。这个年轻女子不会是底层劳动妇女，她的苦不是衣食之忧，而是"奢侈"的思夫之痛。二、这诗的抒情主人公是思妇，如作者与思妇为同一人，则很简单地符合抒情主人公同于作者的定律；如作者是不同于思妇的另一人（男子），那有两种可能性，第一，借思妇之言行抒发"自己"对之（也许某个人，也许一种普遍的社会现象）的同情。第二，借思妇言行暗喻"自己"对另外一种"思之不得"之事物（如思念君王，如不被见用等）的情绪。这两种情况看似复杂,抒发的实际上都是作者自己的情感。然第二种解释虽在理论上可行,而于鉴赏之时则无法服人。实际上这是男子想象中深情女子的应有之状。因为毕竟作者是男子。

大数据与千古人心

近日有人运用大数据统计了《全唐诗》近 5 万首诗歌。发现出现最多的字是"人",最多的季节是"春",最多的词是对景物的描写。最令人"想不到"的是,这么多诗所呈现的主题绝大多数是悲、忧、愁、苦、凄、怨等,而非幸福与快乐。

尽管机器和数字是冷冰冰的,但这种统计说明了,哪怕是在唐朝这样中国历史上的黄金时代,人们内心的主旋律还是如木心形容《诗经》时所言的"一片悲苦之声"。

这是由时代的性质决定的,还是由文学或文类的性质所决定的?我觉得,两者都有:一、社会的真相未必如史书所宣扬的那么辉煌,且"小传统"(民间叙事,不同于官方叙事的"大传统")往往在诗中所占的比例更大;二、诗的特性是人心深处的至情至性,除了个别例子,大多数情况下,人都是在失意、失望、乃至悲苦、绝望之际才会来写诗。这种不满足和期盼(可能永无实现)只能通过"诗"这假想的渠道,来形成"替代性"的满足。

丹钦科的《文艺·戏剧·生活》

不知是因为翻译的习惯,还是俄国作者历来就使用这种笔调(丹钦科:《文艺·戏剧·生活》,焦菊隐译,中国戏剧出版社 1982 年版):没有闲情逸致是不会去看这种白桦林、鹰翔、烟、草地的极其细致的刻画，以及那种稠密的，有些时候甚至让人喘不过气来的句式的。但看进去，有耐心看上二十页，你就能体会到这种俄罗斯文体的魅力。

这个时候对剧场的逐步的理性理解并驾驭，与柏拉图时代无封闭剧场的戏剧演出之间可否比较分析呢？除了喋喋不休的"机械降神"之外，很少有人对希腊剧场本身投以关注。我译的《希腊悲剧的观众》倒是有一些少见的、具体例子的。契诃夫极重形式（也就是剧场的可行性），在强调自己是医生的重要性的同时，甚至使整个剧院（人、物）都搬到了自己的居家附近，为的是让剧院来适应他，让"形式"来应和"内容"。

丹钦科的写作风格颇为别致。先叙写自己家乡田野种种自然物茂密的景象，十分细致。末了才说：这些景象都是契诃夫所喜欢的。就像以前，有人先用极简的语言按事件的时间顺序说了一个妇人的故事，最后才来一句"这就是鲁迅的《祝福》"，让人瞬间呆掉。

叶兆言与张新颖对谈时说：契诃夫和沈从文的早期小说很一般，只要不断写，就会好的。后者不论，其实契诃夫的风格与文笔，绝不是多写就能学会的，太特殊了。丹钦科的回忆录很"真实"、很难得，而且充满了回忆录自身应有的文体要求和严肃性！

"文艺复兴"是个概念

可以说，"文艺复兴"与"中世纪"一样，只是一个悬空的概念，而且这个概念是由后人根据某些东西推断出来的。

西方美术史说：文艺复兴史其实就是图像史，整个儿呈现于图像而已。

玛格丽特·L.金说：这与苏联的历史、棒球的历史或柏拉图传统(有明确时间、空间)完全不同。因此有人甚至认为,根本就不存在什么"文艺复兴"。

然而,在这个时间段前后,绝对的教皇威权、宗教改革、黑死病、商业与城市发展、工业革命与科技革命,均是确确实实发生过的。

所以这是概念与实体的关系,尽管前者以后者为前提,但两者本质上是不同的。有人说胡适当年要搞的也是文艺复兴,但复到哪儿去呢? 20 世纪 80 年代似乎是"文艺复兴",但最终依旧还是一个概念。

"明朝的历史契机"

《文学回忆录》上卷第 435 页记载,木心说:

"明朝的历史契机,确实存在的。神宗赏识徐光启,又让利玛窦传布西方的宗教和科学。如果延为左右手,真正的天下为己任,神圣中华帝国的历史,整个要重写。"

这短短的几句话,实在令人回味不已。

"如果强分糟粕,就会全盘否定"

王元化晚年云:"如果强分糟粕,就会全盘否定。"(吴琦幸:《王元化晚年谈话录》,上海人民出版社 2013 年版,第 254 页)有人不解此意。其实,将历史文化传统分为"糟粕"与"精华",是我们一直以来的习惯说法,许多人沿用是情有可原的。但按照现代观念,这实为简单的二元对立论。事实上,世间之物事都是交织在一起的有机整体,难以界定何者绝对的是或何者绝对的非。如果硬要"强分糟粕",把其中一部分说成是绝对坏的,那就会完全看不到这部分中间也可能存在的合理成分了。这里的"全盘"是指所谓的"糟粕"部分。教科书里常出现"取其精华、去其糟粕"之说,很少有人对此说持斟酌态度。而按照上面的思路,就能理解同一页里元化先生的说法了:"今日之精华,可能是昨日之糟粕。"

《夏娃日记》的互文性

只要仔细读马克·吐温的《夏娃日记》,你就会发现,这其实是一部奇书,而非仅仅如鲁迅先生所说的幽默之作。

首先,从文体看,作家尝试用圣经文体写圣经故事。苍茫,辽阔,原始,生动。第二,从亚当、夏娃日记的并置与插入看,显然又是在展示心理(男女元祖)的不同与同。先看亚当,再看夏娃,然后参照看,极有意味。互补互解、二元性地说明同一件事情(文学作品的确比理论著作更易达到互文性),会有不同于单维视角看世界的立体效果。特别是男女性别差异的趣味。

这部英语小说的题目被汉译为《夏娃日记》,但事实上,小说的原题应汉译为《亚当和夏娃的日记》,奇怪的是,文本内部又将夏娃书写的部分标为 "Extract from Adam's Diary" 也就是说,夏娃日记是从亚当日记中抽离出来的。

那么问题就来了,是谁将它抽出来的?他俩连文字都不懂,怎么可能写日记呢?还有许许多多问了就没有意思了的问题可以一直问下去。但小说家不动声色,名作诞生了。

《诗学》的授课对象何为?

有人说,亚里士多德是为了培养诗人。其实不可能。当时没有学科具体分工，文理不分家。苏格拉底和柏拉图都欲培养哲学王来作为统治者，而事实上除了他们自己，似乎没有培养出别的"哲学王"（柏拉图甚至曾被贬为奴隶，后获救赎）。

亚里士多德将科学分为三类，这就意味着，哲学王必须懂得这三者。而诗学正属于第三类"创造性科学"（是"生产"之物而非"生长"之物）。诗学作为科学的最后一种，一般放在教学之末进行，而物理、数学、形而上学则在前。

因为戏剧（戏剧剧本在古希腊被称为"戏剧诗"）演出就是希腊（尤雅典）最主要和频繁的城邦社会活动。演出场地，是集中人、号召人、清点人、鼓动人的最佳场所，故统治者一定要对之有所掌握。懂行才能领导。

有学者认为，《诗学》的授课对象是政治家、管理者，是语出有据的，只是听起来匪夷所思而已。这点，其实今天的西方人也大多不会想到。

風雨天目山

游历中的艺术美

理解艺术永无止境，总有新的东西尚待发现

—— 贡布里奇

游历中的艺术美

　　美，是游历活动得以展开的根本动力。正因为在游历过程中，游人能时时感受到"美"的对象、"美"的情感和"美"的氛围，所以游历才会那么陶冶人的性灵，让人有一种赏心悦目的快感。有时候，游历者是为名山大川、美丽绝伦的自然风景所吸引；有时候，游历者的主要企望是能一睹异地异域的文化艺术珍宝，汲取传统文化历经沧桑而遗留下来的甘露。丰富的艺术宝藏五光十色地交汇在一起，一览无余地向游人尽情开放。

一

　　从总的来说，"美"可以分为自然美、社会美和艺术美。艺术美也就是艺术作品的美。这种美与自然美和社会美（后两者可以统称为"现实美"）是有很大不同的。在人们的游历过程中，各种各样、异彩纷呈的艺术品往往会与大自然、人文环境交织成美丽的画卷，深深地吸引来来往往的游客，使他们在欣赏自然景色和人文景观的同时，也陶醉于这些古往今来的"人类杰作"。随着人类文明的发展，艺术与自然、人文环境已经越来越融汇成一体。艺术源于生活本身，然而又从中提升出来，高于无序的生活原生态。艺术渗透进了人类生命的空间。同时，艺术也是人类文明发展的有力证据，是激活现代人生存意义的火把。今天它再也难从我们的生活中分离开去了。

　　要谈游历中的艺术美，首先要对什么是"艺术"有一个认识。其实这并不是一个容易的问题。按我们一般的认识，艺术是人工的产物，可是由人创造出来的东西难以计数，这其中究竟什么才可以算作艺术呢？比如说，现在我们在游历中经常会参观艺术博物馆，其中有许多陶器、青铜器等，这在今天看来当然是艺术品，可是在远古时代，它们只是实用的生活用具，甚至以后被农民们从地下挖出来时，也常被当作家常的罐坛使用。再比如欧洲中世纪的教堂，古印度的雕塑、壁画，非洲的原始面具等，它们当年被创造出来，并不是作为艺术来观赏，而是与当时人的社会功利目的、劳动生产需求、宗教伦理活动有关的。从今天来看，有些现象也很难解释，如有的艺术家将一碗墨汁倾倒在画布上，认为体现了某种深意；有的索性将一堆泥土或几件破铁具摆放在某个艺术陈列室中或某个室外观赏地；有人将长城的拓片作为艺术加以展览，并声称是自己的作品；有的艺术家以静止的形态站立或裸露身体的某一部分，称其为行为艺术；更有甚者，将自己的小便壶作为艺术品加以陈列。凡此种种，都使得"艺术"的界定十分困难。不过，纵使这里的情形复杂，我们依然发现艺术有一个不可或缺的因素，那就是人的某种特殊"意图"。也就是说，人的意图的缺席或出现，对于一件物品能否被称为艺术，具有举足轻重的作用。然而，接下来另一些有趣的问题又被提出来了：在游历中，我们可以经常见到一些民间艺术家的吹拉弹唱，这当然是艺术，可是记录这些民间音乐的谱子算不算艺术？去过北京的人知道，著名的圆明园被烧毁了，作为原初形态的这一建筑艺术自然也就不存在了，可是如果烧毁了王羲之的所有书法真迹，那么，那些被普遍用作临摹的王羲之书法的印刷字帖还是不是艺术？唐代柳宗元的《永州八记》是游记文学中的珍品自不待言，可是如果有一天所有刊载此文的版本全部被销毁，《永州八记》作为散文艺术还继续存在吗？

之所以提出以上这些疑感，是为了告诉即将启程的游人，"什么是艺术"的争论至今没有一个"盖棺定论"。由于这一问题的复杂性，也许永远也不会有一个可以涵盖各个方面的简单定义。

按我们现阶段的认识，"艺术"或"艺术品"具有如下一些特征，游历者可以在实践中对照、揣摩。

第一，艺术品既不是与人无关的纯粹的自然物本身，也不是日常生活的复现。它是某种由艺术家创造出来的（或被艺术家借用来的）、用作审美观照并表达艺术家审美主张的东西。在这里，艺术的"发现"、环境的安置等，也被视作一种"创造"。

第二，艺术品必须有物质的载体。只存在于心灵中的、非物态化的东西是不能称为艺术的。因为艺术如果没有物质载体，就无法确定其价值，就不能诉诸包括游历者在内的欣赏者的感官，艺术的意义也无法体现并流传下去。

第三，艺术品只现实地存在于人们的审美经验、审美能力之中。也就是说，艺术之所以成为艺术，除了物质载体以外，也取决于游历观赏者主体的文化背景（如修养、年龄、性别、气质个性、阅历、心境等等）。称得上艺术的东西，是因为它进入了你的审美能力范围。老年游历者很难花时间去欣赏所谓的爵士乐队表演，他们会认为它不是优美的乐音；正如同青少年游历者如果恰逢一场京剧，也少有人会驻足聆听，他们同样会认为它不是现代生活的艺术表现。是不是艺术品，或者是何种等级的艺术品，这与游历者作为艺术接受者的主体状况息息相关。

概括起来，我们可以说：艺术是艺术家创造的、体现了艺术家对生活的认识及其审美理想，能被鉴赏者接受的、形象化了的客观物。

我们都有这样的经历：在游历中，如果有幸遇上了一场杰出的美术作品展览会，观赏到一幅精美绝伦的书法、碑帖；观看了一场上乘的戏剧演出，读到了一篇脍炙人口的文章，常常会激动不已，陶醉其中。艺术在不知不觉之中显现了它的巨大魅力，焕发出耀眼的美的光彩。那么，艺术之所以美的奥秘在哪儿呢？游历者为什么会视之为美呢？

对于艺术美的奥秘，西方一些理论家曾作过不少探讨。德国的大哲学家、美学家黑格尔首次把美分为"自然美"和"艺术美"，认为艺术美"是由心灵产生和再生的美"。只有艺术才能"自我创造"、显现理念，艺术美高于自然美（参见黑格尔：《美学》第一卷，朱光潜译，商务印书馆 1979 年版，第 4 页）。而另外一位著名的美学家、文学批评家，俄国的车尔尼雪夫斯基则认为："艺术作品任何时候都不及现实的美或伟大。"艺术美是生活美的再现，艺术美低于现实美（参见《西方美学家论美和美感》，商务印书馆 1981 年版，第 245页）。这两种颇具代表性的说法，虽然各有其一定的合理性，但今天来看，还是没有充分揭示出艺术之所以美的实质。

笔者认为，艺术美，是艺术家（包括民间艺人、无名氏艺术家）根据自己的审美意识，通过一定的物质媒介以及对这种媒介物的基本属性和规律的掌握，对社会生活进行集中、概括、加工、提炼以后所创造出来的、能被鉴赏者接受的、具有鲜明个性的形象之美和意境之美。

艺术美的基本问题，是艺术家的审美实践、审美意识同社会生活的关系问题。可以这样说：艺术美是"再现"与"表现"的统一。所谓"再现"，就是说艺术美是以客观现实生活作为源泉的，即使在艺术中那些非现实存在的形象身上，我们常常也能看到客观生活某些影子的再现。如佛教造像中，观音菩萨往往面容端丽、表情温存娴静，体现出旧时端庄少妇的神态。所谓"表现"，即是指艺术美同时也是艺术家主观感情、思想、意念和技巧的表现。艺术家的主观性和现实生活的客观性，在艺术形象和意境中得到了和谐的、有机的融合。游历中，在欣赏到这样的艺术形象和意境的时候，人们自然会产生强烈的美感。

优秀的艺术形象与意境之所以美，就是因为它包蕴着主观与客观这两方面的深刻内容。而就其本质而言，艺术的主观性是第一位的，因为艺术是"人"的创造物，它是物态化的人类审美意识的积极成果。无论是在客观方面（人类整体的本质力量），还是在主观方面（艺术家个体灵智的本质力量），艺术美实际上都是人类自身本质力量的某种体现。当我们说敦煌的壁画艺术很美的时候，其实正是在说：人类的智慧与力量是很美的。在艺术品——客观自在的独立物——身上，我们反观到了人类自身的美与无穷的创造力。这就是艺术美的本质。回想一下我们自己游历中的艺术体验，有没有这样的感受呢？

曾经有一个传说是很有趣的：一位老农看见一个年轻的画家坐在村头的一棵大树前，聚精会神地把这棵大树画到他的画布上去。看到这年轻人认真努力的样子，老农很是不解。他终于上前问年轻人道："这棵大树不是好端端长在那儿么，为什么要费那么大力气再把它画下来呢？"这位青年画家听了，一时竟不知如何回答是好。实际上这里所涉及的，正是笔者接着要谈的艺术美的价值问题。

其实，老农的这个问题是可以回答的。自然界的美和社会生活中的美，虽然千姿百态，层出不穷，富于变化，但它们彼此之间是孤立的、分散的。有的现象看上去美，可是联系到周围的环境，我们发觉它失去了原本的美。现实的美（包括自然界的美与社会生活的美）之间这种常常缺乏联系、互不协调的状况，就往往使得现实美从整体而言缺少力度，缺少震撼力与代表性。而艺术就不同了，艺术家通过自己的心智劳动，将现实中分散开来的美集中起来，按照主体（艺术家本人）的需要，对其进行加工和改造，这其中最重要的是心灵对现实素材的点化。经过艺术家的劳动以后，比现实美更强烈、更集中、更具有震撼力的美——艺术美，便被创造出来了。上面故事中那个年轻的艺术家所从事的，正是这样的工作。虽然表面上看起来，他在对现实美进行临摹。可是他为什么偏偏选了这棵树而不是别的？这里就有主体的因素。再说，反映在他画布上的那棵树，已经不再是现实中原来的那棵树了（虽然我们能看出原先的影子），这里很可能已经融进了画家所看到过的别的树的形象，以及他个人对这棵树的感悟（用添加些什么或删减些什么来加工这棵树）。我们可以设想，就其本原状态而言，这棵树的旁边可能正有一条肮脏不堪的臭水浜，或其他会败坏人美感的东西。由于这种组合的不和谐，人们很可能会漠视这棵树本身的美。而对艺术家来说，那些丑陋的陪伴物完全可以被忽略不计，可以视而不见。在画布上我们所欣赏到的很可能是一棵既有生命活力，又伟岸而富有意蕴的美的大树。现实美中的分散、芜杂经过艺术家的劳动，一变而为艺术美的高度集中与纯净。在游历中我们能充分体察到艺术美的这一价值。

　　其次，现实美还有一个缺憾，那就是它的易逝性。由于现实中的美一般总处于活动状态中，它始终在变化着，这种美极易消逝。而艺术美一旦被创造出来以后，就可以长久流传，而且常常不受时间与空间的限制。如俄国著名风景画家列维坦的作品《小白桦树林》

《夏季的傍晚》等等，将幽深、色彩鲜明丰富的俄罗斯风景凝固在画布上，使全世界各个地方的人都能一睹俄罗斯大自然的魅力，并深深地体味到艺术家对家乡大地深沉博大的爱。

　　人们都是热爱现实美的，然而现实美又不能使人们满足。前面已经说过，生活中如果有一天完全失去了艺术之美这是不可想象的。而事实上，人们在享受现实美的时候，同时也在追求艺术美，并对艺术家的创造提出越来越高的要求。游历，是将现实美与艺术美加以比照的最佳时机。

　　有些游历者或许已经发现一个现象，那就是中国的绘画艺术与客观自然景物的亲密联系。中国画的大量题材以广袤的自然界为中心，与主要以人物为中心的西方绘画不同。一个置身于大自然之中欣赏中国画的游历者，常常会有"画是自然"、"自然是画"的奇异感受。这一独特的文化现象是颇耐人寻味的。

　　在游历的过程中，游历者几乎每到一处都要与艺术美打交道。分析一下游历者与艺术美的关系，会发现其自身的特点。平时，我们生活、居住在某一个相对固定的地方，虽然也与艺术品接触，也感受到艺术的美，但由于日常生活的烦琐及职业活动的需要，往往没有太多的精力专注于艺术的美。我们花费一定的时间阅读文学作品、参观一个展览会、看一场戏，它们一般只是短暂的、有限范围内的行为。没过多久，印象就被日常生活的洪水冲淡了。日常生活中，我们去主动迎合艺术的情形比较多，艺术向我们扑面而来的情形比较少；由于地域的单一性，我们所接触的艺术种类也比较固定，感受到的、艺术栖身于其中的人文环境也总是类似的。而这一切在游历中就完全不同了。

　　在游历的过程中，人们抛开了平日的杂务与烦恼，一心一意地投身于大自然的怀抱与艺术美的氛围之中。在这个过程中，游历者与艺术美的关系具有一些鲜明的特点：（1）艺术美的历史性与集中性。由于我们游历所到之处，一般都是历史名城或著名景点，因此那儿的艺术作品往往较为集中于某一个主题（相对而言），而且大都镌刻着深深的历史印痕。（2）艺术美的异地性与新鲜性。平时我们习惯了自己所居住的地区，适应了自己眼皮底下的艺术形式和种类。然而在游历中，我们来到了全新的地域，异地的艺术美极易使我们产生一种耳目一新的感觉，牢牢地吸引住我们的注意力。尽管"新鲜"并不是"优秀"的同义语，但我们往往还是被这种"新鲜"所感染。（3）艺术美的可感性与形象性。游历中所见的艺术一般都是"赤裸裸"地展现在你的面前，你可以触摸，可以临摹，可以与之合影。它们大多是具有直观欣赏价值的艺术品。

二

一般的游历者，都会说文学、绘画、音乐、建筑等属于艺术，但如果进一步追问：艺术究竟可以分为哪几类？艺术分类的依据又是什么？他们往往就不得而知了。其实，了解一些这方面的知识，对于人们更好地欣赏游历中接触到的艺术作品，使认识上升到一定的理论层面，是很有好处的。

艺术美的分类是建立在艺术的分类基础之上的。历史上曾有不少理论家、美学家认为，艺术是不能分类的。他们的主要观点是，艺术是"直觉的表现"，是主观的东西。"直觉"与"主观"是千变万化的，根本难以分类，但从艺术品存在的事实来看，尽管艺术作品精彩纷呈，令人眼花缭乱，但是它们中间的确有着大致的类的差别，这就像我们在游历中绝不会把一幅画混同于一幢建筑，也绝不会把一首歌混同于一篇小说一样。

　　对艺术进行分类，必须依据一定的原则，在这种原则的指导下，对艺术作出分类的目的，在于寻找以及发现各门艺术的特性和规律，从而更好地认识和掌握艺术。综合前人的各种说法，笔者认为，对艺术进行分类，必须考虑到以下三个方面或三个原则：

　　第一，艺术品的现实存在形态。也就是说，艺术作品首先作为某种物质结构——声音、体积、颜色、词汇和动作等的组合，它具有空间特征、时间特征或兼有时空特征。同时，这种时间空间特征又分别与静态或动态相联系，以此存在，并出现在游历者面前。

　　第二，艺术家创造艺术品所使用的特定手段和媒介。因为艺术作品是审美意识的物化形态，它们各自的形态差别自然要以物质手段和媒介的特点为转移。如借助于线条还是声音，作用于视觉还是听觉等等。

　　第三，艺术家感受、认识现实生活并转化到艺术品之中去的审美意识。由于艺术作品是主观和客观统一的产物，所以艺术家的不同审美意识必然会反映到作品中去。这种审美意识在不同的艺术作品中有不同的体现，如：（1）偏重于表现，（2）偏重于再现，（3）再现表现兼而有之。

　　有了这三条基本原则，纵使游历中遇见的艺术品千变万化，我们也可以把它们纳入一定的框架和类别。

　　艺术的存在到底采取空间形式、时间形式还是时空形式，是静态还是动态，与各种艺术所运用的材料和媒介有直接的关系，也就是说，艺术的材料和媒介对艺术形象的存在形态具有制约作用。比如，建筑采用的砖、石、土、木；工艺所用的黄泥、象牙、水晶、丝线；绘画所取的墨、色、笔、纸等所描绘出的线条、色彩；雕塑运用的石膏、大理石、金属、木料等，都是占有一定空间位置的静物，因而就适合于表现呈现于空间的静态形象；而音乐所采用的流动之声，舞蹈采用的肢体动作，戏剧和电影中的演员表演等，则是随着时间的流逝而运动的，因而也就宜于塑造呈现于时间之中的动态形象。而同时，舞蹈、戏剧和电影又是占有一定空间的。

然而，空间和时间、静态和动态也不是一成不变的。这是因为，艺术品的存在形态虽然是固定的，可是我们在游历过程中去欣赏的时候，是带着感情、思想和想象的。空间和时间、静止和运动都会因我们的主观感受而发生微妙的变化。

比如拿希腊的雕像来说，德国的艺术史家温克尔曼说过这么一段名言："希腊杰作的一般主要特征是一种高贵的单纯和一种静穆的伟大，既在姿态上，也在表情里。"这里"静穆"既指雕塑材料的物质属性，又指由这种物质属性所带来的形体上的宁静和肃穆。可是当我们在观赏希腊雕像中的精品，如"拉奥孔"的时候，我们分明能感受到展现在拉奥孔身上一切肌肉和筋络里的极端痛苦。我们只要看到那因痛苦而向内里收缩着的下半身，就会感同身受。静止的艺术在被欣赏的时候，激起了欣赏者强烈的情感运动，这在我们的游历审美经验中是完全可以体会到的。

再比如作为时间艺术的诗歌，它的展开与被欣赏是需要时间的，但我们在读那些古代山水诗，如王维的《鸟鸣涧》（人闲桂花落，夜静春山空。月出惊山鸟，时鸣春涧中）或柳宗元的《江雪》（千山鸟飞绝，万径人踪灭。孤舟蓑笠翁，独钓寒江雪）时，莫不感受到那辽阔宇宙和充满生命气息的浩大空间。再拿音乐来说，游历中听到一段和谐、美妙的民间音乐，从物理上来说，它是运动的，也具有一定的分贝。然而，如果这段音乐是表现小桥、流水、农舍的，又会给游历者一种宁静、恬适的心理感受。

同样，书法艺术的流动奔泻，古建筑、古雕塑和壁画所深蕴的历史沧桑感，都会在被欣赏的刹那间在人们心中产生诸多变化。时空的区别、静动的异质，一切均会变得模糊不清和互相渗透。

因此，在作了比较深入的分析以后，我们发现，艺术的分类从某种意义上说只能是相对的。

在历史上，也有人主要依据艺术的表现手段和方式的不同，将艺术分为五个大类：（1）语言艺术（文学），（2）表演艺术（音乐、舞蹈等），（3）造型艺术（绘画、雕塑等），（4）综合艺术（电影、戏剧、电视剧等），（5）实用艺术（建筑、工艺品等）。

《风雨天目山》（李铿　绘）

《秋山吟》（李铿　绘）

三

在游历中，人们会接触到许许多多的艺术品。具体来说，我们应该如何来品味它们，如何来辨别它们的等次呢？这里涉及艺术美学中的一些重要概念和范畴。只有理解了这些概念和范畴，我们才会在游历中面对艺术品时，真正、地道地品出艺术美的滋味。这些概念和范畴主要是：风格、意境、节奏和韵律、结构和布局。

第一，风格。正像每个人有自己的个性、特点或风度一样，艺术作品也具有自己的独特的表现形态。这种从艺术作品的整体上所呈现出来的代表性特点就是所谓的"风格"。这种艺术风格是由具体的内容和形式相统一、艺术家的主观方面特点和题材的客观特征相融通所造成的一种可以明显感觉而又不易说清的独特面貌。

一件作品如果具有鲜明独特的风格，就能够产生巨大的艺术感染力。它不仅会给游历者留下强烈的印象，还会使游历者从这样的作品中发现任何其他作品所不能替代的美。

在艺术风格的形成过程中，艺术家的创作个性是主要因素。艺术风格可以说是这种创作个性的自然流露。这也就是说，艺术家能够成功地融入到作品中去的东西，只能是在他所特有的思想、情感、个人气质、生活经验、审美情趣规定的范围内，能够为他所深刻感受、体验并引起冲动的东西。艺术家在创作作品时，不论自觉与否，总要表现出自己的精神面貌，自己对现实与人生的独到认识、理解与情感，以及与众不同的艺术素养。法国的启蒙思想家和文学家布丰说过一句名言："风格即人"，这是对艺术风格本质的某种高度概括。

在游历过程中，当人们发现了一些从未见过的优秀壁画或雕塑时，就会产生一种非常新鲜、有趣的感受；相反，如果人们一再碰到那种拙劣的临摹或赝品时，便会生厌和感到乏味。风格并不是任何艺术作品都具有的，只有成熟的艺术家创作出来的作品才会具有风格，而且风格也不是单一的现象，它往往体现于艺术家的一系列作品之中。有时候，某些艺术作品的风格是如此之鲜明，以至于即使我们不知道艺术家的名字也可以大致不差地猜出来（如王羲之的书法，如李白的诗歌）。同时，我们也必须看到，风格还有它的时代性和民族性。也就是说，生活在同一个时代或是同一个民族的艺术家，他们创作出来的艺术品往往包含有这个时代或这个民族的一些共同的因子。以敦煌千佛洞的塑像艺术为例，有些塑像的某些部分被损坏以后，后代艺术家进行了一些修补、加工。可是这种修补和加工，即便只是巨大佛像中的一只手或一个衣褶，游历者也常常能明白无误地分辨出这里时代风格、时尚追求的迥然相异，从而意识到这是两个历史时期艺术产物的拼接。

第二，意境。"意境"理论的形成有一个很长的历史过程，它主要是指抒情表意在诗、画、书法，以至园林艺术中的审美境界。佛教的传入，释家的境界说，对意境论的形成有直接的作用。但在佛教的观念中，这里的"境"不是指客观存在的景物，而是指人的感觉所产生的幻象。人有眼耳鼻舌身意这六种感官（"六根"），相应地也就产生色声香味触法这"六境"。在这儿，"境"由"心"派生，也可谓一种"心象"。这里的"意境"不能简单理解为主观的"意"和客观的"境"的结合。随着意境理论的不断发展和完善，近代学者王国维运用东西结合的研究方法，总结了我国古代意境理论，提出："何以谓之有意境？曰：写情则沁人心脾，写景则在人耳目，述事则如其口出也。"现代美学家宗白华，更是把意境说提到民族美学精华的高度，系统地阐述了意境学说的理论内涵和价值。指出：意境的意义，是介乎功利境界和伦理境界的艺术境界，"以宇宙人生的具体为对象，赏玩它的色相、秩序、节奏、和谐，借以窥见自我最深心灵的反映；化实景而为虚境，创形象以为象征，使人类最高的心灵具体化、肉身化"，"艺术境界主于美"。（宗白华：《美学散步》，上海人民出版社1981年版，第59页）。

今天我们一般所理解的意境，是指心与物、情与景、意与境的交融结合。境是基础，意为主导。意境的创造或偏"意"胜或偏"境"胜，但均是情意物化或景物人化，具体景物融进了艺术家的感情和意图，从而构成的一种新颖独特的景象。

我们在游历中有时观赏到一幅优秀的美术作品，不仅看到了可视的"景"和"象"，而且感觉到它"象外有象"、"景外有景"，深含着一种无可言说又韵味无穷的意义。有限的画幅传达出一种浩大、永恒的境界，这样的艺术作品，我们就可以称之为具有"意境"。

总的来说，"意境"是一种浑然一体的艺术境界，一个既有丰富的情致和意蕴，又有广阔的艺术空间的境界。也可以说：境乃意化，意在境中；境即是意，意即是境。境固由心造，意也非浮泛。

第三，节奏与韵律。"节奏"原是一个音乐术语，指音响运动合规律的周期性变化。后来引申为泛指审美对象的构成中有关成分交替出现、作合规律的错综变化，能造成类似音乐所引起的和谐流动的审美效果。艺术中的节奏是建立在人的生理、心理基础之上的，是艺术作品的重要表现力之一，能够在艺术中传达人的心理情感。节奏首先表现于声音的关系因素，各种音高、音调、轻重音，以及复现频率按照一定的组合，可以造成回环复沓、抑扬顿挫的节奏。在文学中，节奏还涉及开合变化、收纵起伏，以及语调、情绪、气势方面的节律变化。张和弛、疏和密的有机转换和复现是节奏的常见形式。在绘画、雕塑和建筑等艺术中，节奏是一种比喻性说法，主要指构图造型方面的错落有致、错综交叉以及造成和谐流动的美感。节奏使用得好，可以强调艺术作品的意图和主题，可以使作品显现变化的美感，从而也有利于欣赏者在符合自身心理、生理的快感中更完美地欣赏和理解艺术的美。

"韵律"原指声音和谐的规律。后来被引申为艺术美的标志之一。在语言艺术中，声韵、格律构成的和谐声音有规律回环的美。在其他艺术如建筑、摄影、园林中，韵律之美是形容线条、色调、造型、构图的有规则变化中的统一。

节奏与韵律是互有联系的两个概念。如果说节奏强调的是规则之中的变化，那么韵律则是强调变化中的整体性统一。节奏是一种参差之美，韵律是一种和谐之美。然而这两者又常常彼此不分你我，紧紧地交织在一起。

第四，结构与布局。"结构"是指艺术作品的内部构造兼及总体的组织安排，它可以在两个层面上使用：一是指已完成的艺术作品内部的组织构造，二是指艺术家在创作过程中使用形式技巧去构筑这种内部组织构架。结构是艺术家传达和表现其创作意图的重要手段，它赋予作品明晰的思路或特定的格局，控制和调节作品的节奏和韵律感，体现作品整体的艺术构思。结构原是建筑用语，后被广泛用于各个艺术门类。各种艺术作品都有一定的结构。如绘画中画面的长宽比例，构图的方向、高度、距离的选择，以及画面的安定与不安定、明与暗、静与动等的安排；音乐中结构程式及调式的选择、和弦的配置等等；文学作品中的剪裁、人物的安排、情节的发展等，都是常见的结构方式和技巧。艺术作品的结构不是孤立的，它要有利于作品内容的传达和表现，同时，艺术作品的结构又应该体现统一、和谐、多样化的原则，既要主次分明、层次清晰、形式完整，又要能够根据主题和题材的需要加以变通，追求新颖独特的艺术效果，以体现生活的丰富性和多样性，充分显示艺术家的创作个性。艺术作品的结构有的比较简单明了，有的比较隐晦复杂。作何种选择，往往与作品题材与主题有密切关系。不同的艺术样式和不同的作品体裁，对结构有着不同的要求。不同民族的文化心理背景对艺术作品的结构也有重要影响。例如欧洲国家的建筑格局讲究浑然一体的总体感觉，中国式的园林建筑却以它的纤巧玲珑、幽雅情趣取胜。再如绘画，西洋画中的空间，常常是空白的一大片，这表现了他们内心对无穷空间的追寻、冒险和探索；而中国画中的远空，往往有数峰蕴藉、点缀天际，体现了中国人对无尽空间的态度，正如古诗所言的："高山仰止，景行行止。"（《诗经·小雅》）这种人生态度使画面结构形成了一种大致的模式。

"布局"在某种层次上的意义与"结构"是重叠的。然而"布局"的含义比较单一，它主要是指艺术家对作品的整体性、全局性考虑，这种考虑一般在创作初始的构思阶段就开始了。布局的基本要求是一切围绕作品的立意，使各个部分组成和谐多样统一的有机整体。通过布局，作品才有可能以完整的形象反映现实和表达一定的思想感情。布局的松散和混乱会严重破坏作品的审美价值。在不同门类和体裁的艺术作品中，布局是不同的。在绘画中主要指构图；在书法中主要指疏密张弛；在篆刻中主要指章法；在叙事作品中主要指情节安排。布局作为一种意图，具体体现在物态化的作品中，并被观赏者所察觉，也就成了"结构"的同义语。

以上这些艺术美的重要概念和范畴是具有一般的、普遍的意义的。掌握了这些知识，游历者就会在欣赏艺术作品的时候有一种高屋建瓴的感觉，一种比较深刻的把握。

1997 年

艺术品的观看

人们在游历中常见的艺术品，主要是古代的雕塑与绘画、工艺美术以及书法艺术。这些艺术门类在我国古代都是十分发达的。历代出名的艺术家有一大批，他们享誉中外，流芳百世，用自己的作品点缀了我们的生活，使人们的游历活动变得多彩多姿。

一、雕塑与绘画

中国的雕塑和绘画是中国艺术中比较突出的门类，历来受到中外游客的关注。不少来中国的外国宾客都希望买一两幅中国画或购一些古代雕塑的画册。由于中国画的装饰性特点，我们在游历过程中不仅可以从博物馆和名胜古迹中看到历代中国画的名作珍品，还会在自己下榻的旅馆和饭店等处看到各种中国画。而中国的雕塑，一眼望去，便能看见那凝冻着的历史尘埃和岁月的沧桑。了解一些这方面的知识是很有实用价值的。

第一，中国雕塑与中国画的历史。中国雕塑艺术与中国画艺术的历史十分悠久，而且是如出一辙的。如果说新石器时代对于石器的雕削磨制、陶器的捏塑烧制是中国雕塑的起源，那么河南仰韶村发现的同一时期的彩色陶器上的纹样和装饰就是中国画最早的源头。商周时代是中国的青铜时代，大批青铜器代表了这一时代文化的最高成就。中国古代雕塑的塑造、翻铸技术随着青铜器的产生和发展而大为提高。商周的青铜工艺在许多方面与雕塑艺术有直接的关系。换句话说，在商周时代，雕塑艺术就是随着青铜艺术、石雕、陶塑等工艺的发展而逐渐成为相对独立的艺术的。春秋战国时期，中国画已经有了一定的水平，可以在帛上画彩色画了。湖南长沙楚墓和马王堆汉墓中发现的两幅战国时期的丝织物画，就生动地说明了这一点。这个时期，随着各国兴建了大量城市和宫殿，雕塑艺术随着建筑装饰的发展而开拓了新的天地。战国时期有时会用陶俑、陶马来代替活人、活马的陪葬。到了战国晚期，已达"像人百万"的盛况。这种陶（木）俑、陶（木）马，直接塑造了人物和动物的形象，提高了雕塑的写实塑造技巧。

秦汉时代是我国封建社会的上升时期。随着经济的发展，文化艺术也进一步繁荣。这时的人物画开始发展起来，随着佛教的传入，印度佛教绘画也渐渐传入中国。在秦代，统治阶级利用建筑艺术和雕塑艺术来巩固其地位，炫耀其实力并满足个人的享受。这个时期，前所未有的巨型石雕和陶塑以及大型鎏金铜像不断出现。公元前 2 世纪建造的霍去病墓上的大型雕刻群，是汉代陵墓雕刻的代表作。汉代雕塑不论大型小型，都风格简练、浑厚雄健。

魏晋南北朝时期，佛教艺术在我国大为兴盛，佛教思想与玄学思想在士大夫中间渗透融合，佛教的石窟雕塑因其具有直观的宣传教义的作用而大受青睐。这中间最有影响的是敦煌石窟艺术。佛教神像和佛教故事成了中国雕塑的主要题材，佛教造像成为中国雕塑发展的主流。这个时期也出现了大量宣传佛教教义、讲述佛教故事的壁画。与此同时，文人画也发展起来了，涌现了一批对后世有影响的画家和理论家，如顾恺之、宗炳、谢赫等。

　　在经历了南北朝长久的分裂动乱以后，隋代终于形成了重新统一的局面。而唐代则是政治、经济和文化走向高峰的繁荣昌盛的时代，雕塑艺术在唐代达到了全盛时期，宗教造像、陵墓装饰雕刻、陪葬的陶瓷雕塑小品，包括"唐三彩"和肖像雕塑，纷纷涌现，在中国艺术史上写下了新的篇章。这个时期，山水、花鸟画也作为独立的画科形态发展起来了。山水画原本是作为壁画的背景来加以处理的，而此时已形成了各种不同的风格和流派，如"泼墨山水"（韦偃）、"金碧山水"（李思训）等。

　　五代宋初之时，随着禅宗思想的兴起，普遍流行起观音、罗汉、祖师等造像，弥勒佛像也较流行。这类禅宗塑像在造型上摆脱了佛教仪轨的严格限制，作者有一定的自由创造天地，而且生活情趣较浓，艺术性相对也就较高。特别是观音菩萨在造型上不拘一格，出现了许多新形象。五代的山水画和花鸟画以及人物画都有发展。这时的花鸟画摆脱了唐代作为装饰艺术的要求，写实风格得到进一步加强。山水画的地位更加稳固，与花鸟画一样，成为展示人们精神世界的有力载体。人物画的主要成就是，反映贵族生活不仅源于表面，而且深入到精神状态；构图更加丰富，形象刻画更加精确。宋代，山水和花鸟画更是出现了一些杰出创作者，其中李成、范宽、郭熙是代表。文人画则以苏轼、米氏父子为代表。当时最有名的画家张择端创作了著名的《清明上河图》画卷，描绘了当年汴京近郊在清明时节社会各阶层的生活景象，是具有重要历史价值的优秀风俗画。

　　元代的统治阶级是蒙古贵族，他们信奉喇嘛教——佛教中的一派，称"密宗"，也叫"密教"。虽然如此，他们却能对传统佛教和其他教派采取宽容态度。因此，佛教造像到元代出现了"汉式"和"梵式"并存的局面。杭州飞来峰的造像是元代佛教造像的代表之一。元代的水墨山水也有很大发展，先以赵孟頫为代表，后又有"元四家"出现（黄公望、王蒙、倪瓒、吴镇）。

明清时代的造像艺术，一般水平不高，龛窟造像几乎绝迹。由于建筑装饰业的发展，民间工艺雕塑小品在明清两代极为风靡。树根、竹根雕刻等新兴小型精美的工艺雕刻产生了不少有艺术价值的作品。但汉唐那种雄浑博大的风格已经几乎看不到了。明清两代的画派较多，明代有"明四家"、"浙派"、"吴门派"等等，清代有"四王"、"金陵八家"、"扬州八怪"、"八大山人"等。

近现代我国也出现了许多美术家，如吴昌硕、齐白石、黄宾虹、徐悲鸿、傅抱石等。

第二，雕塑与绘画的分类。从形象的存在方式来看，雕塑一般可以分为"圆雕"和"浮雕"两大类。圆雕的各个方面都是经过加工的，观众可以围绕着它，并从它周围的各个视点去欣赏，从而可以获得对雕塑艺术作品的整体感受。圆雕是不依附别的背景的独立的存在。圆雕细分起来，还可以有一系列的体裁，如单人像、群像、头像、胸像、半身像等。圆雕的构图原则完全不同于绘画，它要求简练、概括，具有立体的多维性和团块性。米开朗琪罗曾说过：那种从山上滚到山下未被伤害的雕塑，才是好的雕塑。这话虽有夸张的成分，但指出了团块的性状对雕塑构图的重要意义。圆雕对于人物群像较难处理。创作时，人物必须尽可能地靠近，同时又要注意一个人物不要遮住另一个。在做多人物构图时，雕塑家为了顾及人们从多个方向来观看的情况，必须仔细研究作品的整个外部轮廓。

出于建筑装饰的考虑，"浮雕"被广泛地运用着。浮雕不是全方位的，它介于圆雕和绘画之间，只能从正面加以欣赏。浮雕按人物体积与底板的不同距离，分为高浮雕与浅浮雕两大类。浮雕的人物是利用透视和体积高低来塑像的。它的立体效果会打破建筑物的平面感。推敲体积的厚薄、明暗的强弱，对于浮雕制作最为重要。如果从雕塑的材质上分，还可以分为石雕、木雕、泥塑等。如果从艺术家创作手法来分，还可以分为具象雕塑和抽象雕塑等。如果从雕塑的功能上来分，还可以分为园林雕塑、城标雕塑、建筑雕塑、环境雕塑、纪念碑雕塑和室内雕塑等。

中国画的分类标准也比较多，如果仅从作品的物质存在形态及游历者观赏角度去分，可以大致将中国画分为卷轴画、壁画和工艺绘画。

卷轴画一般指用纸或绢画好以后，经装裱而成的中国画。其中装裱后按上卷轴的，用于挂在正厅中间墙上的称为"中堂"。按有小轴，较随意张挂的，称"条幅"。横挂的叫"横幅"。横幅很长，只有展阅才可览全局的叫"手卷"，有的中国画装裱后并未安轴，而是装于镜框之内的，称为"锦片"。小幅多件成套装裱而不嵌入镜框的，叫"册页"。另外还有屏幛、扇面等。说到中国画，一般均是指卷轴画，卷轴画的装裱艺术使中国画平添了许多魅力，古有"三分画，七分裱"的说法。

壁画就是指画在墙壁上的画。汉代的墓室壁画、两晋南北朝时期的石窟壁画和唐代以来发展较快的寺庙壁画是中国壁画的代表作。在一些著名的游历景点，我们往往能看到一些神采各异的壁画。壁画的题材归纳起来，大致有宗教方面（道教、佛教）及墓主人生前生活方面的。石窟壁画和寺庙壁画反映的是宗教题材，而墓室壁画则多为反映墓主人生前的情形以及表达建墓人希望的升天图等等。尽管壁画中有较为浓厚的宗教迷信色彩，但我们还是可以从中看出它的认识价值和审美价值，所谓认识价值，就是指我们可以从中看到古人的社会生活面貌；所谓审美价值，就是我们可以从中看到古代艺术家的独特创造。这里特别值得一提的是"敦煌壁画"，它的规模之大，保留艺术作品的时间跨度之长，都足以令人惊叹，它是一部中国壁画的浩大的断代编年史，是中华民族的骄傲。

工艺绘画原是一种实用工艺，并不是传统意义上的中国画。它的最大特点是善于利用作画材料自身的美。如清人汤天池发明的铁画，将打成一定线条的铁焊接成一幅画，显示了厚重、刚劲的美。再如利用天然蝴蝶斑斓之色的蝴蝶画，利用竹子材料之特点的竹帘画等。凡工艺绘画都具有浓郁的民族特色和地方气息。制作的技术也与传统笔墨不同，如用火、用漆、用刀等。

中国画还可以有许多其他分类法，如按表现手法，可以分为工笔画（以精致的线条勾出轮廓，然后染色或不染色）、写意画（以简练、放纵的笔墨写出物象的形神，表达画家的情趣思想）、半工写（即介于工笔和写意之间）。如果按照创作题材分，又可分为山水画、人物画和花鸟画。其中山水画与文人的意趣境界最为合拍，故居中国画之首。再从创作主体及审美情趣去分，又可分为文人画（古代文人用以自我陶冶、自我表现的画作）、宫廷画（由宫廷画师制作，反映统治阶级审美观、世界观的作品，多富丽堂皇、工整细致）、民间画（由普通老百姓创作，表现自己理想、具有乡土气息的画作）。

第三，如何欣赏中国的雕塑与绘画。首先讲对雕塑的欣赏。中国古代的雕塑作品，通体散发出一种东方之美的光芒。中国古代雕塑的作者有一个很大的特点，那就是这些艺术珍品的创造者，大多数是一些我们至今也不知其姓名的、普通老百姓出身的工匠。他们不懂矫饰，他们崇尚自然与心灵的交融，他们懂得自己民族的审美需求，也理解艺术是一种创造。因此，他们的作品才能在世界艺术之林中永放光辉。而有所不同的是，中国古代的绘画大多有落款、题词，我们一看就知作者和年代，有名有姓的画家可以列出一长串。而当代的雕塑家大多是专门的美术工作者，我们一般都清楚他们的情况和姓名。

再说雕塑的题材。中外雕塑史表明，雕塑所表现的对象主要是人。曾有人说，雕塑艺术史好比是一本石头的书，这本书把人们"过去"的形象和思想传达给后人，这是很贴切的比喻，知道了中国雕塑的作者情况和题材情况，接下来就可以进一步学习从哪些方面去品味雕塑艺术了。

从审美的眼光来看，雕塑作品应该具有如下这些美学特征。也就是说，符合了这些美学特征的，也就是符合了雕塑艺术的内在规律以及人自身的某种审美要求，因而就是美的。

（1）丰富的立体性。雕塑作为空间艺术，它是立体地存在于空间的。因此，它就必须体现出由立体所带来的一系列审美效果。这里包括：第一，体积与结构。立体的雕塑往往呈现一种强壮的生命状态，即使远看时几乎什么细节也看不清。体积的多侧面性带出了雕塑形象的丰富性。而所谓结构，主要是指形体各部分之间的有机联系。这种结构的方法一定要表现出形式美和内在的"神"气。第二，面与起伏。雕塑表面的凹凸起伏是雕塑艺术主要的造型和表现手段。雕塑家为了借助几何形体来表现对象，往往强调对象不同表面的特征。面与起伏的变化，是为了突出对象的个性和精神实质，使形象更充实、更明确，而不是干枯而模糊。雕塑表面的起伏可以是微妙的变化，也可以是大起大伏；可以是精雕细刻，也可以是大刀阔斧。这里没有优劣之分，只有需要不同。第三，影像、线条与明暗。所谓"线条"是指从各个角度看的外轮廓和这个形体与那个形体的交接,或光线照在雕塑上所形成的类似线条那样直的或弯的阴影。线条不应是支离破碎的、杂乱的,应当有头有尾,有来龙去脉。线与面的表现力应相辅相成地结合在一起。从背光处看去的雕塑的大的外轮廓线就是雕塑的"影像"。大型的雕塑,主要靠它的影像来打动人。所谓"明暗",在雕塑作品上,是指光亮照射下所产生的效果。雕塑家无法直接做出明暗,但必须考虑到各种不同的光照下雕塑可能形成的明暗关系。不要忽视任何一个角度的效果。第四,情节。雕塑作品如果仅仅只是一个头像或不带上衣的胸像,我们自然只能看到人物的表情而看不到人物的具体活动。如果是全身像或者群像,那么人物的具体活动也就构成了有意义的情节。雕塑一般只能选择某情节中的一个瞬间来精雕细刻。这就决定了它不同于小说和戏剧,必须对这一情节瞬间的选择慎之又慎,要通过这一瞬间的刻画,使欣赏者能联想到前前后后所发生的或可能发生的情况。立体物是最善于表现瞬间的,关键是如何选择。

(2)恒久的纪念性。雕塑一般是重型的、永久性的艺术。它们既是艺术产品,又是一项工程,一旦矗立起来或放上去,是不准备再取下来的。中国古代的雕塑艺术大多不是为了观赏目的而创作的,它不是体现了当权者的政治需要,就是为了某种纪念的目的。那种具有纪念意义的雕塑,一眼望去便能感悟到浓重的历史氛围和较为浩大的气势。例如安置在西汉名将霍去病墓前的纪念性圆雕"马踏匈奴",就是其中的代表作。这座雕像高约 2 米,只见一匹矫健雄壮的战马,岿然挺立着,气势轩昂、镇静自若。这匹骏马表现了霍去病英勇善战、屡建奇功的风貌,同时也自然地传导出汉王朝的威严。战马就是霍去病大无畏精神的象征。整个纪念性雕塑一动一静,一人一马,将宏大的伟业、壮丽的历史凝固在这永恒的巨石上。

一般而言,纪念碑雕塑必须具有深远的历史意义,要能体现民族的思想和情感。它应当具有庄严性和力度感。

（3）虚拟的象征性。中国的雕塑艺术与其他传统艺术一样，是强调虚拟性和象征性的。也就是说，绝不自然主义地去将现实与艺术一一对应，而是努力以形传神，以少胜多。再说前边提到的"马踏匈奴"，这里虽然没有霍去病本人的形象，可那威烈高大的战马不正是大将本人精神与威风的最好体现吗？象征物略去一些细节，可以将整体气概与精神表现得淋漓尽致。有时为了达到装饰美的效果，雕塑的虚拟达到了十分浪漫的高度，比如为了表现"从西极，陟流沙"而来的"天马"，唐代乾陵的设计者将马雕刻成有翅膀的形象；再如莫高窟第158窟西壁前的佛坛上躺着一尊巨大的释迦涅槃像，这原本是一个悲剧性的题材，但为了达到雕塑的装饰性目的，雕塑家让卧佛双目微闭，仿佛睡意蒙胧，身上柔软圆滑的衣纹呈现出一种华贵的气度和静穆的气氛。这里没有死亡的痛苦，而是一种归真返本的境界。

（4）整体的相融性。室外雕塑与周围的建筑和环境常常是互为关系、互相吸引的。雕塑与周围世界相融为一体，可以形成整体的和谐之美。一般来说，建筑是抽象的非再现性的艺术，它不太会使我们联想起某种具体的东西，而雕塑一定程度的再现性则打破了这种沉闷，建筑衬托了雕塑的个性，而雕塑则丰富而生动化了建筑的内容和性质。雕塑与自然环境的关系也是如此，比如唐代乾陵雕刻群，就是两者结合的代表作。由于石雕的比例被放得很大，当谒陵人在御道两侧行进时，于巨型群雕俯视下，自然会感到渺小。因而这种结合使得整个陵区充满了庄严、神圣的感觉。

现在再讲一下对中国画的欣赏。对中国画的欣赏是一门比较系统而高深的学问，这里仅就一些最基本的知识作些介绍。

（1）笔与墨。中国画的画家，首先必须掌握笔画的艺术。这里的笔画远不仅仅是简单地勾勒出形状、规则、物体的轮廓。而往往是一笔画下，一气呵成，瞬间展现出一个有生命力的独立实体。笔画粗细兼有，或浓或淡，集形状与色彩、体积与节律于一身，表现了人与宇宙隐秘冲动之间的整体性。中国画的画家并不一味追求与外部事物特征相符的形象，而是努力捕捉他所致力于表现的内部线条。这种对内在理蕴的认识，从宋代开始便在中国画家眼里有了重要地位。苏东坡曾经说过："至于山石竹木水波烟云，虽无常形而有常理。"所有的笔画都是精心观察、心领神会的结果。每一种笔画都使人联想起人与事物的性状，整个创作过程的迅速而有节奏反映了艺术家内心的把握和领悟。用笔技术极为精细，光"用笔"，就有正锋、侧锋，折笔、横笔、按、提、拖、擦、起伏、顿挫等。而"笔画种类"又有勾勒、白描、没骨、工笔、飞白、皴等。中国画主张以墨为主，以色为辅。即便没有着色，画面也同样会十分完整。中国文人向来主张质朴自然、平淡天成，同时又强调留有空间，给人以再创造的余地。这都使得水墨画成为历代观赏者心目中最完美的中国画形式。笔与墨的关系，需注意笔中有墨（用笔时注意墨的变化）和墨中有笔（用墨时注意笔法），做到笔墨相间。

（2）山与水。与中国的大多数雕塑以人为对象不太相同，中国的画家大都致力于创作山水画，因为山和水这两者在中国文人的眼里，不仅仅是自然界的两个极端，同时也是人类感觉与禀性的两个方面。孔夫子说过："仁者乐山，智者乐水。"天然的山水实际上表现的是人类的某种隐秘的内心世界和外在的喜怒哀乐。在一些巨幅的中国山水画中，人虽然只占很小的比例，但这并非表示不重视人。人实际上实实在在地存在于画中，他们的灵魂已经融入画笔下的自然景物了。风景山水最终都在表现人，画中的风格、节奏、精神、色彩无不隐含着人类的特征，只不过需要欣赏者细加琢磨罢了。

（3）人与天。如果说，山与水表现的实际上是人与地的关系，那么我们在中国画中还会看到另一层更高远的关系，那就是人与天的关系。在中国画中，天常常占据了很大的画面。这种构图体现了中国哲学中人、地、天三位一体的哲学观念。西方传统绘画通常只有一个固定的视点，而在中国画中，这种原则被奇妙地打乱了。中国古代的画家们自认为有一种驾驭时空的独特本领，那就是所谓的"散点透视"。这种画法使得目光具有一种同时投向各处的奇特能力。其实我们可以这样解释：画家在作画时身居高处，向下俯视，所以万物皆收眼底；而观赏者看画时则如走马观花般地处于一种运动状态，于是一幅画就变成了活生生的事物。

（4）形与神。风格、意境，节奏、布局等美学范畴和概念，对于中国画鉴赏来讲，都是极有参考价值的。这里再讲一讲形与神的关系。与其他中国传统艺术一样，中国画特别强调传神写意，也就是说，有时画面上的东西只是一种暗喻或象征，另有别意深意在；有时候画面上的形象看似具体、写实，其实其意韵远在这有限的画幅之外。也就是说，优秀的中国画并不以追求外形逼真、具体再现为目标，而是"以形写神"，透过外形之"似"，探索人类无形灵魂之真与奥秘。在这里，"气韵生动"、"格调高雅"是评论中国画时常见的术语。

美国佐治亚州工艺美术家 Keaton Wynn

二、工艺美术

工艺美术（或称工艺）主要指在造型和色彩上美化日常生活用品和环境的艺术。在人类生活的早期，是没有什么纯艺术与工艺之分的。因为在当时，实用是生活中一切事件的基本目的，只是在以后的逐渐发展中，工艺才渐渐从实用目的中分化出来，成为人们审美的对象。工艺美术中的一部分至今在具有审美价值的同时，依然保留着某种"工具"的功能。

第一，工艺美术的历史发展。到目前为止，我们尚未发现在我国的远古时代，有类似西方的女神雕刻和洞穴壁画。我们远古时代的艺术创造能力可以从石器和陶器上看出。磨制石器在中石器时代就开始应用了，而到了新石器时代则非常普遍。石器形式的重要进步，体现在中石器时代的石器及以后的细石器上。这些细石器（如雕刻器、石旋、尖形器、石钻等）有完全对称的形式，经过很精细的加工制作，选用的材料有石英、玛瑙、碧玉、黑烁石等，颜色美丽、有光泽，是半透明的矿物。这都使得细石器具有审美的价值。继打制石器之后的磨光石器，则是新石器时代的主要标志。这时候的原始人已经有了方的、长的、圆的等整齐的形式概念。而古代石器在长期的劳动实践中，逐渐产生了比较鲜明的"美"的形式，这一点在玉石工艺中尤其明显。

玉石工艺是中国古代艺术的独特成就。新石器时代后期，就有了玉石器物，它们不是作为单纯的劳动工具，而是可能同时作为一种在形式上有诱人力量的美丽对象而存在的。这些玉石器物的原料都可能是从相当遥远的地区经过交换而获得的。在青铜时代和战国时代遗址发现的玉石装饰品，更是达到了高度的精美。

陶器是新石器时代造型艺术方面遗留下来的主要创作。新石器时代的陶器主要分为：泥质灰陶、彩陶、黑陶和几何印纹陶四种。泥质灰陶是古代最普遍的陶器，表面有绳纹、篮纹、席纹等装饰。之所以有这些"纹"，据推测，是原始人用黏土涂在编制或木制的器皿上而产生的，目的在于能耐火。后来人们发现，成了形的黏土，脱离了器皿也可以起到同样的作用。

后来又出现了彩陶和黑陶，它们制作更加精细，外观更加漂亮、富有变化，代表了中国古代艺术的第一个高峰，在技术和造型上也为青铜工艺做了准备。古代陶器的发展演变证明了，原始人的劳动不仅创造了艺术的形式，也培养了人的审美趣味。

商代后期是我国青铜工艺相当成熟的时期。青铜器都是铸成的，而不是敲击或剜凿而成的。"铸造"就是把原料放在熔炉内经高温熔化成液体，然后倒入模型中，待温度下降后，铜液在模型中就凝成了人所要求的器物。古代青铜器的造型体系在中国工艺美术发展中，一直受到极大重视。一般来说，青铜器可以分为：（1）日用器（包括炊煮器、食器、酒器、盥洗器等）；（2）乐器；（3）兵器。青铜器在古代贵族生活中有重要地位，同时也集中体现了古代工匠艺师的造型创造能力。青铜器的丰富造型是适应生活需要的智慧创造。青铜器的造型和装饰具有重大的美学意义。

到了战国时期，青铜器的风格显得华美魂丽，这主要表现为，金、银及红铜等金属或松绿石、水晶、玉、玛瑙等矿石填充或镶嵌在青铜器的花纹空隙处，产生了多色彩的效果。作为青铜器之一种的铜镜，也有较多发现。这些铜镜多为圆形，少数为方形。正面光可鉴人，反面是组织严密和完整的图案，这些图案多为旋转纵放的云雷纹或幻想的动物纹样。战国时期的漆器工艺也有显著成就，如漆奁、漆盾、漆盘、彩漆画案等都是最早的完整作品。这些漆器，涂漆匀称，颜色鲜丽，图案构图巧妙精美。这时还出现了各种玉珮、玉璧及各种动物形玉饰，技术精绝。无论在青铜器、漆器还是玉器和陶器上，战国时代流行着一种共同的图案，即连续的带状不断缭绕回旋，前后重叠变化，其上附以小圆涡形，充分发挥虚实对比的效果及曲线的方向感、运动感。其取材有龙、蛇，也有凤和云等。

在汉代的工艺美术中，青铜器也有一定位置，但类型与以前相比是大大减少了。壶（或称"钟"）是流行的样式。有的朴素无饰、仅为鎏金，有些则比较华丽、精致。汉代还流行羊、驼等形状的镫和香炉。汉代的铜镜极为发达，铜镜装饰与以前相比，有较大变化，除纹饰外，还出现一些句数不等的三言或七言铭文。汉代工艺美术在艺术表现上确是技法古拙而风格鲜明。

南北朝的工艺美术，只是在汉代传统基础上继续前进而没有完全形成自己的风貌。其中炉、壶、罐、奁、灯等仍基本是汉代旧式。工艺技术和艺术风格只有到了南朝的齐梁以后，才显出根本的变化，即崇尚装饰，趋向华丽。南朝的豪华奢侈之风是历史上有名的，当时器物上的装饰已大量运用了花卉题材，可以想见其富丽的风格。南北朝时期的陶器制作已受到外来影响。这时期的丝织工艺、装饰纹样等方面也有较大发展。

经过隋朝和初唐相对的社会稳定，随着农业的恢复和发展，手工业在盛唐时期也迅速发展起来。在手工业中，与工艺美术有关的占很大比重。由于手工业是官办的，制作质量较高，再加上开始出现中外文化的交流和科学技术的进步，唐代的纺织、印染、刺绣、木画、漆绘、拨镂大多技艺精良，很有可观之处。唐代铜镜背后的装饰除大量的花鸟外，还出现了人物故事。唐代的陶瓷，尤其到了唐末五代，有了重要发展，这中间最重要的是青瓷、白瓷和"唐三彩"的陶器。唐三彩陶器属于汉代绿、黄铅质软釉系统的陶器。在唐代大多是殉葬的器具。这些陶土烧制的陶器中，有人物、鸟兽、车马等雕塑形象，也有很多器皿，如瓶、罐、盘、盏等。唐三彩陶器胎质松软，釉色大致为黄、绿、白三色，所以称为"三彩"。黄色浓重者接近赤褐色。蓝色最罕见。唐三彩陶器上有意利用釉色的变化作装饰，富于华丽的效果。

宋元工艺美术中最有成就的是陶瓷工艺。宋代的青瓷、白瓷及黑瓷的产地增加了，生产规模也更扩大了，制作技术提高了，造型及装饰的手法更成熟了，宋代陶瓷中出现很多在艺术上达到高度完美的作品。

明清时代工艺美术的成就相当突出。明清皇家对工艺美术的制作设立了专门机构。明清工艺品中相当数量是适应皇室贵族和富有者需要而生产的，如景德镇御窑生产的瓷器，明园果厂内廷作坊制作的雕漆、华丽的掐绿珐琅，江宁苏杭织造局的锦缎，造办处的精巧剔透的玉石、象牙雕刻等。市民和农民则多用私人作坊或农村副业的产品，如印花布、竹编、民间瓷、年画、剪纸、泥布玩具等。这些产品虽然材料和生产条件简陋，却有着清新质朴的美。除陶瓷、漆器、刺绣、织缎等方面均有大发展以外，玉石、牙角、竹木等雕刻也愈益兴盛。

工艺美术发展到今天，已经与旅游业紧密结合起来了。游历者除了能在游历中观赏到各地陈列的古代工艺珍品之外，也能在游历景点买到不少当代的旅游纪念品。比较高档的工艺品（用料讲究、制作精细）有：象牙雕刻、水晶和玉石器件、景泰蓝器皿、高级漆器与刺绣、特制陶瓷、高级工艺扇子等；比较普通的民间工艺品有：剪纸、泥塑、风筝、花灯、竹编器件等。另外，如精工制作的"文房四宝"也是游历者（特别是外国游客）喜欢收藏的工艺佳品。

第二，如何欣赏古代的工艺美术。中国古代的工艺美术是中国传统艺术的一大脉系，它与绘画雕塑等比较纯粹的欣赏艺术不同，具有自己一定的实用价值；同时它又不是现实的某种再现，因此往往很难从与现实比附、对应的角度去理解它。它的审美特征有如下几个方面：

（1）时代美。中国的工艺美术在不同的历史时代往往体现出迥然不同的形态，这种时代性常以整体的面貌出现，从而使观赏者在具备一定的知识以后，能较快辨认出作品的时代，从而看到某种历史氛围、思想意识、精神意趣在作品中的凝冻。有的美学家曾概括出这样几种大致的时代美，如早期青铜器的狞厉神秘之美，汉代工艺的朴拙之美，唐代工艺的豪华雄浑之美，以及明清工艺的雅致华丽之美。如在观赏时发现这种美的形态与标志的历史时期有明显错位，那就提醒我们：要么这是一种例外（很可能有独创价值），要么就是赝品。时代美（也即时代风格）是无法摹仿的。

（2）朦胧美。尽管在不同时代的工艺美术作品有各自的时代美特征，但相对于其他艺术而言，它们常常又不是现世的直接反映。我们在观赏的时候，一般只能感觉到某种普泛化了的朦胧的情绪色调，而找不到与此完全对应的东西。古代工艺美术的美主要体现在它的形式上，如线条、色彩、纹理、质地等等。这种形式是有"意味"的，然而这种"意味"又是难以说清的。

（3）功能美。中国古代的工艺美术不同于其他艺术的最重要一点就是它原初的功能性，也就是说，它的诞生是同时具有实用和审美两重目的的。它是一件艺术品，也是一件能派用场的器物，这种与人实际生活的相关性和密切程度，会使观赏者对此增添一种亲切感。

（4）质地美。工艺作品美不美，与其天然质地有很大关系。优秀的工艺作品往往能从物质材料自身的特点出发（如质地色彩、形状等)来作形式上的审美处理,从而达到某种意蕴。有时候一块质地很好的材料,作了过分的雕饰、造作,结果成为一具俗气的工艺品;有时候质地一般,可是一经处理,形式与质地浑然天成,便显得清新可爱、很有魅力。这里顺便简单介绍一下中国古代的玉石质地。玉,现代矿物学分为软玉和硬玉(或称翡翠),古代较常见的是软玉:硬度七度半到八度,不易受磨蚀,有绿、乳白、黄、红、黑、背等色,呈玻璃状光泽,不透明,触之有冷而柔的感觉,叩之有清脆的声音。但古代称之为玉的矿石,不限于合乎近代矿物学规定的一种矿石,一般好的矿石,所谓"美石"(坚硬有光泽、有色彩)都可以称为玉,从而作为制作的原料。

三、书法艺术

中国的书法艺术可谓源远流长。自从文字产生以后,书法艺术也就产生了。中国文字的最大特点就是"象形",也就是用图画的形式来表达语言的意思。在大多数西方国家,文字的主要目的就是传达信息,而字符本身只不过是一个载体。而中国的汉字不但能传达信息,同时由于它的"象形"性质,还具有审美的价值。所谓的"书法",就是要用笔(篆刻用刀)把这些文字加以美化,使其成为可以观赏的对象物。在我国的游历风景地,一般都能看到一些古代的书法遗迹,它们以楹联、匾额、碑林、石刻的形式存在,与周围的环境和谐一致,给游客以很大的美感和丰富的历史文化知识。我国古代的碑林数量是很多的,如西安碑林、杭州西湖岳庙碑廊、山东曲阜孔庙碑林以及数量可观的"摩崖"(依靠山崖的碑)等等,都令中外游人叹为观止。

第一,书法体式的源流。

（1）篆书。篆书分为大篆和小篆，这两者的区分是相对的。一般来说，甲骨文、金文、石鼓文属于大篆系统，而自秦始皇统一天下起，所创篆书均属小篆系统。

甲骨文是我国近世考定的最早书体文字。是第一代成熟的文字符号系统。书写或契刻于龟甲或兽骨上的文字称为"甲骨文"，又称"殷契"、"卜辞"。这些文字有山川、日、月的形象，也有鸟、兽、草、木的形象，甚至有城、郭、宫、室的形象，简直就是当时社会生活形象化的写照。甲骨文变化很大，字形的长短大小、笔法的方圆肥瘦均无定例。而其中方笔居多，圆形者则回环宛转、纤细可赏。甲骨文为了取得字距和行距的整齐平稳，常有意识地使文字上下错落，左右易位，以达通篇气脉贯通。有时又只疏朗地刻几个字，显出一种章法美。由于质地的坚硬，甲骨文在刻写时就必须一笔一笔用力，在文字线条的转弯处通过转动甲骨来连接笔顺。这就自然造成了甲骨文瘦劲方折的奇异风采。

金文是稍晚于甲骨文出现的文字。它包括刻在钟鼎等铜器以及兵器上的铭文。金文起源于商代早期，盛行于西周。其铭刻内容多为当时的祀典、锡命、田猎、征战、契约等。殷商金文近于绘画，商末始兴铭文，"形意"开始较多地结合。西周后期，金文粗细合度，两端圆浑；春秋中期，字画较细而字形修长。到战国，文字又趋于简约，翻铸工艺也日趋精美。古代铜器是统治阶级生活和娱乐的用具，也是十分珍贵的工艺品。铭文既是刻在铜器上的，必然要求是美的，要有助于铜器的美。因此，可以这样说，金文是中国文字的书写自觉地追求艺术美的开始。

石鼓文是刻于鼓形石上的文字，石鼓文字体方正整饬，用笔粗细匀称，多取平行线的中锋形态，它是我国现存最早的刻石文字，亦为书法史上最有名的刻石文字。

　　小篆是与秦以前的大篆相对而言的。小篆产生于秦代，所以也称为"秦篆"。小篆形体比大篆易识。秦篆的结构一般为长方形，到汉代，已近方形，笔法亦近隶书。从审美意趣上说，小篆的出现表明它在结构的安排和用笔的立体感上已趋于成熟。

　　（2）隶书。隶书开始于秦代，流行于汉、魏。从篆书蜕化为隶书是中国书法史上一个重要的转折。因为甲骨文以来的书体基本属于"古文字"体系，而隶书则属于"今文字"体系。它改象形为笔画，为楷书奠定了基础。从用笔上说，秦几乎全用圆笔，隶书则变为方折。字形由长方变为扁形。在线条组合上隶书开始分粗细，使线条组合更具艺术魅力。汉字通过隶书的演变，出现了多种变化迭出、姿态横生的书体造型。隶书又可分为秦隶、汉隶等多种。

　　（3）楷书。楷书又称"正书"、"真书"。楷书始于魏，盛于晋，而完备于唐代。具体可分为"魏书"和"唐楷"。汉代隶书是魏书的母体，它多见于摩崖、造像、石刻，大多为无名书家杰作，其特色为风格多样，有朴拙尚存隶意的，有奇肆险峻的，也有舒畅流丽开唐楷先河的。初唐楷书有四大家（欧阳询、虞世南、褚遂良、薛稷），他们受到汉魏书法的影响并有所变革。从他们的成熟作品看，除褚、薛运笔方面隶意较多，其他都倾向简直，形多变化，笔意含蓄，讲究筋骨血肉的配合，偏向于瘦；字形以长方为主，大小力求一致，结构严谨优美，改变了魏碑缜密古朴的风格。到了盛唐、中唐时期，又出现了大书法家颜真卿和柳公权，世称"颜柳"。颜正卿的书法端庄雄伟，笔势磅礴，有奇气，字里行间洋溢着他的刚正之气；柳公权其书以骨力胜，字瘦而骨不露，沉着痛快而气象雍容。他们两人被世人称为"颜筋柳骨"。

　　（4）草书。草书远在汉初就已出现了，当时称为"草隶"，后还发展有"今草"、"狂草"等书体。草书的完善和定型在魏晋。草书的重大历史意义在于，它与篆隶相比，用笔和结构更自由和多样化，这使得文字的表现力大大扩展了，不再只是一种固定格式，极具个性地表现了艺术家的思想情超。由于草书的巨大艺术表现力，所以在社会上被广泛使用，并出现了如杜度、张芝、崔瑗、张旭、怀素、黄庭坚等一大批著名书法家。

（5）行书。行书初创时叫"行押书"，相传为东汉刘德昇所创。书家评论道："不真不草，是曰行书。"细分起来，行书还可分为"行楷"与"行草"。行书既无草书的放纵潦草，又无楷书的端严整饬。其变化如飞鸟出林、翱翔自如，有一定随意性。它既应用便捷，又富于表现力。唐代张怀瓘对自东汉至唐的历代行书大家作过评价：魏代钟繇，东汉张芝，东晋羲、献父子俱入"神品"；汉代刘德昇、晋代卫瓘、王洽、王珉、谢安，南朝薄绍之、孔琳之、王僧虔、阮研、萧子云及唐代欧阳询、虞世南、褚遂良等的行书俱入"妙品"。王羲之的《兰亭集序》被公认为"天下第一行书"，备受赞颂。至元代，又有人把颜正卿的《祭侄季明文稿》称为"天下第二行书"。

有的书法研究者将篆书、隶书、楷书称为"静态书法"，草书、行书为"动态书法"，这是比较有见地的。

第二，怎样欣赏书法艺术。

宗白华先生说："人愉快时，面呈笑容，哀痛时放出悲声，这种内心情感也能在中国书法里表现出来，像在诗歌音乐里那样，别的民族写字还没有达到这种境地的。"（宗白华：《美学散步》，上海人民出版社 1981 年版，第 135 页）

中国书法之美究竟体现在哪些方面呢？

（1）线条之美。中国的书法之美首先来自线条之美。书法的线条时而给人刚健苍劲之感，时而给人俊秀清朗之感，时而又给人柔和平静的感觉。这种线条的美学特征与人的内在心理节奏是如此吻合，以至于人们常能从线条中读出种种深沉的感情。晋代王羲之的《兰亭集序》和唐代颜正卿的《祭侄季明文稿》，是历史上两件有名的书法杰作。然而它们一则言喜，一则言悲。书法的线条充分地"达其性情、形其哀乐"，使我们窥见了书法家内心的情感秘密。我们读《兰亭集序》时，从它的字里行间似乎真的看到了这位百代书圣满怀高情逸致在向我们表述他"欣于所遇"、"快然自足"的豁达襟怀。流美的书法线条把这种感情完全显露无遗。而当我们读《祭侄季明文稿》时，随着线条的运动，又仿佛看见一位伟人握笔挥运时那时而郁怒、时而沉痛的复杂感情的转换与流泻。元代书法家陈绎曾有四句话，较好地说明了书法的线条与书法家情绪的关系："喜则气和而字舒，怒则气粗而字险，哀则气郁而字敛，乐则气平而字丽。"（《翰林要诀》）书法艺术中的线条还应具有"力感"，也就是说，笔力要圆健而不漂浮，力显纸上，神逸字外，所谓"字向纸上皆轩昂"，便是十足的力感之美了。线条除了"情"、"力"以外，还有一个"动"势之美。美学家认为，最美的线条是波状线条，它体现了一种反复、变化和统一的规律。与人类的情感倾向于波状运动相对应，书法艺术的动势有时达到了美轮美奂的地步。西晋文学家成公绥的几句话是极其形象的，他写道："或轻拂徐振，缓按急挑，挽横引纵，左牵右绕，长波郁拂，微势缥缈……"（《成公子安集》）这段韵语无不传达出书法的动势之美。

（2）构局之美。构局即指书法艺术的字体结构与整幅作品的布局。字的结构即一个字笔划多少、疏密关系和比例。字中有点画的地方叫"黑"，没点画的地方叫"白"，点画与空白虚实相生，才能显出字体之美。中国书法讲究结构，每个字的大小、长短、疏密、宽窄都要细心考虑，如能做到意随心到，笔随势生，使字富有情趣，就算成功了。然而单单字写得好还不够，还需注意布局（或称"章法"）。

布局是从整体着眼，字与字之间、行与行之间、列与列之间都要有所变化，使作品体现出飞动的生命力，神采焕发。中国的书法艺术除了正文内容以外，还有"题署缀句"、"钤印"，三者之间也须形成一种错落有致、浑然天成的整体感。

（3）形神之美。书法艺术不仅要做到形美，即前面所说的两点，更要做到"神"美。这里的"神"是个比较抽象的概念。它既包括我们前面说过的"意境"的概念，也有书法史上所言的风、骨、情、性、气、韵、灵、趣等意思。它是指在"形"美基础上的一种"字外之意"、"韵外之致"，它是有限中的无限，它是书法的内在精神与观赏者的审美情趣、心理状态和谐一致时所产生的效果。一幅书法作品要达到"神"美，对书法家的要求是很高的：书法家不但要有高超的书艺，而且要有多方面的知识和深厚的美学修养，还要有自己新鲜独特的风格。对观赏者而言，要品出这种"神"美，看出这有限字幅中的无限意蕴，也必须有较高的文化素养，否则就无法与作品取得艺术上的"共鸣"。对于游人来说，应在游历观赏中，尽力去体会书法作品的"形"美和"神"美，在大量感性作品的浸染中，在有关理论的指导下，逐步培育起自己那双能审美的"眼睛"。

1997 年

明末清初书法家王铎手迹

文学鉴赏的三个层次

在语文课堂教学中，由于受到"大纲"和"教参"等带有指令性文件的规范和束缚，每上到一篇文学作品（特别是叙事作品）时，除了介绍作者和背景以外，一般总是按照如下程序来进行：首先是给全文分段，然后概括文章的主要内容，接着在主要内容的基础上提炼出文章的中心思想，最后再点出文章在写作上的技巧和特点。有时候，所选的作品是长篇的节选，如从整体看，作品的中心思想当然是很重要的，但是仅从节选的部分看不出这个中心，而这节选部分在写作上又很有示范作用，所以在教学时也有跳过"中心思想"而直接分析文章技巧的。比如选自刘鹗长篇《老残游记》的课文《明湖居听书》，"教参"就在对课文分段后，简单地提了一句"这篇课文主要写白妞高超的歌唱艺术"。接着便转为对诸如人物的陪衬作用、侧面描写和正面描写相结合等写作手法的分析了。这里，学生受到了指导，但也有某种被动性、机械性。

因此，在不受教材局限的文学鉴赏活动中，我们该如何主动地接近与认识一部文学作品、如何触及文学作品的思想深度和艺术底蕴呢？这里有广泛的自由度和各异的侧重性：有些对于社会和历史有兴趣的读者会专注于艺术与社会的关系，从某种微妙的角度去认识作品；也有的读者会沿着作家生平和作品的关系这条线索追究下去；还有读者会从心理学的角度去探究艺术创作的规律等等。这些带有某种倾向性的鉴赏，发展下去就与种种文学批评的模式和流派发生了联系。文学作品的意义、文学作品的形式和文学作品的人物形象，它们在语文教学中都有自己的重要性。但是倘若从一个比较全面的角度来看，我们会发现：在鉴赏文学作品的过程中，这里实际上存在着某种内在的联系。

文学作品的意义，有"表层"和"深层"之分。在刚接触作品的时候，读者所把握的（或者说具有共性的）当然还只是作品的表层意义；而这个意义（包括后来认识到的深层意义）自然是通过人物、景物、心理、情感等表现出来的。同时，要使原先的作者的"经验"变为感人的"艺术品"，这里就仰仗着文学技巧。在反复品味以后，我们就会在表层意义和技巧的基础上进一步发掘出一部优秀文学作品的"深层意义"。因此，对于中学生而言，可以适当了解一些新的理论和方法，但在初入文学之门的时候，我们还是应当在鉴赏方法上对他们有基本的指导，要求他们把文学作品视为一个整体，对作品加以全面的考察：既要对作家所处的时代以及生活与作品的关系有所了解，更要考虑和分析作家的艺术体验过程和传达过程。只有这样，我们才不会永远停留在只能说"好"或"不好"，而不会分析"好在哪里"和"不好在哪里"的阶段。这里的鉴赏层次包括从具体到抽象、从简单到复杂的整个历程，大致可以分为三步：

第一步——认识作品的基本内容；

第二步——认识作者是如何展现这些内容的；

第三步——综合前面两步，认识作品的主题和思想意义。

　　要真正鉴赏一部文学作品，必须反复阅读。第一遍可能已有一个较全面然而粗浅的印象；在随后的阅读中，速度可能会大大放慢，有时会停下来推敲作品的细部，追寻作家的创作心理和创作传达的旅程。当作品的深层意蕴越来越明显地展现在你面前的时候，这里不仅意味着作品向你靠拢，也意味着你向作品的渐次"接近"，意味着"摄取"和"释放"的互融和交汇。所以，文学作品的意义是主客体对话的产物。

　　下面分开来谈谈这三个层次。

　　第一，认识作品的基本内容。所谓基本内容可以用几个问题来概括：发生了什么事情？它对谁产生了影响？产生了什么样的影响？等等。一般来说，只要追寻着作品的叙述线索前进，我们便不难找到它的内容；但也有一些作品并不存在这种显而易见的线索，它可能只是对某个外在物的描绘以及人的联想，也可能只是作品主人公的某种思考和情绪。对于线索明显的作品而言，我们必须注意人物的行动和语言；对于后者我们必须注意其思想和感情的表达方式、倾向、强度等等。另外，还有些作品既有明显的外在行动，又寄寓了某种一望可知不仅限于外部呈现动作的内在思想。这里，我们引用一首美国诗人沃克·吉布森的叙述性诗歌《桌球》，来说明这第三种情况：

桌　球

1. 傍晚的丛林，辽阔而昏暗，

2. 割下大象乳白的长牙，

3. 磨光、着色，在这里使它成为圆球，

4. 训练它们去过文明的生涯——

5. 陷落在编织严密的罗网中，

6. 在力的笑剧里斯文地

　　表演着反弹和前冲。

7. 但我们何必为此空怀怅惘

8. 还是赞美世界精巧的安排：

9. 人和兽结为一个整体

10. 构成了一幅时髦风流的图景，

11. 傍晚的丛林，昏暗而辽阔。

这首诗的内容是说：叙述者在对另一个人（可能是你，也可能是别的读者）讲述他在观看一场桌球游戏抑或自己也参与游戏时的思想活动。我们之所以知道他是在对某人说话，是由于他采用的是第一人称直接叙述法（"我们何必为此空怀怅惘"）。同时，我们还明显感受到了叙述者的某种内在情绪。这种内心感受似乎是：桌球这一"文明"游戏，与大象在丛林中的生活状态十分相似，因为这些圆球正是用大象的长牙做成的。

下面我们来看一看当代作家汪曾祺的短篇小说《陈小手》，沿着叙述者清晰的叙述线索，我们很容易掌握它的内容。

陈小手

我们那地方，过去极少有产科医生。一般人家生孩子，都是请老娘。什么人家请哪位老娘，差不多都是固定的。一家宅门的大少奶奶、二少奶奶、三少奶奶，生的少爷、小姐，差不多都是一个老娘接生的。老娘要穿房入户，生人怎么行？老娘也熟知各家的情况，哪个手长的女佣人可以当她的助手，当"抱腰的"，不须临时现找。而且，一般人家都信哪个老"吉祥"，接生顺当。——老娘家都供着送子娘娘，天天烧香。谁家会请一个男性的医生来接生呢？——我们那里学医的都是男人，只有李花脸的女儿传其父业，成了全城仅有的一位女医人。她也不会接生，只会看内科，是个老姑娘。男人学医，谁会去学产科呢？都觉得这是一桩丢人没出息的事，不屑为之。但也不是绝对没有。陈小手就是一位出名的男性的产科医生。

陈小手的得名是因为他的手特别小，比女人的手还小，比一般女人的手还更柔软更细嫩。他专能治难产。横生、倒生，都能接下来（当然也要借助药物和器械）。据说因为他的手小，动作细腻，可以减少产妇很多痛苦。大户人家，非到万不得已，是不会请他的，中小户人家，忌讳较少，遇到产妇胎位不正，老娘束手时，老娘就会建议："去请陈小手吧。"

陈小手当然是有个大名的，但是都叫他陈小手。

接生，耽误不得，这是两条人命的事。陈小手喂了一匹马。这匹马浑身雪白，无一根杂毛，是一匹走马。据懂马的行家说，这马走的脚步是"野鸡柳子"，又快又细又匀。我们那里是水乡，很少人家养马。每逢有军队的骑兵过境，大常就争着跑到运河堤上去看"马队"，觉得非常好看。陈小手常常骑着白马赶着到各处去接生，大家就把白马和他的名字联系起来，称之为"白马陈小手"。

同行的医生，看内科的、外科的，都看不起陈小手，认为他不是医生，只是一个男性的老娘。陈小手不在乎这些，只要有人来请，立刻跨上他的白走马，飞奔而去。正在呻吟惨叫的产妇听到他的马脖子上的銮铃的声音，立刻就安定了一些。他下了马，即刻进了产房。过了一会（有时时间颇长），听到"哇"的一声，孩子落地了。陈小手满头大汗，走了出来，对这家的男主人拱拱手："恭喜恭喜！母子平安！"男主人满脸笑容，把封在红纸里的酬金递过去。陈小手接过来，看也不看，装进口袋里，洗洗手，喝一杯热茶，道一声"得罪"，出门上马。只听见他的马的銮铃声"哗铃哗铃"……走远了。

陈小手活人多矣。

有一年，来了联军。我们那里那几年打来打去的，是两支军队。一支是国民革命军，当地称之为"党军"；相对的一支是孙传芳的军队。孙传芳自称"五省联军总司令"，他的部队就被称为"联军"。联军驻扎在天王寺，有一团人。团长的太太（谁知道是正太太还是姨太太），要生了，生不下来。叫来几个老娘，还是弄不出来。这太太杀猪也似地乱叫。团长派人去叫陈小手。

陈小手进了天王寺。团长正在产房外面不停地"走柳"。见了陈小手，说：

"大人，孩子，都得给我保住！保不住要你的脑袋！进去吧！"

这女人身上的油脂太多了，陈小手费了九牛二虎之力，总算把孩子掏出来了。和这个胖女人较了半天劲，累得他筋疲力尽。他逦里歪斜地走出来，对团长拱拱手：

"团长，恭喜您，是个男伢子，少爷！"

团长龇牙笑了一下，说："难为你了！——请！"

外边已经摆好了一桌酒席。副官陪着。陈小手喝了两盅。团长拿出二十块现大洋，往陈小手面前一送：

"这是给你的！——别嫌少哇！"

"太重了！太重了！"

喝了酒，揣上二十块现大洋，陈小手告辞了："得罪！得罪！"

"不送你了！"

陈小手出了天王寺，跨上马。团长掏出枪来，从后面，一枪就把他打下来了。

团长说："我的女人，怎么能让他摸来摸去！她身上，除了我，任何男人都不许碰！这小子，太欺负人了！日他奶奶！"

团长觉得怪委屈。

　　这里的文字在小说中不算长,它的基本内容总括起来无非是:陈小手是一位出名的男性产科医生。人们由于习惯势力虽然看不起这职业,但临到危急之时还是得去请陈小手。联军团长的太太难产,团长派人叫来了陈小手,可是当陈小手好不容易把孩子接生下来以后,团长却一枪打死了陈小手,理由是:"我的女人,怎么能让他摸来摸去!"

　　第二,认识作者是如何"完成"这些内容的。了解一些文学创作的技巧问题,对文学鉴赏是非常有助益的。这里我们主要结合鉴赏具体过程来反观作者的创作行程,探究作者是通过什么手段展现这些内容的。曾经有很长一段时间,我们把创作技巧视为可有可无的东西,但古今中外无数成功和失败的创作实践证明:文学作为语言的艺术,是不能不讲究语言本身如何组合、编排及构成一个审美符号体系的。之所以将对创作技巧的认识作为鉴赏文学的第二个层次,是因为技巧是作家用以发现、探索和发展题材的唯一手段,也是作家用以揭示题材的意义,并最终对它作出评价的唯一手段。在初步认识了作品的内容以后,再考虑内容得以体现的技巧,读者就会对作品有更深入的理解。

　　(1)词语及其安排。文学作为语言艺术,它的最小的达意单位是词。阅读作品的时候必须非常注意词语,不仅要准确把握词语在词典里的一般意义,更要理解它在特定"语境"中的含义。有时特定语境中的含义与一般意义相去不远,而有时候两者则大相径庭,这就是所谓的词语的引申义。比如,《桌球》这首诗中写道:"还是赞美世界精巧的安排:人和兽结为一个整体。"这句话说明了什么呢?"安排"指什么?人和兽又是如何结合为一体的?再比如《陈小手》这篇小说,"白马陈小手"这一称呼的词典意义很明白,但在上下文中有没有别的意思呢？"得罪"这个词的本义是请求别人恕罪的意思，陈小手明明是帮了人家的大忙，怎么临别时也会用上这个词语呢？仔细体会诸如此类的词语可能有的引申义，读者就会渐渐读出隐含在作品"外部内容"后面的情感色彩、褒贬意味、深层哲理等等。倘若我们碰到了一个新词或比较陌生的词，就应当首先把这个词的词典意义弄清楚，然后再加以联想。

　　词语的安排不仅是指修辞所可能产生的鲜明性、生动性等效果，而且包括了意思上的部分或全体的转换。波兰学者罗曼·英加登曾经举过一个例子说明词语顺序的转换所带来的意思的变化（《对文学的艺术作品的认识》，陈燕谷等译，中国文联出版公司1988年版，第97—98页）：

　　"……结果，父亲被儿子的行为激怒了。他狠狠地给了他几个耳光。由于儿子缺乏家庭感情而对他严加惩罚之后，他就去干自己的事了。"

　　在这里，儿子可能干了什么对抗和违背父亲意愿的事情，所以父亲发火了，打了儿子，然后又继续他所干的事。

　　如果重新安排一下：

　　"……他狠狠地给了他几个耳光。结果，父亲被儿子的行为激怒了。由于儿子缺乏家庭感情而对他严加惩罚之后，他就去干自己的事了。"

　　这种重新安排，不但改变了意思也改变了情境，现在不是两个人而是三个人了：儿子（打人的人）、挨打的人（似乎也是这个家庭的成员）和父亲。儿子成了打人者，父亲对他生气，原因不是因为他的对抗，而是因为他打人的粗暴行为。

　　（2）叙述角度。在鉴赏作品的时候，有意识地关注一下叙述角度，会对理解作品有很大的帮助。作家们常用的叙述角度，主要有第一人称角度和第三人称角度。这两个角度之中又可以区分出许多不同的情形。如托尔斯泰的《战争与和平》、巴尔扎克的《欧也妮·葛朗台》用的是第三人称角度，叙述者是个不可知的人物，他凌驾于一切之上，无所不知、无所不晓。有时候，虽然用的是第三人称，但所叙之事都通过有限的人物眼光来反映，如鲁迅的《孔乙己》等许多作品。在第一人称角度的作品中，叙述者可以是主人公，也可以仅仅是个旁观者。第一人称的叙述者似乎在与读者谈心，也似乎是在与另一个人谈心，但这个人始终未出现（如《桌球》叙述者的叙述对象）。有时，作品虽用了第一人称，可"我"并未介入整个事件，只是转述了一个故事。因为"我"耳闻目睹，所以体现出某种真实性；因为"我"未介入，又显出事件的客观性。这可以小说《陈小手》为例。

为什么不同的作品要用不同的叙述角度呢？这是因为叙述角度的变化会引起场景描写相应的变化。每个人物有自己的性格特点和情感意识等等，角度一变，这些属于主体特有的东西马上就变，与之对应的客观世界立马就打上了鲜明的个体烙印。于是原本好像单调的生活，就变得五彩缤纷并有立体感了。小说《陈小手》，为什么不从团长的角度来叙述呢？首先，如果从这一角度来叙述，故事的结尾由于有了心理铺垫（团长的心理发展过程），就不会显得出人意外、富有回味余地。其次，从"我们"（有"我们"必有"我"）的角度来叙述，除了增强客观性以外，事实上还为读者提供了认识事件的双重角度（团长的情感角度、叙述者的冷静角度）。同时，如果加上读者在比较之中产生的自我认识，那么就更有深度了。

叙述角度的成功运用对呈现作品的意义有巨大作用，同时也是吸引人的有效途径之一。在中学语文教学中，叙述角度是个陌生的字眼，翻开一些中学语文艺术探胜之类的书，我们会看到一些类似这样的鉴赏文章:"《香山红叶》的构思艺术"、"《背影》的动词运用艺术"、"《百合花》人物描写的特色"、"《挖荠菜》的心理描写"等等,唯独没有对"叙述角度"这个实际上很具体、实用的艺术问题的探索。增加一些这方面的教学,看来是颇有必要的。

　　(3)意象、隐喻和象征。对鉴赏者而言,意象是指文学作品中通过词语的作用而在人们头脑中形成的感觉印象,它不只是视觉的,也包括嗅觉和触觉等等。隐喻包括文学作品中一切比喻的方式,但不论如何,在隐喻中,喻体只是暂时的、过渡性的。而象征则是用一个具体的东西来提示某种精神的、抽象的东西。它与隐喻的主要不同是:象征体自身不是过渡性和暂时的,而是作品中必不可少的场景和物体。从总体上说,隐喻和象征是意象的个别化和特殊化。意象在诗歌中特别多。有时候由于意象的主观性很强,作者心中清楚,而读者却颇费思量。这就要求鉴赏者展开想象的翅膀,在上下文语境的基础上加以揣摩和假设。如果把《桌球》这首诗作为自学的篇目,那么对于"圆球"这个意象可以怎样来认识呢?倘若仅仅根据你个人的直觉,很可能把它视为"动物",从而解释为:这些动物由于逃脱不了人的暗算,终于成了可怜的牺牲品,并被强力推入了"陷阱"。但是这一解释却忽视了"圆球"意象的比喻性质,诗里分明说道:这些圆球过着"文明的生涯",具有"斯文"的样子,陷入在"罗网"之中。这一连串的意象,联系起来,与其说是指的动物的活动,不如说是指的人的活动。因为人类的祖先曾像桌球的祖先(大象)似地生活在原始的丛林里,过着野蛮却自由自在的生活;如今的人类又像桌球似地过起了"文明的生涯",这生活虽然"文明"、"斯文",但却刻板、机械、被动,如同桌球游戏一样。

　　莎士比亚笔下的麦克白说:"熄灭了,熄灭了,短促的烛光!"这是一个隐喻,暗示了一个人的短促生命的结束,但如果麦克白真的手执一支蜡烛,或眼前正有一支蜡烛在渐渐熄灭,那么这句话就是一种象征。所以,这三者之间经常是可以转换的。

那么,我们如何才能知道一个物体已经超出了它的本意而成为象征了呢?这可以通过作品描述的重点来分析和判断。如老舍的小说《月牙儿》,题目就突出了重点。作品在叙述女主人公从一个纯洁的小女孩变为妓女的过程中,反复描写月亮的阴晴圆缺,以及月亮与星星、云雾的种种错位变化。使读者自然将月亮与人物的心境对位起来,看出月亮正是人物心情变换的象征。在《陈小手》中,"白马陈小手"这一称呼给人的意象是飞动的、灵活的、纯洁的,他给多少人带来了希望,真可谓"陈小手活人多矣"。但另一方面,陈小手每每离开产家,总要说"得罪!得罪!"这又在我们眼前显现出别一番意象:他自卑,他不愿与人多谈自己,他接生完就走。"白马陈小手"与"得罪!得罪!"这两个意象一叠加,便形成了一个新的象征:在白马、小手、"得罪"之声的具象后面,我们分明看到了一种压抑的、复杂的精神状态。

(4)结构。结构是指对作品的整体的排列组合。除了把握作品外在的结构层次(如章节、场、幕等等)以外,更应明悟作品的内在结构,即作品的情绪及内在逻辑结构。有时候,内外结构显现出某种一致性;有时候两者没有什么联系,需要仔细玩味才能把握作品的内在深层结构。对于叙事作品而言,结构的模式可以以情节为中心,也可以以人物为中心。对非叙事作品而言,结构则可能是以情绪或意识作为主线。任何一部文学作品都有它自己不同于别的作品的结构,把握了这种结构,就会对作品有更清晰、更宏观的认识。比如《陈小手》这篇小说,是否存在某种有意味的重复结构形式?这种"重复"起到了什么作用呢?再比如电影《大红灯笼高高挂》,银幕上轮回出现"夏"、"秋"、"冬"三个季节转换的字样,可就是不出现

"春"字。这种生命时序的空缺结构，显然有某种深刻的暗指。西方曾有评论家把威廉·福克纳的小说《喧哗与骚动》的结构比喻为一部传统交响乐的四部曲，而把托马斯·曼的小说《格拉德斯·戴》的结构形容为画中之画。这都给读者开启了一扇扇新的窗户，提供了对作品的新的认识的可能性。我国也有学者对我国古代的几部著名小说作出了结构图示，给人十分深刻的印象（孙逊《明清小说论稿》，上海古籍出版社 1986 年版）：

《水浒传》的串珠式线形结构

《三国演义》的扇形网状结构　　　《金瓶梅》的全方位网状结构

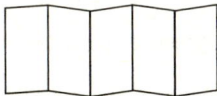

《儒林外史》的框形帖子式结构

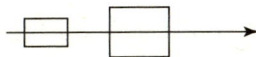

《西游记》的串字形结构

　　这里的图示从宏观的、理性的角度对文学作品的结构进行了描摹。它们抓住了作品组合与排列的内在特征，给读者一种纲举目张的感觉。当然，这里已经是在进行深入的文学批评了，但是作为鉴赏者，能对作品结构有所体悟同样十分重要。

　　第三，认识作品的真正主题和思想意义。常常有这种情况，当我们深入到作家的艺术传达过程中去，比较深入地体会到了作家的创作技巧以后，我们会对原先的认识发生怀疑：这作品就是讲的这点表面意思吗？这种自我诘问显示了鉴赏认识的跃进。技巧的呈露与展开，提示读者挖掘真正属于作品内核的东西。还是以《桌球》一诗为例，它的表面内容前边已经说过了，可是现在来看就会发现，它可以由两组词语所构成的不同意象而划分成两个部分。前半篇（第1到第6诗行）展现的是中心意象；而后半篇（第7到第11诗行）是中心意象的继续。通过技巧，相互缠绕的意象贯穿了全诗，表现出一个富有感染力的主题：从表面看，诗歌对桌球所象征的现代社会的精巧结构进行了赞美，而实际上却是在对它的虚伪、非人性、刻板单调等特性进行揭露和抨击。

小说《陈小手》只是讲了一次不公正的待遇吗？经过对作品的结构、意象、角度等方面的分析，我们便能在作品那貌似"冷静"的表面背后，看到真正滚烫的意义和主题：一个充满封建观念的"文明"古国，在功利与意识之间的强烈悖谬；成功与自卑的矛盾交织；以及生命的诞生与生命的断送之间那微妙而惨烈的联系等等。作家将现代意识含而不露地隐埋在旧时的题材中，起到了化腐朽为神奇的作用。

那么，通过这三个层次来鉴赏文学作品，是不是会太累，或者会失去那种初次阅读时的快感呢？语文教师应该告诉学生：认清你的激动情绪的源泉，了解你的感受能力的本质，明白造成音响快感的因素等等，非但不会减弱阅读文学作品时的快感，反而会使它大大增加，虽然这需要实践和时间。加深了对文学作品的理解，也会扩展自己的生活视野，从而加深对别人、对自我的认识程度。

1995 年

20世纪 30 年代的上海外滩

批评家与批评方法

　　当代西方某些文学批评家把 20 世纪形容为"批评的时代",这无疑是从他们的职业视角得出的结论。但 20 世纪文学批评的高度发达与繁荣,的确有些使人眼花缭乱、目不暇接。文学批评不再成为文学作品的附庸,批评家也不再是作家的传声筒,文学批评日益获得其独立的地位,批评和创作一起,成为作品意义的共同创造者。

　　文学批评的历史几乎与文学创作的历史一样源远流长。在现代社会中,在文学作品层出不穷、读者群不断扩大的情形下,文学批评的意义就更加明显了。文学批评是一项实践性很强的活动,或者可以这样说,学习文学理论的根本目的,就是要在理论的指导下对文学的种种现象进行评说。所以,在进行文学批评活动以前,了解文学批评方面的知识就显得十分必要。

一、批评与批评家

　　对一个普通的文学读者来说,文学批评并不是一道非有不可的程序。他往往在阅读的中间或终端停留，凭着自己的经验与直觉稍加体味一番，以此自娱。很自然地，在人数的分配上，一般读者与批评家（哪怕是业余批评家）的比例是极为悬殊的。但文学批评之所以存在，并生生不息，文学批评家之所以受到社会的重视，这里存在着深刻的原因。

第一，文学鉴赏与文学批评。

文学作品的鉴别与欣赏，是一种大众的普遍阅读行为。要准确地一般化地描述这种变动不居的内心过程，是一件极不容易的事情。这里我们只想指出这么几个要点，提请大家注意：

（1）文学作品倘若不被人们鉴赏，它的价值就等于零；

（2）文学的媒介是抽象的语言符号，因此文学的创作过程可以概述为把形象转化为符号的过程，而文学鉴赏的过程则可以概述为把符号转化为形象的过程；

（3）文学鉴赏活动得以展开，是因为主体（读者）与客体（作品）之间存在某种同形同构关系。即读者自身的种种因素（如经验、感受、知识等），使得他能够理解作品的意义，领悟作品的艺术技巧等等；

（4）文学鉴赏是在作品基础上的一种主观再创造。对批评家而言，文学鉴赏是文学批评的基础和前提。先有鉴赏，然后才有批评。文学批评家首先是个文学读者。用一个形象化的比喻来说，文学鉴赏既是批评家汲取"营养饮料"的过程，也是批评家点燃"自我烟斗"的过程。批评家在鉴赏中得到感悟、获得动机、煽起激情，然后，"思维的烟斗"被点燃了，发出了灼灼的光焰。对一般读者而言，文学鉴赏只是一种个人行为，而文学批评家的使命就重大得多，他除了要集中大众鉴赏的零碎反应以外，更要将自己的鉴赏结果以一种公开的形式发表出来。于是，他与一般读者的个体接受之间的区别就昭然若揭了：文学批评是一种社会接受行为，它以鲜明的个性形式出现，而事实上涵盖着、制约着、引导着众多的个体接受行为，从而成为某种“共性”的东西。

文学批评与文学鉴赏一样，必须运用形象思维。只有这样，批评与作品之间才可能寻求到某种深刻的一致。但正如别林斯基所言：“进行批评——这就意味着要在局部现象中探寻和揭露现象所据以显现的普遍的理性法则，并断定局部现象与其理想典范之间的生动的、有机的相互关系的程度。”（《别林斯基选集》第三卷，满涛译，上海译文出版社 1980 年版，第 574 页）因此，文学批评更注重抽象思维。准确地说，文学批评是融合了形象思维的抽象思维。不论批评采取何种生动的形式，离开了对规律和本质的探寻，批评的意义也就消失了。

鉴赏与批评之间、读者与批评家之间是有区别的，也就是说，存在一个阶梯；但既然这是一个阶梯，那就是说，它也是可以跨越的。

第二，批评目的与批评功能。

文学批评中的“批评”二字并不是“责难”或“贬斥”的同义语。它的原始意义是批注、评点、解说、判断等，这中间当然包括必要的褒贬。文学批评的目的有三个：促使创作的繁荣与发展；引导读者的鉴赏；对出版部门起宣传员和忠告者的作用。文学批评通过“批评”文学作品这一行为，在作家与读者（包括出版部门）之间，起到了反馈器与调节器的重要作用。下面我们分析几种情形：

（1）以褒扬为主的文学批评。它可以促使某部文学作品的广泛传播。对读者而言，可以从批评中领悟到作品的长处所在，并渐渐形成与之趋同的鉴赏尺度；就作家而言，可以因此而得到鼓舞或启发，并且产生更新更强烈的创作欲望，这是一次新的文学传播行程的前奏。

（2）以贬抑为主的文学批评。它往往也会促使某部文学作品的广泛传播。对读者而言，他们在批评的参照下可以验证自己的评判能力，有时又会在逆反心理的支配下，得到一种刺激性的满足；就作家而言，这种批评产生两种效果，一是调整或坚持自己的创作方向，继续创造作品；二是一蹶不振，创作从此中断或变得极为不顺。但即使某一作家的文学传播线路暂时中断，这种批评也会暗中成为创作群体的一种经验，从而制约、调节新的文学传播行程。

（3）冲突性的文学批评。这里既指个体与个体对某部作品的冲突性批评，也指群体之间对某部作品的尖锐冲突性意见。这类批评更能促使文学作品的传播。对读者而言，冲突、矛盾的批评观点锻炼了分析思考能力，可以在比较中得出自己的结论，也可以选择冲突某方作为自己的立场；就作家而言，有了多向度的参照系，必将对文学作品的再生产起到巨大而又微妙的潜在作用。

（4）展示性的文学批评。也有一些文学批评的褒贬色彩并不明显，它们只是平平道来、冷静叙说；点出关键、昭示理脉，似乎将最终评判的权利放弃了。这类批评无论对作家还是读者都是一种平等的交谈、客观的参与。它对新的文学传播行程的作用不如前三类明显。不过，只要进一步分析，我们还是能看到批评家隐含着的态度与立场等等。

批评的方式固然多种多样，但不论何种批评，都应该有实事求是的态度，好处说好，坏处说坏，才有助于文学创作的健康发展。

文学批评最主要的对象自然是文学作品，但在批评作品的时候，批评家常常同时在宣扬自己的文学见解，有时候甚至到了借题（某部文学作品）发挥的地步，这也是可以理解的现象。

正因为文学批评对文学作品的再生产起到了巨大作用，所以许多作家宁愿批评家说自己的作品不好，也不愿意批评家保持沉默。那么，文学批评这架反馈器与调节器到底施展了哪些功能呢？大体说来，可以有如下四项：

（1）介绍功能。对文学作品概况的介绍，即传播文学信息，因为离开这种介绍，批评便无可依附，更谈不上深入展开了。虽然"介绍"一般要求力求公允，但事实上很难避免倾向性。

（2）评价功能。这是最主要的功能，包括对作品的意义和技巧的阐释、分析和对作品价值的评判、估量。文学批评的方法在实现这项功能时可以大显身手。

（3）规范功能。这与第二项功能之间常常是彼此不分的，你中有我、我中有你。最简单的说明是，它力求在现象中找出规律的东西：可以纳入共性的，或者是偏离轨道的某种特异情况。它对创作有直接的意义。

（4）预测功能。这是文学批评超前性的体现。并非任何文学批评都能于潮流、动向中看到未来的情形，但这的确是优秀的文学批评所具备的功能。

我们试以文学批评第二个功能即"评价功能"为例，来看看文学批评的功能特点。一部物态化的文学作品的"意义"（包括传统理解的内容与形式）可以分成如下三个层次——

第一层：文学作品的自身意义（隐含意义）；

第二层：文学作品的符号意义（辞典意义）；

第三层：接受者主观上理解的意义（延伸意义）。

对于优秀的文学作品来说，第一层意义是隐含着的、暗示的，而非明确显露的，它是一个难以定性的范畴，人们只能不断接近它，而不会穷尽它（越是优秀的作品越是如此）；第二层的意义即字面上的意义，是确定的，对于每一个能运用这种语言的人来说是一样的；第三层的延伸意义则具有了个别性差异，而文学批评的最大优势，便在于发挥这种延伸意义。也就是说，文学作品自身的意义只能通过文字符号表达出来，而一旦批评家自以为感受到了，并付诸批评文字以后，那么这只能是"延伸意义"。在通常的情况下，通俗的、可读性强的作品，批评的"干涉"（即评价）就少一些，而可读性不太强的作品，批评往往显得挥洒自如。这是因为前者的辞典意义与作品的意义相接近，批评缺少延伸、发挥的余地；而后者的辞典意义与作品自身意义之间的空间很大，"延伸"的余地很宽广。批评的这种"延伸"，无论对作家还是对读者都是一种启示。假如批评的功能仅仅只在传达（甚至可能是极为枯燥地传达）文学作品已经传达过的信息，那么文学批评便是多余的了。

这里要指出的是，作家本人的"创作意图"常常介于"意义"的第一和第二个层次之间，但不等于其中任何一个层次。在进行文学批评的时候，这种意图可以参考，但不宜作为评说的唯一依据。

第三，批评家的素养。

进行文学批评，要具备一定的主观方面的条件。批评家的素养主要包括：

（1）敏锐的艺术感受力。这种感受力首先是指语言的感受力，即对文学作品语言的抑扬顿挫、整齐变化及回环往复所带来的语言形式美的感受；同时，还要能迅速领悟作品是用怎样的手段建立起作品的意义框架的，领悟作品的特殊韵味与色彩。这种艺术感受力是在不断的双向反馈（作品与批评家）过程中发达起来的。文学以外的艺术（如音乐、戏剧、绘画等）熏陶，对文学批评家艺术感受力的形成也有潜移默化的作用。

（2）比较系统的美学修养与较强的逻辑思维能力。在西方，许多大批评家本身就是美学家（有自己的艺术哲学体系）。文学批评在某种程度上可以被理解成一连串有意味的逻辑旋涡。要对文学作品作进一步的分析，批评家必须有大胆假设、步步追踪的能力，要从一定的原则去确定具体文学现象在美的理想范型（即既有的文学杰作）中的位置，要有在现象中抽出规律的本领，这是文学批评的"深度"。

如果说，批评家忠于自己的艺术感觉是一种前审美效应，那么超越这一层面的活动，即把这种艺术感觉一一分解，然后再还原成一种新的整体，便是后审美效应。

（3）丰富的生活阅历和一定的艺术经验。生活阅历越丰富、知识面越广，对批评对象的理解就会越深刻和越得心应手。倘若具备一定的艺术实践（如写诗、作画、演奏）经验，就越能准确地评估出作品的等级，并同时具有更宽宏的艺术胸襟。也就是说，知识背景越雄厚，审美效应的过程就越有声有色。

上海衡山路街景（张荫尧　摄）

二、文学观念与批评方法

历史上曾有多种文学观念。当然，这些观念也是有层次的。除了对文学本质的认识以外，还有一些是关于具体问题的，如对某种文学风格的推崇与提倡等。一般而言，批评家运用哪种批评方法根本上都是受他本人的文学观念决定的。

第一，观念与方法的关系。

《镜与灯》的作者艾布拉姆斯绘出了著名的"艺术批评坐标系"：

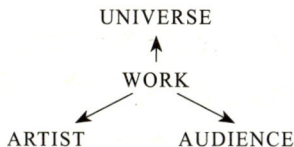

```
              UNIVERSE
                 ↑
              WORK
           ↙        ↘
    ARTIST          AUDIENCE
```

这个以作品（work）为中心，沟通世界（universe）、作者（artist）、读者（audience）的图表，可以说一无遗漏地描画出了文学所涉及的整个范围。它们之间组成了四组关系：作品与世界、作品与作者、作品与读者、作品自身。一个批评家如果注重其中的一个方面，并认为这是决定文学本质的根本之所在，形成了与之相应的文学观念，那么他的批评观实际上也就形成了。而批评观建立在文学观的基础之上，大约可以分为：

（1）本体论的批评观。专注于对文学作品自身的认识，确信文学的所有魅力均在于此，批评应当竭力挖掘；

（2）表现论的批评观。着眼于作家自我在作品中的表现，深究其中种种奥秘；或者站在读者的角度，把作品的意义主要看成是作者主观心理的外射，认为文学批评研究这些才有意义；

（3）价值论的批评观。基于作品是世界的反映这一影响深远的文学观，深入考察作品中的外界投影，及作品产生后对外界的影响，深信这是研究文学最确实可靠的途径。

批评观念与文学观念往往是互相对应的。批评家的文学观念和批评观念一旦确立，便会运用某种行之有效的批评方法来达到自己的目的。倘若没有比较明确的文学观念和批评观念，而只是盲目地寻求、变换批评方法，那是不会取得多少实质性成绩的。当然，也要看到批评方法的相对独立性，并不是说，只要具备了某种文学观念和批评观念就自然而然地掌握某种批评方法了。另外，如果批评家的文学观念和批评观念比较宽宏、涵盖面比较大，那么也意味着有可能同时运用多种批评方法来进行批评实践。

在文学批评的实践中，除了一些专门的方法以外，还有诸如逻辑的方法（归纳法、演绎法、分析法、综合法）和自然科学的方法（系统论、控制论、信息论）等，它们已经或正在渗透到我们的文学批评实践中去。由于这些方法不专属于文学批评，在此就不展开论述了。

第二，批评方法的历史。

在我国古代，虽然没有明确的方法论意识，但在基本的文学观念支配下，在实践操作过程中也存在着几种不同的批评方法。有的注重社会（世界）与文学的关系，如孔子、白居易、顾炎武等人的文论；有的注重作家人格与作品的关系，如刘熙载、章学诚等人的文学批评；有的注重作品与读者的关系，如李贽、金圣叹、毛宗岗等人的批评实践；有的注重作品自身的研究，如刘勰、钟嵘等人的论述。

相对而言，西方在文学批评方法的探究和实践上则经历了漫长而比较自觉的时期，粗粗勾勒一下可以看到：

19 世纪前的近两千年时间里，西方的文学批评方法受亚里士多德摹仿理论的影响，多关注文学作品与外部世界的关系（古典主义的文学理论将摹仿外部现实变易为摹仿古人）。而整个 19 世纪，文学批评的重点基本上都落在了作者身上，这是因为张扬个性、解放心灵的浪漫主义文学，使得文学作品的作者自然地跃入了批评家的视野，作者的生平、背景、传记材料等成了重要的研究资料。19 世纪后半期由于科学的巨大进展和实证主义思潮的弥漫，批评家转而从社会背景和心理根源等方面去考察作者，相应的批评方法在 19 世纪末和 20 世纪初达到了充分的发展。

20 世纪前几十年（到五六十年代止），各种新的文学批评方法层出不穷，如形式主义、新批评、结构主义、符号学等，这些批评方法的共同特点就是：只注重作品自身。而在最近二三十年间，文学批评的重点又转移到了读者身上，兴起了阅读现象学、接受美学等批评方法。

之所以说以上的勾勒是粗线条的，是因为实际上从 19 世纪以来，就没有哪一种批评方法能独霸文坛了。虽然重点在转移，但各种批评方法的交错、更迭、渗透的现象是十分复杂的。马克思主义文学批评的核心，是唯物史观和美学观的统一。用恩格斯的说法，这也是批评的"非常高的、最高的标准。"（《马恩列斯论文艺》，人民文学出版社 1980 年版，第 101 页）它要求用发展的、变化的、联系的眼光看待文学问题，虽然它提醒人们注重社会的、历史的背景，但它更是一个开放的体系，它可以将一切有用的东西融入自己的内部结构。

第三，批评方法例释。

（1）社会学批评方法。这一批评方法的创始人是法国艺术史家、文艺理论家丹纳（1828—1893）。丹纳生活的年代，孔德的实证主义和达尔文的进化论影响很大。丹纳企图像研究自然科学一样，寻找文学艺术发生发展的规律，形成一套能解释历史事实、发现艺术规律的文艺批评方法。他提出了制约和影响文学艺术发生发展的三大社会要素：

a 种族（指人的先天的生理遗传因素）；

b 环境（主要指地理、气候等物质环境）；

c 时代（主要指时代的社会心理）。

丹纳解释这三者的关系时说："种族"是"内部动力"，"环境"

为"外部压力",而"时代"是"后天动量"。内力、外力以及内外力形成的历史产物就构成了决定文学艺术的三种力量。他特别看重最后一种力量(后天动量)。丹纳就是根据这三个要素在不同时代的不同情况来分析文艺作品的。例如,他分析法国 17 世纪的悲剧作品,认为这种悲剧总是避免狂乱的表现、淡化事实的冲突,一切温文尔雅、追求整齐统一的艺术美感,"17 世纪所有的艺术都受着这种趣味的熏陶"。这是由于路易十四时代封建贵族的情趣支配社会生活各个方面形成的严格规范,这些规范成了风靡全国的时代精神。可见,丹纳的立足点是社会与文学的相似性与一致性。只要找到这种联系,社会学批评方法的任务也就完成了。

丹纳的批评方法给人不少启发,有时确实显出它的真理性。但这种方法也有很大的不足。它强调社会对文学的重要影响,但恰恰忽视了最重要的生产力与生产关系的矛盾,不懂得从根本上制约文学的是经济因素。同时,它只注重外在世界在文学艺术中的投影,而忽略了文学艺术的反作用,它还经常比较生硬地套搬植物学上的术语。重视社会学批评方法的,还有被称为"经济唯物主义"的德国艺术史家格罗塞,他在名著《艺术的起源》中,把原始艺术的产生归结为社会生产力的发展;而俄国的普列汉诺夫则在格罗塞的基础上进一步提出了"中间环节"(如巫术、宗教等)说。丹麦文学史家勃兰兑斯主要运用社会学的批评方法,写成了具有历史意义的六卷本巨著《十九世纪文学主潮》。俄国的三大批评家(别林斯基、车尔尼雪夫斯基、杜勃罗留波夫),则更是在社会学的文学批评中取得了辉煌的实绩。

回顾我们自己的历史,可以看到,1949 年以来众多的批评文章和著作、文学史教材等,大多注重的是历史变迁、时代背景、阶级关系、作家身世等。由于我国特定的历史条件,比如"文以载道"的传统影响、"文学反映现实"的观点占统治地位，决定了我们的文学批评基本上都从社会和历史的角度去分析作品。美国的文学理论家司各特说得好："只要文学保持着与社会的联系——永远会如此——社会批评无论具有特定的理论与否，都将是文艺批评中的一支活跃力量。"（魏伯·司各特编著《西方文艺批评的五种模式》，蓝仁哲译，重庆出版社 1983 年版，第 66 页）

　　社会学批评方法的代表作有：丹纳的《英国文学史》及《艺术哲学》，普列汉诺夫的《没有地址的信》等。

　　（2）精神分析批评方法。这种批评方法的创始人是奥地利精神病学家弗洛伊德（1856—1939）。他在自己的临床实践及研究中发现，人的精神活动可以分为"意识"与"潜意识"两部分，潜意识就像海平面以下的巨大的冰山，深藏在我们的内心深处。弗洛伊德认为，潜意识的主要内容就是性欲。他解释说，人的性欲是与生俱来的，是一种本能。由于以后受到了社会规范的约束，人们便压抑了它，但这种本能"是推动或启动的因素，是个体释放心理能的生物力量"，它"来源于身体内部的刺激，它们的目的是通过某种活动如性的满足，消除或者减少刺激"。因此，弗氏认为：潜意识受到了压抑，只能在诸如梦境或一些倒错行为（如口误、笔误等行为）中反映出来。而有的人压抑过了头，往往成为精神病患者。

　　在此基础上弗洛伊德进一步指出，文学艺术作品也是潜意识的一种外在表现，它是文学艺术家这种特定社会角色的本能的升华。弗氏具有丰富的临床经验和深厚的古典文学艺术修养，他除了从病人医案中证明自己的理论，同时还从大量文学艺术作品中为自己的理论寻找例证。比如他从古希腊悲剧《俄狄浦斯王》和《厄勒克特拉》中找到了能够印证自己实验结果的、人类所普遍具有的情结：俄狄浦斯情结（恋母情结）和厄勒克特拉情结（恋父情结）。他从意大

利文艺复兴时期的画家达·芬奇的身世与作品中得出了达·芬奇有
"恋母情结"的结论。弗氏还依此研究了歌德、莎士比亚等许多伟大
的艺术家。

　　按照弗洛伊德的观点，虽然作家艺术家的创作活动类似"白日
梦"（一般人大多在夜间的真梦中流泄自己的潜意识，或将白日的幻
想"羞怯"地隐匿起来），是一种本能的升华、愿望的达成。但这里
更重要的是文学艺术家们善于对潜意识的欲望进行软化与加工，从
而使之能被社会所接受。一方面是文学艺术家将自己的欲望融化在
作品中，一方面接受者在鉴赏时又将自我的欲望投注到作品中去，
于是艺术作品的生命力便产生了，尽管这种"融化"与"投注"可能
都是不自觉的。

　　早期精神分析的批评方法由于受泛性欲主义的支配，常常把文
学作品中的种种具象解释为与性有关的象征。这种方法特别注意作
家身世与作品在性暗示方面的对应。这种批评最著名的实例是对
《俄狄浦斯王》《哈姆雷特》等作品的分析。后期的精神分析批评在
这方面有所转变。

　　精神分析的批评方法挖掘了人们的潜意识领域，使人们认识到
它的重要性，这是一个巨大贡献。同时，人们的性爱经历与文学艺
术的创作也确实有着重要的联系。但这种方法完全割断了时代与作
品的勾连，把人的本质仅仅归于人的生理本能，许多地方牵强附会，
这就暴露了它的弱点。另外，正如弗氏本人所言："精神分析对于美
几乎没有什么东西可以说的。"这种方法无法对艺术作品的审美价值
作出判断。

　　精神分析批评方法的代表作有：弗洛伊德的《精神分析引论》
《创作家与白日梦》《列奥纳多·达·芬奇和他的一个童年记忆》以
及弗氏学生琼斯的《哈姆雷特与俄狄浦斯》等。

（3）原型批评方法。又称神话批评或神话仪式批评。它的奠基者是瑞士人荣格（1887—1961）。荣格曾是弗洛伊德的学生，因为后来在主要观点上不合，便独创了分析心理学理论。荣格受到人类学理论的影响，承认潜意识的存在，但不认为都带有性的色彩。他以为潜意识具有个人和集体两个层次，而集体潜意识在种族所有人那儿都是相同的，因此它组成了一种超个性的共同的心理基础，并且普遍地存在于我们每一个人身上。这种处于深层的集体潜意识对人起决定作用。荣格解释集体潜意识为何会在每个人身上存在时说：每个人都是种族的人，自原始社会以来，人类世世代代传下来的心理遗产就沉积在每一个人的潜意识深处，这是一种记忆。这本书人人皆有，就摊开在每个人的心灵深处，但永远不会进入人的意识领域。它的存在可以从神话、图腾崇拜、怪诞的梦境中反复出现的原始意象去推测。它们就是集体潜意识显现的形式，即"原型"。他说，伟大作家作品中的原型（文学作品就是创造性幻想得以表现的地方）触及了种族之魂，而读者在阅读时，原型又触动了他们深藏的潜意识，于是他们的心灵受到了深深的震撼。"我们不再是个人，而是人类，全人类的声音都在我们心中共鸣"，这就是"伟大艺术的秘密，也是艺术感染的秘密"。

原型批评是一种宏观的研究方法，用这一派著名批评家弗莱（加拿大人）的话来说就是"向后站"：从作品近处往后退，往高处站，眯上眼睛，略去一切繁文缛节，那么作品的原型便收入眼底。弗莱曾引用诗歌来说明自己的理论：

有一个故事而且只有一个故事
真正值得你细细地讲述

后来有一些批评家不限于在作品中去寻找神话，而是寻求一种广义的文化形态，比如心理情节等。弗莱也进一步指出："经常反复出现的意象"就是"原型"。这就减少了"原型"的神秘因素，扩大了研究的范围。按照原型理论，文学批评可以从作品的表层结构探进到深层意蕴，从作品细节追踪到作者的创作心理和动机，从一部作品推广至许多作品，并从中观照到文化史发展的轨迹，具有一种思维的发散性。这对我们是很有启发的。

原型批评方法的局限也很明显：它不包含审美的价值判断，它把文学放在神话的魔镜底下，用神秘解释神秘，批评家有时仿佛成了巫师。而且同一原型在不同作品中的显现究竟有否差异，也不予评说。

原型批评方法的代表作有荣格的《心理学与文学》以及弗莱的《批评的解剖》等。

（4）"新批评"的方法。"新批评"作为一种文学批评方法盛行于 20 世纪 30 年代至 50 年代的英国和美国的文学批评界。它的对立面是 19 世纪的传统批评（把文学当作历史文献，评价作品离不开社会背景、作者身世等外在因素的考证）。作为一种反拨，"新批评"非常重视作品自身的形式。

"新批评"派的开山鼻祖是艾略特和瑞恰兹。1941 年，美国著名文学批评家兰色姆发表了《新批评》一书，使得这一术语和它的方法广泛流行。"新批评"的主要特点是：

a 砍断了文学输入（作家）和输出（读者）两端的联系，把文学作品视为一个封闭的独立自足的世界。他们认为作家的创作意图对作品无足轻重（意图迷误），读者的反应也不足为据（感受迷误），只有作品本身才是重要的；

b 认为把文学作品的内容与形式分割开来是不可想象的。事实上只谈内容，根本就不是在谈艺术，而是在谈经验。只有"完成了的内容"即"形式"，才是研究的对象；

　　c 主张对作品文本作细密的分析与解释，即所谓的"细读法"。词义、词语搭配、句型选择、语气、音律等语法和修辞问题都在他们仔细推敲的范围。他们还对作品的叙事角度、比喻、象征、反讽及张力、复义等许多技巧问题进行了深入的研究，因而 17 世纪深奥难解的玄言诗非常合他们的胃口。

　　由于"新批评"对语言的细密考察特别感兴趣，所以他们的主要批评对象是诗歌，而且多为单部作品。20 世纪 40 年代末期出版的《文学理论》（韦勒克、沃伦合著）是对"新批评"的一次总结，并提出了一些更为成熟的观点，如以读者感受作品的过程为线索，区分出文学作品存在的五个层面：（1）声音的层面，（2）意义的单元，（3）意象和隐喻，（4）存在于象征和象征系统中的诗的特殊世界，（5）有关形式与技巧的特殊问题。他们指出，对这些层面的研究才是文学的"内部研究"。

　　"新批评"是一种"向前站"的批评方法，它使得批评家的鼻子眼睛几乎贴到了作品上面，但它关于文学"形式"的新见解对我们以往的传统理解确是很大的冲击，很有启迪作用。"新批评"对作品的分析讲求科学性与精确性也是值得称道的。"新批评"的偏颇在于，文学批评事实上绝不可能将作品以外的一切扔在一边。"新批评"主张将单一作品同整个社会现实和其他作品分割开来进行批评，而事实上他们自己在实践中也不能完全做到。

　　"新批评"的代表作有：瑞恰兹的《文学批评原理》、艾略特的《传统与个人才能》、兰色姆的《新批评》及韦勒克和沃伦的《文学理论》等。

　　（5）结构主义的批评方法。结构主义文学批评于 20 世纪 60 年代在法国形成了一个高峰，而且风靡许多欧美国家。它受到结构主义语言学的影响,特别注重叙事作品的内在关系(非"现象")。如果说,原型批评方法是历时态(即向历史的纵深处挖掘)的"向后站",那么结构主义批评方法则是共时态(横向)的"向后站"。

建立起系统结构主义批评理论的法国人罗兰·巴特在《叙事作品结构分析导论》中指出:文学中孤立的元素本身没有意义,只有与其他元素及整体联系起来才有意义。他创立了一个由三个层面(功能层、行动层、叙述层)组成的文学作品的结构模式,这三个层面按照逐步归并的方式互相联系在一起。巴特还特别重视人称的使用和转换问题。

还有一些结构主义批评家主张对小说作语法式的分析,例如:人物是名词,其特征是形容词,其行为是动词。甚至把小说作为展开了的句子来分析,如托多洛夫的《十日谈语法》。还有人(如普罗普)主张建立一种"行为模式"的图表,对某些艺术种类如童话和民间故事等进行细致分析,从中找出规律。还有的批评家(如热奈特)根据叙述者是否在场或是否是故事中的主人公等,得出了古典文学名著的四种主要的叙述类型:(1)叙述者既不在现场,也不是故事主人公;(2)叙述者就是作品主人公,然而却不在现场;(3)叙述者在场,但是在讲别人的故事;(4)叙述者在现场,说的是自己的故事。

举个例子来看看,结构主义批评家是怎样分析英国作家乔治·奥维尔的小说《一九八四》的结构的:故事从4月开始,到次年3月结束。如果只看结局,冬去春来的3月似乎给人以希望之感;但从整体看,4月到次年3月正是一个首尾相接的封闭循环。这个环状的结构封闭了通往外界或希望的途径,作者用这种结构暗示:书中的一切将一如既往,无休无止地循环往复。这就给了读者一种没有出路的、窒息的强烈感受。

结构主义文学批评方法的特征,概括起来有如下几点:

a 注意作品的整体性、层次性、自我调节性。认为作品整体的意义不是各部分的相加。它较注重多部作品、系列作品或有关系的作品之间的结构组合类型；

b 不停留在表面结构，而要从作品的组织结构（语言结构时空结构）进而探讨作家的深层意识结构；

c 二元（项）对立原则。认为任何结构整体之中都可以找到两个对立的基本组合元素，两者之间的碰撞和张力构成了整体结构的变化和运动。当然，这二元彼此是静止的，它需要一个中间物来沟通和联系；

d 强调横向研究，反对因果联系，不注重对作品内容的具体分析。力图建立起种种结构模式、图形；

e 借鉴语言学与分析哲学，独创了一整套文学批评术语，使得文学研究更趋于精确化、科学化。

但结构主义的不足之处我们也应该注意：

a 它虽注重整体思想，但它并未将文学作品这个小系统放到社会这个大系统中去考察，因而只能是片面的，有局限的；

b 它受到语言学的启发而得到发展，但始终与语言学之间划不清界线，有突出的形式主义倾向；

c 它同样不对文学作品作出审美价值的判断；

d 它只注重结构的同一性，而忽略了对独创性的研究。

法国结构主义批评家热奈特的话概括了这种批评方法的实质："人们把文学看作无规则的信息的时间够长了，现在有必要把它作为无信息的规则来看待了。"结构主义批评方法的代表作有罗兰·巴特的《叙事作品结构分析导论》、热奈特的《叙事话语》、洛特曼的《艺术文本的结构》、托多洛夫的《十日谈语法》等。

（6）接受美学的批评方法。接受美学又称接受理论，于20世纪

60 年代初由联邦德国的尧斯和伊瑟尔等五位文学理论家创立。1967年，尧斯发表的《文学史作为文学科学的挑战》一文，是接受美学形成独立学派的理论纲领。在现象学理论与阐释学理论的影响下，尧斯与伊瑟尔分别从两个不同的角度同时强调了读者的重要作用，独创性地解释了文学作品的意义与主题只有在阅读的过程中才会逐渐显现出来的思想。伊瑟尔主要从现象学的理论伸发开去，认为文学作品有两极，一极是艺术，即作家写出来的文本；另一极是审美，即读者对文本的具体化或实现。他说："作品本身显然既不能等同于文本，也不能等同于具体化，而必定处于这两者之间的某个地方。"这种理论试图避免两个极端：一是把作品看成只有唯一解释的绝对主义；一是认为每个读者都可以按自己的方式，随心所欲地作出解释的主观主义。

尧斯主要从文学史的角度来看待文学接受问题，即各个时代的读者怎样理解和鉴赏文学作品。他认为，由于过去时代和后代读者具有不同的历史背景和期待视野，便必然形成对作品解释的差异。研究文学应设法了解作品的接受过程，重建当时读者的期待水平，然后考察这个水平与各时代读者水平之间的逐步变迁以及这种变迁对作品接受方面的影响。在尧斯眼中，一部文学史不再像过去那样以作者、影响或流派为中心，而是集中考察文学作品在接受过程的各个历史阶段所呈现出来的面貌。

接受美学的基本理论可以概括如下：

a 要打破传统的仅仅把作家和作品视为文学研究对象的观点，充分认识到没有读者的参与，文学作品就没有现实的生命；

b 文学的历史是作家、作品、读者之间的关系史，是文学作品被读者接受的历史。决定作品地位和价值的主要因素是读者的接受意识；

　　c 只要人类存在，一部作品的接受必然要经历不断加深、巩固、发展或修正、推翻的过程；

　　d 文学接受包括垂直接受（即从历史延续的角度来考察）和水平接受（即从同一时期不同读者的角度来考察）；

　　e 读者的能动作用不仅表现在能够影响甚至决定文学作品在不同历史时期的评价，而且还表现在它能够间接地影响文学的生产；

　　f 文学作品的社会效果主要取决于读者能动的接受意识；

　　g 文学的功能建筑在作品的社会效果之上，是作品效果总和的抽象和概括。

　　接受美学的批评方法是接受理论在文学批评中的实际运用，它开拓了注重文学语言与阅读过程的关系这一广阔天地，它强调读者的作用，使得文学的意义与价值不再是一个静止、孤立、学究式的研究课题，而是成为动态的、活生生的东西。接受美学批评方法提出的一些概念，如"隐含的读者"、"期待视野"、"召唤结构"等，给文学批评带来了新鲜的活力。

　　但是有的接受美学批评家提出用文学的接受史去取代文学的创作史，用接受过程的描述去取代文学事实的罗列，这种把接受史和创作史对立起来的做法又走到了另一个极端。在美国，注重读者的批评理论称为"读者反应批评"，这种理论及其操作实践更强调读者的主观活动。

　　接受美学批评方法的代表作有：尧斯的《文学史作为文学科学的挑战》、伊瑟尔的《文本的召唤结构》等。

　　除了以上这些西方文学批评方法，我们经常见到的批评方法还有：文学心理学（不同于精神分析）、比较文学、阐释学等等。

　　　　　　　　　　　　　　　　　　　　　　　　　1993 年

批评的尺度、过程与技巧

　　关于文学批评的尺度，历史上曾有过多种提法，例如：美学和历史的；较大的思想深度、意识到的历史内容和情节的生动性、丰富性；政治第一，艺术第二；真、善、美的统一；真实性；典型性等等。比较研究这些提法，对确立自己的批评尺度是有益处的。在掌握了批评尺度以后，还要了解的问题就是批评过程与批评技巧了。

一、批评尺度的意义

　　德国的美学家康德曾经指出过鉴赏判断上的"二律背反"现象：

　　正命题——鉴赏判断不根据原则，因为不然的话，我们就可以通过论证来决定它；
　　反命题——鉴赏判断是根据原则的，因为不然的话，尽管我们有不同看法，也不应该为它争论，即要求别人同意自己的判断。

　　康德提出的这个"二律背反"是有根据的，但他的结论却带有"不可知论"的色彩。从这个矛盾现象中我们也可以受到启发：文学批评应该有尺度，但这种尺度只能是历史的、相对的。它往往受到来自三个方面的制约：一是文学自身的发展状况，二是统治阶级的政治观点，三是批评家与读者的社会理想与审美观。任何一种文学批评尺度，在不同的时间和空间都会有不同的含义，极难将这种尺度再进一步定性。

　　文学作为一种艺术，最主要的不仅在于它"说了什么"，还在于它是"怎么说"的。我们都有这样的体会：离开了文学的审美特性，要去概括作品的所谓"中心思想"时，往往发现这只是干巴巴的一条筋，没有血肉、没有感染力，一句话，没有"文学性"。它无论在现实性上还是在深刻性上都不如历史、哲学、政治。

　　但尺度还是要的，对批评家而言，拥有尺度就是拥有自我的体现。而这种尺度的最高体现，就是把文学当作活生生的整体来对待。同时，这种尺度又是可以调节的，历史的相对的尺度构成了批评家宏观建构上的自我确立。

　　对于文学批评而言，尺度从总体上说只有一个，即"审美"的尺度，而在具体实践中，事实上又有两种：

　　（1）一种是先在的尺度，即批评家对文学的既有的认识程度，它表现为批评家文学生活与批评生活的一种积累。一般来说，批评家总是带着一定的艺术经验投入到文学的接受和批评中去，这种经验在暗中规范着批评家的接纳程度与排斥程度。

　　（2）一种是具体的尺度，即在阅读活动中该作品的审美特点、审美价值，特别是独创性触发，由批评家发现的尺度，它只能在评判该作品时应用。

　　这里，文学生活与批评生活愈是丰富的批评家，批评的视界愈像一张可以伸缩的大网，具有巨大的容纳性，在阅读一部作品的过程中就愈是会淡化原有的美学规范，让先在的审美范型退到幕后，以一种新鲜、独特的眼光去审视这部新作品，从而在阅读过程中再重新调整自己的观点，判定作品的价值。而艺术经验愈是贫乏的批评家，则常常企望将以往的经验凝固成一种清晰的规范、一种程式，对超出自己经验之外的东西予以排斥。

概括地说，先在的批评尺度应该是超越了特定时代的艺术经验，它与具体的批评尺度之间存在着微妙的消长、生成、建构的关系。批评家应该始终意识到：文学批评既是主观活动也是客观活动，既是个体活动也是集体活动，既是艺术活动也是社会活动。

二、文学批评的过程

文学批评是一个错综、复杂的过程，为了明确起见，分述如下：

（1）阅读。阅读作品是文学批评的第一步，也是最基本的工作。有的人在道听途说或依赖第二手资料的情况下就开展了批评活动，这是有害无益的，也是对批评的不严肃的态度。批评的阅读与一般人当作休息、消遣的阅读不同，批评家在阅读时要努力进入和保持静心观照的审美心境，要把作品当作审美对象，将与审美无关的考虑搁置起来，排斥实用主义的态度与立场。批评家既要"入乎其内"，尽快产生与作品相适应的感觉和情绪，情感随作品的情调而起伏，想象随作品文字而纵横驰骋；又要能"出乎其外"，保持一种审美距离，恢复宁静的心绪，采取客观的态度。

批评的阅读必有多次，初次与以后的阅读感觉可能不同，有时初读被故事吸引，复读时则被技巧吸引；有时初读感到很有意味，再读发现实在很一般。阅读还可以分为无目的阅读与选题确定后的细读两种，后者显然目标更明确了。对于批评者来说，从第一次阅读开始，就应在自己的书本和笔记本上做出各种符号，并记录下自己的思路，不要浪费每一次阅读的体验。

（2）选题。与阅读过程几乎同时进行的是选题。文学批评主要以不断更新中的文学创作现象作为对象，"及时性"是文学批评的重要品格，因此选题往往在很大程度上决定着批评文章的价值。这里列出几点选题线索，以供参考：

a 文学批评的空白区；

b 文学批评与其他领域的"结合部"；

c 对文学的经验事实加以理论解释，力求寻出规律；

d 用新的观念（包括新方法）解释文学现象；

e 解决旧理论与新事实之间的矛盾；

f 以自己或别人的研究成果为起点，继续拓展。

（3）思维加工。思维加工的任务就是对选题后面的一大堆材料进行编排和爬梳，从经验层次跃入理论层次。在这里可以具体考虑采用何种批评方法。在这个阶段，不断吸取新知识，培养发散性思维是很重要的，包括阅读有关的别的专业的书籍，参加同行与非同行的各类沙龙与会议。这些活动都会像充电一样，促使批评者产生新的论点或选择令人感兴趣的批评视角。

（4）立论。思维加工的结果是提出某个论点。提出论点并非易事，必须注意：

a 论点与已知事实的关系；

b 论点与既有文学理论的关系；

c 论点是否既简单明确又全面顾及；

d 论点是否经得起各种检验。

（5）论证。即用论据证明论点的过程。这里要注意：

a 符合逻辑；

b 鲜明而有针对性；

c 切忌孤证；

d 能经得起推敲。

三、批评的诸项技巧

批评的技巧即处于批评方法层次之下的比较实际的形式要素，它一般包括复述、描述与分析、文字与结构、图式等等。

（1）复述。精当地复述文学作品是文学批评的基本功。这是一项并不容易的工作，但复述得好，便能保持文学作品内在的生命力与色调，使读者重新感觉到已体验过的欢乐，并加深印象。具体应注意如下几点：

a 复述主要是针对叙事类文学作品的情节内容而言的，它最困难的一点便是要传达原作的神韵与风格。越是优秀的作品越难复述，这是因为深刻的题旨总是隐藏在故事背后。只有从深入领悟的高度来复述，才能使读者受到感染；

b 要寓评论于复述之中，这样，读者就可能被复述者的热情和力量所打动，并顺着批评者的思路来理解作品。复述可以集中一处说完，也可以按需要分段复述，或按观点需要打乱后重新安排；

c 复述要抓住贯穿线索，突出主线，于复述中让读者看到情节的系结、延宕与解结；

d 适当引用原文。文学作品中有些描写和语言是不可替代的，引文可以引神来之笔，也可以引败笔。这种引用还可以分为两类：一种是"明引"，即明确说明是引用一段原文，加上引号，丝毫不更动文字；另一种是"暗引"，即在评论中、转述中自然地不露痕迹地插入原作文字，为了衔接与吻合，可以增减、更动个别文字。

（2）描述与分析。文学批评的"描述"就是指直接把自己的发现和感受表达出来，将自己的审美享受与激情传达给别人。描述包括：

a 描述批评者对所评作品的阅读与感受过程。这种描述使文章带上了叙事性，娓娓而谈，亲切生动，增强了批评的可读性，通过主体的反应折射了客体的品格；

b 描述阅读作品以后的总的印象。这种描述主要借客体来表现主体的审美结果，与前一种侧重点不同。描述要求对作品有很深很细的揣摩，强调灵感与顿悟，同时对文字的要求很高。我国古代的文学批评大多运用这种描述的方式。

所谓"分析"，就是从一定的观念与理论出发，对作品进行解析，指出它的组成要素和构成形式。"新批评"、"结构主义"等批评方法基本上都是分析型的。需要指出的是，在实际批评中很难单纯使用描述方式或分析方式来达到批评目的。如何把这两者巧妙地融合起来，是值得努力研究的。

（3）文字与结构。文学批评的形式美主要体现在文字和结构上。文学批评的文字美作为一种技巧，又不仅仅是技巧，至少应包含：

a 警策美：批评文字的概括性、哲理性产生一种格言般的警策作用；

b 情趣美：批评文字由于受到批评对象的规范，必然讲究艺术性，讲究感染力，寓理于情，使人爱读、易读；

c 分寸感：批评文字最忌吹嘘、捧场或一棍子打死。好的批评文字既是成熟的、优美的、准确的，又是能让人口服心服、真正受到启悟的。

讲究批评的结构是说文学批评的结构要富于变化，给人新颖感。不要甲乙丙丁，如开中药铺；或循规守旧，如八股文一般。

（4）图式。有时文学批评为了更清晰地说明问题，常常借用一些图式，或建立模型，或绘出规律性的组合等，起到了避免冗赘、使解说富于形象性的作用。但这种图式最好不要用得过多。

四、批评文体与批评风格

说到"文体"，人们经常会把它与"风格"一词联系在一起。的确，在英语中，"style"同时可以解释为"风格"与"文体"，因为从历史的发展过程看，文体就是风格凝注的模型。但随着历史的发展，今天在具体的运用中，这两者毕竟又有不完全相同的内涵。为了论述的清晰，这里笔者把"文体"界定为体裁，"风格"界定为批评文章的个性与特色。

（一）文学批评的文体系统

文学批评的文体是很丰富的，有时甚至给人杂乱无序的感觉。其实，只要用系统的眼光看问题，就会发现它们之间是有规律可循的。以下四类批评文体的传播范围依次递减，而学术性则依次加强——

（1）新闻性文体的文学批评。这主要指报纸杂志上有关文学的编者按以及署名或不署名的小评论，还有带评论性的新闻报导、座谈纪要之类；

（2）私人性文体的文学批评。这主要指有关文学的通讯（单向或双向）、传记、评传及有关的文学采访录等；

（3）注释性文体的文学批评。这主要指依附于作品并对之作出某种阐释的文学批评。如选注体、评注体、赏析体（附于作品之后）的文学批评；

（4）研究性文体的文学批评。这类批评通常被视为文学批评的正宗，数量也是最大的。其中有：

a 序跋体（也称前言、后记）的文学批评；

b 随笔、杂文体的文学批评；

c 对话体的文学批评；

d 札记体的文学批评；

e 论文体的文学批评。

运用较多的是后面四种文体。随笔、杂文体的文学批评是批评家惯用的，前者轻灵洒脱，多从文学掌故趣闻出发，从而引申触及文学的某些规律问题，显得活泼而富趣味性，如《艺海拾贝》《金蔷薇》等。而后者更具有现实针对性，时间性更强，文字老辣、嬉笑怒骂皆成文章，如鲁迅的杂文等。对话体的批评有两种，一为真的两人对话，二为由批评者拟想出的双方（或多方）的对话。这种批评随意性较强，具有发散性，比较生动吸引人，如《歌德谈话录》《文艺对话集》等。札记体的义学批评带有串联起来的、未完全成形的性质，或者说是一种做笔记、写心得式的文学批评。它包容性较大，结构较宽松，不受固定体式的限制，可以及时把自己尚不系统完整的想法公诸于世。论文体的文学批评一般是正面突破，就某个问题深入展开，系统性强、理论色彩浓厚。运用这种文体表明批评者对作品有充分的把握。文学书评经常也可归入论文一类。以上四种文体有时是可以互相融合的。

这里还可以从另一个角度对批评文体分类，那就是把它分为动态和静态两种。所谓动态的批评就是指上面提到过的采访录、对话体、座谈会纪要文体的文学批评。这类批评首先是关于文学的活动，把这种活动记录下来,加以整理,才形成文章,才有了这些文体。它们往往包含了或矛盾、或冲突、或互补的文学见解,最大的特点是通过展示一种过程,让人看到文学批评带有相对结论性的观点是怎样逐渐由不成熟走向成熟,怎样由分散走向集中,怎样由片断走向整体的。静态的批评是指包括论文在内的所有其他文体的批评。

(二)文学批评的风格

正像文学作品具有风格一样,文学批评也有各种不同的风格。这种风格的形成主要受到来自三个方面的制约:

(1)个人因素(如知识结构、美学趣味、独特感受与需要等);

(2)文体因素(包括批评对象的文体与批评自身文体);

(3)社会因素(如政治要求、社会倾向性等)的制约。

批评风格不像批评文体那样易于分类,但也可以指出一些互相对立的范畴来加以鉴别。

首先,从个人因素而言,可以有如下这些风格类型:

a 印象式与实证式。前者较为随意、洒脱,后者较为谨严、细密。例如为介绍一本新书而写书评,由于时间和理解上的原因,大多用印象式。而要驳倒某个广为接受的观点,必须以充足理由为根据,那就应选择实证式,要有充分的时间准备。

b 放言式与婉语式。前者显得无所顾忌,常常一览无余,后者则较为含蓄。

c 动情式与冷峻式。某部佳作撞开了自己的心扉,迎合自己的审美情趣,常会情不自禁地用上动情式;而在相反情况下,或为了严格掌握分寸,又必须作冷静的考察,这就用上了冷峻式。

其次,从文体因素而言,可以有如下这些风格类型:

a 古典式与欧化式。这在批评文章的用词、句法、结构、引典、语调等方面能明显感受到，批评自身的文体较多为论文。

　　b 平实质朴式与文采斐然式。前者多翔实朴直，后者为了保持批评的文学特点，吸引更多的读者，着意写得文采斐然，令人赏心悦目。

　　再其次，从社会因素而言，可以有如下这些风格类型：

　　a 实用式与超脱式。前者往往与现实情形、社会氛围密切交融，紧紧为现实的需要服务，具有较强的实际意义。后者则以较高远的历史背景为基点，摆脱现实的束缚，多从作品的技巧角度、美学意境等加以评析，多选择外国作品或我国古典作品及现当代作品中的形式问题为批评对象；

　　b 调侃式与严肃式。受社会条件与特定时代环境的制约，文学批评有时候要对文学作品中出现的倾向性问题采取某些反对的态度，在风格上可以是调侃式的（如旁征博引、幽默讽刺、旁敲侧击）；也可以是严肃式的，正面直陈自我见解，提出反对意见。

　　以上各种风格分类都是尝试性的、初步的，在实际批评过程中，它们常常互为交叉、难分你我，即使是同一个批评家的文章，也会因为种种原因而在风格上显出差异，这是我们应当注意的。

1993 年

诗艺述评 *

获诺贝尔文学奖的演说（艾略特）

在这篇《获诺贝尔奖的演说》中，艾略特（Thomas Stearns Eliot，英国文艺批评家、诗人、戏剧家）一方面表达了自己的狂喜之情，一方面又理智而深刻地剖析了诗的种种特性：尽管由于语言的障碍，诗不像绘画、雕塑、建筑等其他艺术那样直观，但诗的人性本质为我们提供了克服语言障碍的理由。他认为，不同国度、不同语种的读者可以在诗中彼此理解，诗歌具有超越民族的价值。

重温艾略特半个多世纪前发自内心的演讲，具有"诺贝尔情结"的当代中国作家和读者一定会受到不小的启迪。

中西诗在情趣上的比较（朱光潜）

朱光潜的《中西诗在情趣上的比较》是一篇杰出的比较文学研

---

* 本文为编著《大学活页文库》诗学卷（华东师范大学出版社 2001 年版）所写的"题解"。

究论文。作者从人伦、自然、宗教和哲学三个层次，依次剖析了中西诗歌的异同，深入浅出而又至情至理。站在历史、思想的高度，故能窥出不同民族文化乃至情趣上的差异；学贯中西、游刃穿梭，方才如此得心应手、纵横捭阖。论文中的精彩处俯拾皆是，而关于中西爱情诗的比较论述则尤为富有新意：在西方"说尽一个诗人的恋爱史往往就已说尽他的生命史"；"西方爱情诗大半写于婚媾之前，所以称赞容貌诉申爱慕者最多，中国爱情诗大半写于婚媾之后，所以最佳者往往是惜别悼亡"；"西方爱情诗最长于'慕'"，而"中国爱情诗最善于'怨'"。

这样的比较研究，清清楚楚地展现了诗对生活现实的艺术折射，使一切玄空的理论都显得无从依托。

人，诗意地栖居（海德格尔）

这里的文字选自《诗·语言·思》，海德格尔（Martin Heidegger，德国哲学家）借荷尔德林的诗句，在一系列哲学和人生的问题上阐释了自己富有灵性的观点。海德格尔思想的核心，是存在的诗化和诗的存在化。作为人的存在，即作为短暂者（因为人会死亡）生存于大地上，这就是居住。海德格尔指出：人的居住拥有大地、天空、神圣者、短暂者，即天、地、人、神四重性。而这每一重性都包蕴着四重性整体。大地是承受者，草木在大地上开花结果，植物和动物在大地上生成滋长；天空是太阳的道路，月亮的路线；神圣者有神性召唤的消息；而人是短暂者，因为会死亡，才真正继续存在于大地上、天空下、神性前。

"诗意"和"居住"原本是分属于精神和物质的两个不同概念。但海德格尔认为"诗意使居住成为居住"，"诗意的创造使我们居住"，因而诗意就是居住自身本体论的特性。非诗意的居住只是人自身无希望的繁殖。海德格尔的话从诗意与人类生存的关系的角度，提升了生命价值与诗意在精神方面的勾连，使我们在喧嚣的日常生活之余，一想到这种契合，情绪就为之一振。

诗学（亚里士多德）

亚里士多德（Aristotle，古希腊哲学家）的《诗学》是欧洲美学史上第一篇最重要的文献，是关于美学和艺术的"元理论"。它的光芒至今仍照耀着美学和艺术研究的各个领域。一句"诗人的职责不在于描述已发生的事，而在于描述可能发生的事"，一下子就将历史与文学、历史学家与诗人的区别划分得一清二楚。至于"诗所描述的事带有普遍性，历史则叙述个别的事"的观点，更是高屋建瓴地引领着我们对于典型、生活真实以及艺术真实等重要问题的探索。当我们迷惘于形形色色的现代人所创造的艺术理论时，重新翻检一遍亚里士多德的《诗学》，重温他的有关论述，我们立刻就会平静下来：许多核心的问题在这里早就有了比较明晰的答案。

日常生活的诗（朱自清）

此文是朱自清为萧望卿《陶渊明批评》一书所写的序言。作者指出：前人论陶诗，只说"质直"、"平淡"就不再钻研下去，而萧著能"详人所略"，这是很重要的工作。朱自清认为，陶诗之所以超过玄言诗，就在于将自己的日常生活化入诗里，同时又摆脱了《老》《庄》的套头。这就是陶诗不同寻常的真谛。

朱自清赞赏萧望卿实事求是、打破偏见的批评态度，因为在萧望卿看来，陶渊明的四言诗也"实在无甚出色之处"。

这是一则篇幅短小而信息量颇丰的诗评文字。

论世界文学（歌德）

《论世界文学》选自歌德（Johann Wolfgang von Goethe，德国诗人、小说家）晚年的朋友艾克曼辑录的歌德1823年至1832年的谈话集《歌德谈话录》。歌德对中国文学的了解是十分有限的——而且这些作品并不能代表中国文学的最高成就（如传奇《好述传》，如诗歌《百美新咏》等）。然而歌德凭着一种大诗人和哲学家的悟性，从东方异国的诗与小说中发现了一种共通的人性。在歌德看来，普遍的人性是存在的，而"诗"就是传达这种普遍的人性的最佳载体。他由中国文学而联想到"世界文学的时代已快来临了"，这里的着眼点仍然是贯穿于各民族文学之中的"人性"，而不能理解为对中国文学的评价，因为歌德同时这样说："如果需要模范，我们就要经常回到古希腊人那里去找……"

诗大序（毛氏）

朱自清说：这段"诗大序"的前半部分明明是从《尧典》的话脱胎而出的。《尧典》云："诗言志，歌永言，声依永，律和声；八音克谐，无相夺伦，神人以和。"其实，"诗大序"的文字比《尧典》的这段话远为深刻地说明了诗歌与人类情志的关系，是中国传统文论言志表情说的最早的经典论述。作者以朴素而生动的语言讲述了诗的起源，将"志"与"诗"、"情"与"言"的关系条分缕析，让人于形象之中见义理。特别有趣和有意思的是，作者将诗与其他艺术形式的不

同，用情感的程度来分出层次：随着情感程度的升华，"言"转化为
"嗟叹"，"嗟叹"转化为"永歌"，"永歌"转化为"手之舞之，足之蹈
之"，文学、音乐、舞蹈统一在"情感"的旗帜下，一切变得如此澄明
而单纯。

可惜的是，作者将这些富有生命力的论述，最终导向了人伦教
化的申说。

诗超越艺术（马利坦）

这里的文字选自马利坦（Jacques Martiain，法国哲学家、美学
家）的美学代表作《艺术与诗中的创造性直觉》。在马利坦看来，诗
既是艺术的一种，但又从艺术中脱颖而出，成为一种潜存于、蕴含于
各种创造性活动中的境界。然而，马利坦并未在此止步，他又进一
步指出"诗性"在这个过程中被"控制"和被"抑制"的情况。这样
一来，我们的思维就被引入了一个漩涡，"诗"与生活的多侧面关系
在我们面前复杂、深刻、多元地展现开来了。

诗人（爱默生）

爱默生（Ralph Waldo Emerson，美国随笔作家、诗人）在《诗
人》一文中表达了一个充满神学意味的、惊人的观点：诗，并不是诗
人独创的，而是诗人与上帝冥合，才从中得到了美。真正的诗在世
界存在以前就被写好了。诗人只是"报导消息"的人。爱默生的话
使我们想起古希腊哲学家柏拉图的论述。柏拉图说，真正的美存在
于先验的理式世界，现实的美是对理式世界的摹仿，而艺术又是对
现实的摹仿，因此艺术与真理"隔着三层"。几乎源于同样的逻辑推

理，爱默生却得出了相反的结论：他赞美诗，赞美诗人的工作。他用优美的文学笔触，描述了先验存在的美与诗的语言之间的联系，以及孤独的境界与诗人的因缘。

俄国音乐家柴可夫斯基

2001 年

札记一组

语言的有限性

所谓"形象思维",就是对语言有限性的一种表述。但这里的"形象"可指直接形象(影视、绘画、雕塑),也可指文字所引致的形象。否则怎么可能根据小说画出画来呢?形象思维是一种黏着性的、整体性的思维。

以前说"语言是思想的直接现实"(斯大林),指的是可以形诸文字的语言。但"语言"也只是表意符号的一种,只不过这是一种最高级的、只属于人类的表意表情符号(且不论语言本身也有层级、高低之分,如古埃及文字之极端象形)。

有人说,地中海文明的文字是以希腊拼音文字为基础的,而中国文字是表意文字。这里存在问题:埃及文字最初非表音,与希腊文字的关系值得思量。如是一种发展,就可知希腊拼音文字是对古埃及象形文字的发展或跳跃。人类思维不再限于直接对应物,而是将语言上升为一种真正的符号(符号的真义就是用简单的东西表达复杂、深广的东西）。象形、会意文字易引起联想，拼音文字的联想需要跨层思维。但久而久之，随着文化的积淀和丰富，这两种语言都成了"符号"。简化汉字其实就是向"符号"迈进，汉语拼音就是向拼音文字靠拢的实际举措。

没有外国人会认为拼音文字不方便或者阻碍思维发展，因为这种自然的联想机制早就在人类大脑中建立起来了。中国曾努力用拼音化或更进一步的汉字简化，来达到与世界沟通之目的，没有实现。其实这是因为：（1）民族主义思维的束缚，总觉得博大精深的东西失去了是巨大的损失；（2）从艺术和书法角度而言，汉字的确有独特魅力，就诗歌来说，意义也非同寻常。

元代艺术的独兀之美

笔者对元代艺术的兴趣始于 2013 年，当时正参观上海博物馆，听一群画家议论热烈，似乎唯之为尚。近读英国学者迈克尔·苏立文的《中国艺术史》（上海人民出版社 2014 年版，徐坚译）受到启发：从政治上讲，元朝是短暂的不光彩，但在中国艺术史上，这却是一个具有独特趣味和意义的时期。这个时期的人由于缺乏现实安定感，不断地前瞻后顾。他们的怀旧情结在绘画和装饰艺术上都有所表现，试图复兴华北在辽金统治下濒于半化石状态的唐和北宋艺术古风。同时，元代在好几个方面颇具革命意义，他们不仅给予那些复兴的传统以新的解释，同时蒙古的控制带来的庙堂和知识分子之间的隔绝，导致学者阶层自视为独立自为的精英集团，这对绘画的影响极为深远。与宋代的精致形成鲜明对比的，是元代大胆甚至狂野的风格。这些变化，部分反映了蒙古征服者和诸如维吾尔、通古斯和突厥等非华夏族裔的艺术口味。蒙古曾经扫荡了他们的旧制，但却与他们结盟征服中国。惨遭掠夺的中国士绅，尤其是南方人士，对这个新生的半华夏化贵族阶级既羡又憎。

李泽厚在《美的历程》（生活·读书·新知三联书店 2015 年版）中指出：虽有历史政治原因和人的原因，但还是要注意形式自身的原因。时代混乱，让知识分子放弃仕途，而把精力、时间和情感思想寄托在文学艺术之上。山水画是其中之一。在元代文人画家看来，绘画之美不仅在于描绘自然，而且在于或更在于绘画本身的线条、色彩，即所谓笔墨自身。元代艺术所强调的，是"法心源"、"趣"、"兴"和"写意"。

苏立文与李泽厚分别从社会客体与艺术形式角度作出的阐发，使人初窥门径。

夏葆元谈董其昌

董其昌是我国明代著名书画家，但却无法用"文如其人"、"人格即画格"来评判之。当代画家夏葆元在为其塑形时，一时不知如何处之。后读黑格尔一段文字："把从私人生活角度对伟人所作的道德评价，代替从历史所作的历史评价，是不适当的"，顿时茅塞顿开、心明眼亮。最终完成了董其昌的肖像画，但重新作了构思处理。细心的观者，不难从中看出当代中国艺术家思考和挣扎的痕迹。

"诗是写不彻底的东西"

诗人张定浩的这句话，准确道出了"诗"这种艺术类型的特质。与小说叙事比，与散文抒情比，与戏剧冲突比，都可以体会到这点。但反过来，诗又是最能写透情感的东西。因为情感本身就是一汪流动的水，没有固定的形体。只有诗（特别是汉诗）所善用的比兴、象征、意象、意境等修辞手法，才能尽情表达（永远也表达不完）。从这个意义上说，抒情诗（诗的主体）与音乐的功能是最接近的。非常有趣的是，某些搞所谓"理论"的人强调说：要"抓住事物的根本，阐扬彻底的理论"。

安格尔的画风

学院教学楼的三楼环形走廊上，挂着一系列西方古典油画的复制品。我在安格尔一幅少妇画像（《伯爵夫人》）前驻足。丰腴的体态、恬逸的神情、并不精致的面容和手（小指特短），却传达出一种深深的静美。据说这就是安格尔的画风，追求古希腊"高贵的单纯，静穆的伟大"之艺术理想。

由是想到，喧嚣、沸腾可以是生活的常态，也是不可避免的。但作为造型艺术，尤其是绘画，理应重视呈现"静穆"和"单纯"，让人有一种耽于审美的享受，这是由特定艺术的功能所决定的。这是一个复杂的、可以展开的问题。

对象的静穆和安宁可以让观看主体也静穆、安宁下来。

书法的男体与女体

书法亦有男体女体之别。内子原临摹别家显得板滞，而与其人不搭。一旦临明和尚智永（王羲之世孙），则全然活矣。老师认为其不声不响进步很大，可加入单位比赛行列。观之，智永书体柔和而温婉有致，稍异于羲之书法的更为飘逸。故内子摹智永恰到好处，亦改善以前笔触古板、线条呆萌之弊。然我对王铎那种老成、约束、有内涵的风格更加欣赏，这仿佛是专属中老年男人的。同时我也喜欢东坡书法，男人气概又略具峻逸之魅，大家风范。对了，王羲之像李太白，王铎似杜甫，苏东坡则像王维、陶渊明。

颜正卿书法有帝王之气，然与有性格之人难合。华氏临之，有板有式，终过于单调。言临柳公权，永远写不出好字，深信之。瘦骨嶙峋，便显人格偏枯。未有饱满之"气"，让人心有不甘。

临正楷先，学草书中，习行帖末。被说成规律，有点解构意味。读《灵飞经小楷》，方知某些人学到家了，非我辈有静心可拟。然录《心经》，非此稳健字体不逮。

书法家与诗人的比较完全可以成就一文，不知前人已有论列否。这种研究唯属中国，西方人仅能观望。这才是我们独特的东西。唯汉字存（非极简化），方有书法兴；如全然似西语之拼音化，书法艺术殁。

有些偏旁难写。是指如依正楷，难成好字。故行草往往躲开笔势难写之处，改成另类机会主义之"或简或繁"的表述。吟杜甫《观公孙大娘舞剑器行》，颇可发觉书法之规律：避让呼应相济、左右相缺互补、上下四周乃成。

艺术的分类与文学的分类

艺术可以分为五种基本类型：

语言艺术（文学）

表演艺术（音乐、舞蹈等）

造型艺术（绘画、雕塑、书法等）

综合艺术（电影、戏剧、电视剧等）

实用艺术（建筑、工艺品等）

在讲艺术基础理论的时候，这里的次序不能颠倒。文学放第一位的理由是，文学既是单独的艺术品类，同时由于语言与思维和表达的不可分割性，以及语言在阐释各种艺术品类时的绝对贯穿性。这五种艺术类型之间有着紧密的联系，也可以互相转换。不能说戏剧是文学，戏剧中的剧本（或称"戏剧文学"）才属于文学。实用艺术是否属于艺术是有争议的（这与法国实验主义艺术家马塞尔·杜尚的《泉》是否艺术，不是一个层面上的问题）。苏联学者卡冈有《艺术形态学》专著，对此作了极为详尽的阐释和分析。关于艺术分类还有许多更深刻的问题，比如空间和时间，比如第一性和第二性等等。

至于文学，中西的分类标准很不同。中国一般是"四分法"：

诗歌

散文

小说

戏剧文学（剧本）

散文是个"大篓子"，凡不属于其他三类的、又有点艺术意味的文字大都塞入其中。故此文类的概念也颇有争议。

西方一般是"三分法"：

抒情类

叙事类

戏剧类

这里没有散文，常见的 essay（随笔）并不属于严格意义上的文学，如法国蒙田、英国培根等的作品。essay 有特定文体含义，对读者的知识要求较高。然而这里也有含糊之处，"戏剧类"实际上没有将剧本和演出划分开来。

舍斯托夫的文体

俄国宗教哲学家舍斯托夫的《以头撞墙》（天津人民出版社
2007年版，方珊译），每篇只有一两页。初看，似乎很随意，但又读
不太懂；细阅，则发现里面的蕴含极为丰沛。由此引发的思考也相
当深入。

从思想材料出发，不同于蒙田的从知识（掌故）材料出发。但两
类随笔的写法均有可取之处。essay是蒙田以来逐渐定型的西方文
体，它将读者假想为有相当知识基础而非一张白纸的人。

反观鲁迅杂文，对象还是太局限，与时代捆绑得也太紧。还是胡
适说得公允：鲁迅早年的小说和小说史研究都是上等的工作（意为不
赞同后期的杂文）。诺贝尔文学奖评奖委员会评出顶尖世界文学名著
一百部，中国唯一的一部，不是别的，正是鲁迅的小说《狂人日记》。
鲁迅小说与散文的文体也是不确定的，常常变化多端，很有趣味。

图像与文字的游戏

公元6世纪时，教皇格列高里一世认为，图像能让不识字的群
众认识教义，所以宗教性的艺术作品在西方才得以维持并发展下去。

然而今天，识字的人也大多宁愿看图像。这说明，图像多摹仿
现实，易于辨识。然而，深邃复杂的义理还是要由文字娓娓道出。
图像不可能解决深奥的问题，但可在情绪上启发人，让人产生美感，
产生"前思维"的"暖屋、暖身"状态。

五四时期，提出"我手写我口"，甚至不避"引车卖浆者"之流的
俗语。但丁的一大贡献就是重视意大利方言俗语，然而近代以来直

至今天，拉丁语却日益成为一种高雅、高贵的标志。

粘住的琴弓

　　最初是少年时代听兄长谈到对小提琴弓法的形容。这次看上海举行的首届斯特恩小提琴国际比赛（最高奖 10 万美元），我们不懂行的人在观看时亦被那位日本女选手的演奏所深深吸引：没有那种被外在情绪左右而导致的大幅度摇摆，琴弓完全像粘在弦上一般，那么淳美、无杂音、质地深厚。日本选手木岛真优获第一名，赢得全球最高奖金，真是实至名归。木岛获奖后说："每一轮比赛都让我产生新的想法、新的思考，这些经历让我获益匪浅。"斯特恩说："上海正在制定音乐的国际标准。"比赛组委会确定的标准是："比起选手的技术水准，将更加看重选手的综合素质和对音乐的领悟力。"（这些从运用琴弓的手的力度及演奏者的情态上均可看出）

　　而上音那位三年级的选手，则一看就缺少这种综合素质和领悟力，是"演奏"而非"演绎"，未获奖也就是自然的了。

半音与和弦

　　钢琴的黑键所产生的半音以及多指同时按下的和弦，一下子就将音乐的层次感和复杂性提高了一大步。它们是没有定性的定性、浑沌中的一致，是音乐的玄奥之本，也是大多数西方音乐与我们民乐的区别之所在。

　　马勒与谭盾的音乐，与乌镇戏剧节上那怪异而缓慢的舞蹈是一脉相承的。也使人想到日本能乐。半音与和弦成了符号化的东西。

　　谭盾的乐谱不轻易示人，即使因电台做节目需要，也会及时取回。是担心别人识透那种复杂性吗？但，复杂性是识得透的吗？

音乐表演的主体性递减关系

一般概念中，音乐的演出只有二分：声乐和器乐。其实可作更细致的划分——

声乐（人自身的嗓音及掌控）

弦乐（人自身手指的掌控＋乐器）

管乐（人自身嘴的吹动及手指的掌控＋乐器）

打击乐（人自身双手及足的掌控［尤力度］＋乐器）

无论哪一种类型的演出者，均需有相当的文化素养，然而这里"主体性"（人自身独立性）的占比却逐次递减：客体（乐器）的权重加大，主体性则缩小。这就形成了音乐表演在哲学意义上的排布分层说。

在交响音乐中，小提琴、大提琴是灵魂，长笛、圆号等也很重要，竖琴有一种柔和的、荡人心魄的女性之美。因此，这些主体性相对较强的表演也就适合于独奏（歌唱就不用说了）。但是有些乐器却往往只能作为整体的一部分而发挥作用，很少有机会独立演出，比如中提琴、大提琴、大号、打击乐器等。有一个音乐学院的毕业生在服装展览会作讲解员，自称学的是俄式大型手风琴演奏，因为没有演出的机会和市场，甚至连合适的工作也难寻觅。这里有一种音乐演奏的"个人主义"和"集体主义"的意味在，处理得好不好，也关乎人文精神。

连续性的美感

声乐老师言：歌唱最忌一字一顿，要有似断非断的勾连，给人一气呵成之感。马上使人想到书法中的"笔断意连",以及由此形成的虚虚实实的"势"。这就能理解,为何古文是从上至下的了(由右至左而不碍,也因为宣纸会极快地收墨而不致污染)。其实连讲话也是这样的,我们有些"发言人"讲话之所以让人极度不适,就是语言"断线"造成的。这种连续性的断裂,忤逆、阻碍了听者对语音流自然美感的内在期待。

艺术与比例

"比例"是形式美的基本要求。留美博士、青年钢琴家昊冰说,当年在钢琴大师班上,傅冲反复讲:音乐主要讲究的就是"比例"。这促使她思考出艺术的门径。其实,所有艺术无不讲究"比例",如书法的线条、墨色之比;绘画的黄金分割法(比例的理性形式)及留白(比例的异化);文学的张弛有节、复式叙事、众声喧哗;戏剧的幕之间隔。古希腊的萨提尔剧在本质上也是一种高级的"比例"。

亚里士多德云:戏剧要有开头、发展、高潮、结尾等。以为演出拖长是为了钱,非剧本原因。柏拉图《斐德若篇》也讲:文章有头尾,有中段,有四肢,部分和部分、部分和全体都要各得其所、完全调和。古罗马贺拉斯《诗艺》的"合式"也是这个意思,而且阐发得更深入。

推而广之到人:身材、衣着、举止、语言等都要有比例,否则就不美。

但"比例"的标准和规则由谁来定?人的基本内在要求(格式塔之"人的内在节律"等)、习俗、传统(各民族、国家不同)是一方面,而天才的创新定夺是另一方面(异端的权利渐渐也会使之成为模本,使凡人一跳并于朦胧中顿悟之)。只有第一个方面就会平庸。

　　既合众人的"比例"，又切艺术家的"比例"，不易。二者的结合，往往因时代不同而导致权重不同。欧洲文艺复兴时期，达芬奇的《子宫中的胎儿》和马萨乔的《圣三位一体》，都是这方面的自觉追求。刘海粟在中国首倡裸露的人体素描，也是意在对各类人体比例的掌握与追慕。因为只有真正画对画好了裸体，在画穿衣人时，才会更加准确与恰宜。

　　不懂"比例"的人，也就是不懂美的人。美盲是无可救药的。

答昊冰问

　　昊：Brief history of methodologies：part1（1700—1900）. The first part of this journey takes us from travelers to collectors, from German nationalism and formonlehre to biographical positivism, to the early years of Schenker. 如何译"biographical positivism"？

　　李：我完全不懂西方音乐史，从字面看是"传记实用主义"或"传记实用论"的意思。"从德国民族主义和形式（曲式、体式）论，到传记实用主义"是不是音乐理论（或研究方法）的几个阶段？注重音乐艺术自身的形式，和注重音乐与音乐家个人经验（传记）的关系，性质是完全不同的。据我粗浅的阅历，有许多音乐家特别反感对音乐做出种种联系到音乐家个人情况的自以为是的具体解释，这有点像文学研究中的"内部研究"（文学作品自身规律的研究）和"外部研究"（作家创作意图，如何反映现实等）。不少西方文论家认为应注重"内部研究"。我完全是直感，说错了扔一边去就是！

　　昊：啊，经您这么一说，我有点明白了。"方法论简史　第一部分（1700—1900）。第一部分的旅程将带领我们从旅行家到收藏家，从德国民族主义和形式论至传记实用主义，再至申克尔（Schenker）

的早年。"这样读起来会更通顺吗？

芭蕾舞剧的文学改编

　　这种由文到舞的改编实在不少，但深入观之、思之，就会发现，这种改编所选择的对象往往是既有定论，主题又比较显豁的那类经典文学作品。例如：

　　《哈姆雷特》：对乱伦的憎恨、复仇的火焰；

　　《安娜·卡列尼娜》：爱情与性爱的纠结，以及对婚姻的理解；

　　《罗密欧与朱丽叶》：家族仇恨导致生命的毁灭，爱情的巨大力量；

　　《花样年华》：痛苦、克制、无奈的主题；

　　《堂·吉诃德》：理想的力量，无穷的（哪怕失败的）探索；

　　《巴黎圣母院》：上、下社会阶层的矛盾，神职人员与庶民对"爱"的不同理解。（真希望卡西莫多和斐比斯是同一人！）

　　芭蕾舞剧因为没有文字（仔细想想，从通篇的文字到通篇无文字，这种改编是多么奇妙啊！），所以动作更要夸张、浓烈，方能传神达意。这种艺术类型自身的特征，连门外汉都不会去苛求。

德尔斐的神谕

哦，你去哪儿了，蓝眼睛的孩子
哦，你去哪儿了，亲爱的小孩
我在十二座迷雾笼罩的山下跌跌撞撞
我连滚带爬地走过六条高速公路
我走进七座悲伤森林的深处
……

——鲍勃·迪伦

"德尔斐的神谕正向我们播报着晚间新闻"*

今天我们来讲一讲诺贝尔文学奖与鲍勃·迪伦（Bob Dylan）的意义，标题是"德尔斐的神谕正向我们播报着晚间新闻"。这样的题目可能有人觉得唐突，会说：这是什么意思？这与我们有什么关系呢？当然是有的。我们不是一直说要学习和借鉴西方好的东西、先进的文化么？今天讲的这个题目对于我们学习西方文化就很有意义。

诺贝尔奖有关于不同学科的很多奖项，然而关于文学艺术的，只有文学奖这一个。诺贝尔文学奖每年评选一次，获奖者由瑞典文学院的专家、学者来进行最终定夺。中国与诺贝尔文学奖也有些渊源。一个是大家比较熟悉的莫言，在 2012 年获得了诺贝尔文学奖；另一个是在 2000 年，算"半个中国人"的北京作家高行健获得了诺贝尔文学奖。由于当时的他已经加入了法国籍，所以严格来说他并不算是中国人。他的获奖作品是长篇小说《灵山》（Soul Mountain）。高行健先生获奖时，国内有很多质疑声。有些人认为诺

* 本文为 2017 年 11 月 1 日在欧美同学会上海师范大学分会首次读书会上的演讲。

贝尔文学奖颁给在法国已经入籍、定居的中国裔作家，是对中国文学家的偏见。每年的 10 月都是诺贝尔文学奖的"开奖日期"。2017年的文学奖颁给了日裔英国作家——石黑一雄。但是，石黑一雄得诺贝尔文学奖在中国也好，在世界范围也好，好像并没有受到太大的、持久的关注。究其原因，我个人认为是石黑一雄得奖很符合人们对于诺贝尔文学奖的传统期待，或者说人们认为诺贝尔文学奖就应该颁发给正统的文学家，如小说家或者诗人。但是 2016 年的文学奖却颁给了美国的民谣歌手、摇滚巨星鲍勃·迪伦。这次颁奖在全世界都引起了巨大争议。一个全世界最高的文学奖居然颁给了一个摇滚歌手，而不是传统意义上的小说家或诗人，很多人认为这是不可想象的。因为在大众眼中，他只是一个音乐家、歌唱者，而不是一个传统意义上的小说家、诗人。

　　近来我在报纸上看到北大的张颐武教授评价石黑一雄的一篇文章。他认为石黑一雄今年得奖是十分正常的。说明诺贝尔文学奖是对于最高级别的、纯文学的一种奖励。同时他还在文章最后讲到，鲍勃·迪伦的得奖是一个绝对的特例和别格。可以说，鲍勃·迪伦能够获得诺贝尔文学奖是前无古人、后无来者的。这里就有一个很值得我们思考的问题——诺贝尔文学奖授予鲍勃·迪伦，究竟有没有意义？其价值、影响究竟在哪些方面？这不仅仅是一个艺术的问题，还是一个值得我们思考的、很有深度的文化和观念方面的问题。下面我们先欣赏一些鲍勃·迪伦的照片。

青年时代的鲍勃·迪伦

鲍勃·迪伦只是其艺名，其真名是罗伯特·艾伦·齐默曼。一个好的艺名能对其作品在世界范围的传播起到很大的作用，很多人就认为他的艺名起得很好。比如莫言本名也不叫莫言，他本名是管谟业，后来才改名为莫言。他说自己是"莫言"，但是又在不断地"言"，不断地写，这是一种人为的矛盾，但正因此显得很有意思。鲍勃·迪伦出生于1941年，到今年已经77岁了。他是有犹太血统的美国明尼苏达州人。在世界历史上，很多名人是犹太人，比如马克思、爱因斯坦、弗洛伊德。迪伦有过两段婚姻，第二段婚姻结束后单身了很长时间。对于一般人来说，都不太愿意将自己与并没有结婚的前女友合拍的照片公开的，但是鲍勃·迪伦却大胆将这样的照片做成了自己第一张专辑的封面，作为一种历史性的存在与纪念。在他看来，这些都不算什么，这种观念就与他在美国长大、受美国文化影响有关。迪伦并未到现场参加诺贝尔文学奖颁奖仪式，而是请帕蒂·史密斯（Patti Smith）——他的女性好友、美国朋克教母代替他参加典礼。广西师范大学出版社请了6位中国诗人来翻译鲍勃·迪伦的诗集，并把诗集分册放到多个薯片袋里。这也是大家对于鲍勃·迪伦的另一种认识，即：鲍勃迪伦既是了不起的艺术家，同时也是很modern的人。我们可以把他和流行文化、大众文化、餐饮文化放在一起。你们看，这是奥巴马在给鲍勃·迪伦颁奖，即使总统给他颁奖，鲍勃·迪伦也是一种很随意的状态，不是诚惶诚恐的。他是一个很任性的人。你们看，迪伦与乔布斯是很好的朋友。像乔布斯这样的创业者和实业家，却把鲍勃·迪伦作为自己的偶像，把文学艺术作为自己最大的爱好，也是很有趣的事情。乔布斯觉得，鲍勃·迪伦唱出了自己的心声。

现在我讲一下鲍勃·迪伦获奖当时的情况。2016年10月13日瑞典文学院宣布鲍勃·迪伦获得诺贝尔文学奖。当时他在路上，听到自己获奖的消息非常惊讶。虽然他内心也希望获奖，但又根本不敢相信这是真的。在鲍勃·迪伦获奖后的两周时间里，瑞典文学院甚至都无法联系上他。在三年前，一位德国的小说家获得诺贝尔文学奖的时候，已经中风多年，失去意识，只能坐在轮椅上，最后是他的太太推着他出来见记者，并告诉他获奖的消息。2016 年 10 月末，鲍勃·迪伦向评奖委员会说明他本人因为"有约在先"不能前来参加颁奖典礼，并请他的好友帕蒂·史密斯代为参加。他自己只写了一封简短的感谢信。2016 年 12 月 11 日，颁奖仪式在斯德哥尔摩如期举行。直到 2017 年 4 月份，鲍勃·迪伦趁着在斯德哥尔摩有演唱会的时候顺带去瑞典文学院领取了证书。但评奖委员会的人告诉他：如果你想获得诺贝尔文学奖的奖金，就必须在 2017 年 6 月 10 日之前有一项活动。正式的演讲、演出或者讲一段话等都可以的。一直到 6 月 5 日，鲍勃·迪伦才将一段 26 分半钟的获奖感言音频文件发送给了瑞典文学院。他甚至都没有露面，把自己的任性坚持到了最后。至此，文学院才认为程序完成，并将约 88 万美元的奖金给了鲍勃·迪伦。

人们对于鲍勃·迪伦有很多不同的看法。他有很多种不同的身份，比如民谣歌手、民权代言人、抗议领袖、时代骑手、反叛歌者、摇滚巨星等等。下面我们观看一段录像，看一下 20 世纪 60 年代的鲍勃·迪伦是怎样的（播放 1966 年鲍勃·迪伦和约翰·列侬在车内对话的视频）。

这段录像是很珍贵的。从这段录像中我们就可以看出鲍勃·迪伦是一个比较任性、极有个性的人，同时也是一个思想独立的人。他的穿着总是非常随意。有次他去参加会议，由于穿着太过随意甚至被门卫赶了出去。本来在这次会议上鲍·迪伦还有演出的，结果一气之下他就回去了，表演也就不了了之。

为什么 20 世纪 60 年代美国和英国容易产生像披头士列侬和迪伦这样影响比较大的歌手呢？因为在美国，60 年代是一个不平凡的时代。在 60 年代，肯尼迪当选美国总统并提出"美国梦"的理想，马丁·路德·金主张举行一种非暴力的抗议行动，60 年代还爆发了越南战争，很多美国人丧生。当时美国和英国的很多民众对于战争和外交政策极其不满，认为没有必要参与到这些暴力战争中。英国的披头士列侬和美国的迪伦等歌手就用一种颓废的、独特的艺术形式来引起世人的关注，从而介入这个社会，用歌声来发表他们对社会的看法。可惜的是，披头士列侬 40 岁时在家门口被一位精神失常的粉丝枪杀了。

鲍勃·迪伦作为一个摇滚巨星、民谣歌手，引领美国流行文化长达 50 年之久，即便是如今已经 70 多岁，也依然奔波各地进行演出，依旧是一个很有影响力和感染力的人物。这也是奥巴马、乔布斯对他钦佩的原因之一。早在 2006 年，鲍勃·迪伦就入围诺贝尔文学奖，但那时并没有成功。2016 年，他才正式获得了诺贝尔文学奖。其实鲍勃·迪伦来过中国，在 2011 年的时候在北京和上海演出过。

下面我们来看一看 2016 年 10 月 13 日瑞典文学院正式宣布鲍勃·迪伦获得诺贝尔文学奖的视频。

播放视频：瑞典文学院常任秘书萨拉·丹尼斯用瑞典语、英语、德语、法语宣布 2016 年诺贝尔文学奖得主为鲍勃·迪伦，"因为他在伟大的美国民谣传统中，创造出新的诗歌意境"。她还即席回答了记者的提问——

问：鲍勃·迪伦是否值得获奖？

答：他是一个伟大的诗人，他是伟大的作曲者，承载着伟大的美国歌曲传统，45 年来不断地改变自己的风格，改变自己的形象。

问：你们是否通知他了？

答：我们还没有给鲍勃·迪伦打电话。

问：你最喜欢他什么歌？

答：*Blonde on Blonde*，这个专辑里面有很多经典歌曲，旋律很好，而且融入了他的思考。

问：鲍勃·迪伦并没有写过小说、诗歌等传统上认为是文学的作品，这是否意味着诺贝尔文学奖扩大了颁奖范围？

答：看上去似乎是这样的，但实际上并非如此。如果我们回首历史，就会发现约三千年前的时候，荷马和萨福也写下本应该配上音乐吟唱的诗作，我们现在依然在阅读欣赏荷马和萨福的著作。鲍勃·迪伦也是如此。

你们看，总秘书刚刚宣布结果，当场就有记者提出了尖锐的质问。

下面我们再来看看颁奖仪式，这段视频也非常有意思。（播放视频：帕蒂·史密斯在诺贝尔颁奖仪式上演唱 *Hard Rain*，汉译为《暴雨将至》）

这是一个盛大的仪式，瑞典国王、王后都坐在下面。帕蒂·史密斯被称为美国的"朋克教母"，是美国摇滚的女性代表人物。在这里她演唱了一首鲍勃·迪伦自己填词、作曲的歌：*Hard Rain*。她的声音非常醇厚。演唱这首歌对她来说应该是有十足把握的事情，结果，没想到在这里发生了一个插曲——她竟然忘词了。这种情况在诺贝尔颁奖会上是从未发生过的。在忘词后，她对现场观众表达了自己的紧张，并致以歉意，要求从头再来。当时现场掌声雷动，没有一个人嘲笑她。再次演唱的时候她也就比较放松、渐入佳境了。

下面看一下鲍勃·迪伦自己演唱 *Hard Rain* 的视频，可以与帕

蒂·史密斯的演唱进行一个对比。（播放鲍勃·迪伦演唱 *Hard Rain* 的视频）

这时候的鲍勃·迪伦是 35 岁，你们看，他的头上围着头巾，把他自己的犹太人身份都展现出来了。

有艺术评论家认为，鲍勃·迪伦唱得其实很一般，甚至认为鲍勃·迪伦自己谱曲填词的歌最后是捧红了别的歌者。但是也有人认为鲍勃·迪伦把这首歌唱出了自己的味道。有人对《暴雨将至》提出过疑问，想知道歌名中的"暴雨"究竟指什么。鲍勃·迪伦回答说："暴雨就是暴雨。"这首歌发布的背景是肯尼迪总统在国家电视台向全美宣布在古巴发现了苏联的核导弹。当时许多美国人觉得这是一件很有威胁性的事情。世界大战一触即发，世界处在危险的边缘。因此"暴雨将至"似乎就是一种"危险"来临的寓意。但是迪伦自己却并不这样解释，因为如果这样解释的话，这首歌只会是一个应景的作品，不会流传很久。鲍勃·迪伦很聪明，否认了这个看法。我朗读一下《暴雨将至》里面的一段歌词：

> 哦，你去哪儿了，蓝眼睛的孩子
> 哦，你去哪儿了，亲爱的小孩
> 我在十二座迷雾笼罩的山下跌跌撞撞
> 我连滚带爬地走过六条高速公路
> 我走进七座悲伤森林的深处

鲍勃·迪伦的这首歌，在今天还能够唱响，而且在诺贝尔评奖委员会的颁奖仪式上都受到热烈的欢迎，不仅仅是因为这首歌反映了 20 世纪 60 年代的美国所遭遇的外交风暴，而且里面有着更深的意蕴。这层意蕴用我们中国的话来讲，就是"生于忧患，死于安乐"。

对于每个人来说，都要随时保持一种暴风雨将要来到的忧患感，要随时随地做好准备来迎接这样的暴风雨，而不能高枕无忧、贪图享乐。他的这首歌可以说是超越了一般的文学艺术对于一个具体的故事或者一段历史情节的阐述，具有形而上的意味，所以也就具有永恒的价值。伟大的作品都是这样的。如果一部小说只是在讲一个具体的故事、某一个具体的人、这个人发生了什么事情，那这样的作品不会成为伟大的作品。它的背后一定要有一种更高层面的意蕴，即里面有一种终极关怀在。这样的艺术才能称为伟大的艺术。鲍勃·迪伦还有一首歌很有名，就是 *Blowing in the Wind*（汉译《答案在风中飘荡》），我来朗读一段这首歌的歌词：

> 一个男人要走过多少路
> 才能被称为真正的男人
> 一只白鸽要飞过多少片大海
> 才能在沙丘安眠
> 炮弹要多少次掠过天空
> 才能被永远禁止
> 答案啊，我的朋友，在风中飘荡

　　只看歌词，我们会感觉到他处于战争年代。"炮弹要多少次掠过天空 / 才能被永远禁止"这句话里包含着他的反战情绪与和平主义的理想。"一个男人要走过多少路 / 才能被称为真正的男人"这句话表面上讲的是一个男人，实际上则是对于历史的拷问，或者说是对于当时美国国家与总统的拷问——战争是否能够解决问题？是不是我们还能够在处理问题上更成熟一点、周到一点？因此，这首歌到今天还在被人传唱的一个重要原因就是，你可以脱离特定的场景从更高的层面上去体悟它。这首歌具有一种立意较高的，对于人自身的，或者说对社会国家的反思。这也就是我认为鲍勃·迪伦的作品很伟大的原因之一。

那么，面对一些人的质疑——鲍勃·迪伦本身是一个音乐家，而非作家；他所创造的歌词是否具备诗歌的价值；他的表现形式无法脱离音乐。归纳到一起就是：他们都认为鲍勃·迪伦是了不起的，但是授予他诺贝尔文学奖，还是有些名不副实。文学的边界被超越了，或者说文学的概念被泛化了。甚至还有人认为：如果鲍勃·迪伦能够得文学奖，那么很多人都能够得。其实在刚刚播放的视频中，瑞典文学院的女秘书也讲到了这个问题。她说"当然我们有自己的考虑，他得这个奖是实至名归"。我们可以看一看诺贝尔评奖委员会颁奖词里的一些话：

本来，一位歌手或作曲家成为诺贝尔文学奖得主并不应该成为一个耸人听闻的事件。在久远的过去，所有的诗都是唱出来或是带着音调起伏诵读出来的。史诗吟诵者、游吟诗人、行吟诗人，他们就是诗人；而"歌词"一词就来源于"里尔琴"。

多么震撼。当大众在期待着流行民谣的时候，一个年轻人手持吉他站在那儿，总是用圣经的语言来讲述当下发生的事情，让世界末日看起来都像是多余的再现。

与此同时，他以一种人人想拥有的、令人信服的力量来歌颂爱。突然间，世间那些书面的诗词变得如此苍白无力，而他的同行们那些按部就班创作的词曲也仿佛成了随着炸药诞生而过时了的火器。很快，人们不再把他与伍迪·格思里和汉克·威廉姆斯这些音乐人相比，而是将他与威廉·布莱克（英国浪漫主义诗人）、阿蒂尔·兰波（法国象征主义诗人）、沃尔特·惠特曼（美国诗人）和莎士比亚相提并论。

　　在商业化的黑胶唱片这一最不可能的条件中，他重新赋予诗歌语言以高昂的姿态，这是自浪漫主义时代之后便已失掉的风格。不为歌颂永恒，只在叙述我们的日常，好似德尔斐的神谕正向我们播报着晚间新闻。

　　这个颁奖词是诺贝尔文学奖评奖委员会请一位德高望重的专家写的。他说鲍勃·迪伦"不为歌颂永恒，只在叙述我们的日常，好似德尔斐的神谕正向我们播报着晚间新闻"。这是一段很了不起的话，是整篇颁奖词的点睛之笔，也指出了鲍勃·迪伦为什么能够获得诺贝尔文学奖的原因。德尔斐是大约三千年前古希腊的一座神庙，神庙中供奉着阿波罗神，阿波罗神殿门前铭刻着一句话——"认识你自己"。这句话引起了很多智者无穷的思考，后来"认识你自己"也就被称为"德尔斐神谕"。这句"德尔斐的神谕正向我们播报着晚间新闻"，把两个完全不同的、超时空的意象融合在了一起：一个是三千年前古希腊的神在讲话，一个是讲话的内容为即时的"晚间新闻"。这句话说明，鲍勃·迪伦的歌把古典的传统与当下时代发生的事情结合了起来。他不是单单用当下的形式来演唱当下的内容，而是用一种古典的、传统的形式，来演唱当下的内容。颁奖词中还有一句话也说得很好，那就是：鲍勃·迪伦"总是用圣经的语言来讲述当下发生的事情"，这是非常崇高的评价。而且还把他和莎士比亚、兰波这样的伟人相提并论，认为他一点都不逊色。

　　诺贝尔文学奖评奖委员会这样做，自有他们的道理。如果我们回溯到两三千年前西方的童年时代，即希腊罗马时代，我们就能看到早期的希腊艺术是一种吟唱的艺术，就是行吟诗人、诵诗人在演唱。盲诗人荷马和女诗人萨福大家都知道。另外还有一个最明确的，就是柏拉图的著作《伊安篇》里那个与苏格拉底对话的人——伊安，他是当时大希腊所属城市以弗所的著名诵诗人，他和鲍勃·迪伦的情况是相似的。当时希腊的游吟诗人会抱着七弦琴（lyre，即"里尔琴"）诵诗，会边唱边演。比如《荷马史诗》，他们不是在给听众朗诵《荷马史诗》，而是在吟唱。当时的希腊，文盲很多，很少有人识字，所以古希腊人就是在聆听诗人朗诵的过程中接受教育的。《荷马史诗》就是希腊人的教材。柏拉图的《伊安篇》里面讲道：伊安面对的听众，最多的时候达到两万人。我们现在有麦克风，那时的情形很难想象。古希腊的吟游诗人、诵诗者，他们是怎样面对如此多的听众来吟诵的？后来我看到一份材料讲得很有意思，里面说：那时候的人是没有麦克风的，但他们有的时候会戴一个面具（mask），面具的嘴巴里有一个小的机械装置，没有电，但是声音可以通过这个机械装置传到很远。只不过这种技术已经失传，今天我们再也无法看到了。这种简单的装置让吟游诗人或者诵诗人可以面对多达两万的观众诵讲、演唱《荷马史诗》，下面的听众也听得如痴如醉。

　　世界上任何一个国家都一样，最早的艺术形式都是诗、歌、舞三位一体的。诗歌是后来才逐渐从三位一体的状态中独立出来，变成一种朗诵的艺术。所以鲍勃·迪伦在演唱的时候就像是当时古希腊时期的艺术家在演唱，只不过《荷马史诗》演唱的是那个时代希腊人的故事和战争，而鲍勃·迪伦演唱的是他对于时代的思考。这是一种非常独特的东西。下面我们来看一段鲍勃·迪伦年轻时候演出的视频。（播放鲍勃·迪伦演唱 *Like A Rolling Stone*，汉译《像一块滚石》的视频）

　　古希腊的歌者用的是七弦琴，而鲍勃·迪伦用的是吉他和一个挂在脖子上的口琴。他又弹吉他又吹口琴，还要进行演唱，我们平时看到的歌手一般是没有这样的。从这些播放的视频中我们可以看到鲍勃·迪伦的不同形象。二十岁的时候他和披头士列侬在一起，完全是一种颓废派的样子，有时他也会穿着西装，打扮得比较正经，有时候他还会把自己装扮得像耶稣，像巴勒斯坦那个地方的人，表示对自己犹太人身份的认同。他是从不忌讳自己身份的（播放视频：**My Back Pages**——鲍勃·迪伦进入歌坛三十周年纪念演唱会）。

我们再听一段鲍勃·迪伦为了拿到诺贝尔文学奖奖金而准备的26 分半钟的录音。这是音频，不是视频，他直到最后也没有露脸，因此有人说他是任性到底。（播放音频：鲍勃·迪伦获 2016 年诺贝尔文学奖的获奖感言）

获得诺贝尔文学奖之后，在他七十五岁之际，英国 BBC 做了一个关于他的采访，也算是他对于自己的回顾。我们看到，即使鲍勃·迪伦现在年纪已经很大了，但他还一直在演出，一直在舞台上发出自己的声音。这种声音不是暴力的，而是和平主义者的声音，是他对于这个社会的自己的看法，是"神谕在播报晚间新闻"。（播放纪录片视频：*No Direction Home*，汉译《没有方向的家》）

上了年纪的鲍勃·迪伦开始回顾自己的过往。BBC 把他年轻时候的生活演出片段、别人对于他的评价、他与自己女友的一些照片都剪辑进来。从鲍勃·迪伦经历的越战和美国的一些事情，可以看出他既是一个介入者，也是一个局外人。这是艺术家所特有的一个状态。

最后我用几句话总结一下鲍勃·迪伦的意义和他为什么能够得诺贝尔文学奖，而且到现在为止大家仍在津津乐道的原因。可以从三个方面来思考：第一，鲍勃·迪伦的艺术作品和艺术行为展示了传统的价值。回溯到艺术的起源，让我们考虑到"德尔斐的神谕在播报晚间新闻"这样一种古今结合的形式是可能并可行的。比如我们现在讲的"古为今用",在鲍勃·迪伦这里就有了一种非常巧妙的、天衣无缝的结合。第二,鲍勃·迪伦是一个时代的批评者和实践者,是一个有自己想法的、非常独立的人。他对于社会现状的关注不同于政治家和军人,因为他是一个艺术家。他不在歌曲中直接表述对于战争、政治事件的看法,而是把这些引领到一个比较高的层次。所以他就受到人们的持久的关注。第三,鲍勃迪伦之所以是一个伟大的诗人,伟大的人,是因为他在自己的作品中关注人生、思考终极意义。比如《暴雨将至》和《答案在风中飘荡》,都有很深邃的、探寻人的终极意义的东西在里面,这些都给我们一种长久的启迪。

让我们再次播放鲍勃·迪伦的歌,在歌声中结束我们的讲座(播放音乐:*Blowing in the Wind*)。

谢谢各位!

2017 年

爱玛与苔丝的生命现象之由

　　一位法国作家,一位英国作家,用令人震撼的笔触,描述了两个年轻女性的悲剧和死亡。爱玛(福楼拜小说《包法利夫人》的主人公)和苔丝(哈代小说《德伯家的苔丝》的主人公)的人生之路是不同的——前者不服从生活的安排、耽于浪漫美丽的想象,在丈夫与情人之间周旋,最后欠下巨款无力偿还而自尽;后者则是受尽了生活的屈辱和习惯势力的白眼,被命运不断捉弄而无法自拔的痛苦女子。但我在阅读过程中却发现,这里的差异背后实际上潜伏着一个共同的主题,那就是两位作家对于宗教的态度。这是一个前人关注较少的话题。

走向反面的修道院教育

　　福楼拜告诉我们,爱玛是外省一个富裕农民的女儿,她的青少年时代是在修道院度过的。19 世纪上半叶,法国比较富裕人家的女孩子一般都要进修道院接受一段时期的教育,目的在陶冶性情、约束思想，为将来进入上流社会打下基础。但是实际情况怎样呢？小说作了极为生动的描述：修道院的禁欲主义说教、宗教音乐和布道都以虚幻的情调刺激人的欲望，在人们的心里埋下了淫糜堕落的种子。可以说，正是这种宗教教育，戕害了人的正常心灵。年轻的爱玛性格热情、想象丰富，而宗教音乐和布道深入到她好幻想的心灵，使她受压抑的情感更加猛烈地爆发出来，沉湎于对爱情虚无缥缈的遐想之中。在修道院，爱玛还读到了当时流行的浪漫主义文学作品，比如夏多博里昂的《基督教真谛》，满纸是"浪漫主义的忧郁，回应大地和永生"的呓语；而拉马丁的诗句诱使她向往浪漫色彩的幽会和消极虚幻的情调。

许多评论文章认为，爱玛的"红杏出墙"是丈夫包法利的平庸所导致，这自然有道理。但我觉得，按爱玛当时的情况，她即使遇上了另一个丈夫，也未必会有好的结果，因为她原本不是一个"安分"的人。而这一切恰恰是修道院教育造成的。具有讽刺意味的是：爱玛的目的是追求爱情和个人"幸福"，可是在追求过程中，她却成了别人的玩物。她一次次被人抛弃，死后还被人指责，而本应对她的死负责的那些人却依然活得有滋有味。其实，从本质上说，爱玛还是一个单纯的人，她不会耍手段，她的追求是盲目的。小说中，福楼拜塑造了一个盲人的形象，他在爱玛临终时再一次出现。这象征着在追求"幸福"的过程中，爱玛才是真正的"盲人"。这种盲目使得爱玛在临死之前只意识到可怨的是"命"。

小说发表以后，福楼拜很快就收到了传票，罪名是败坏道德、诽谤宗教、诬蔑法兰西。甚至还出现教士抢夺小说、禁止读者阅读的事件。其实，作家并没有宣传无神论思想，他通过爱玛的形象告诉读者的是：修道院的宗教教育走向了理想的反面，日下的世风和基督的教导完全背道而驰！

反复出现的牧师形象

在《德伯家的苔丝》中，小说家哈代并没有从正面提出自己的宗教观，但他叙说了这样一个故事：贫苦农人的女儿苔丝天生丽质、生性灵敏。这原本看来会使她幸福的特质，却在命运的驱使下，招致了她的灭亡。她成了主人家儿子亚雷的牺牲品——她产下了一个私生子。周围的人们严厉谴责她犯了"罪过"，苔丝本人也因此而异常颓丧。不久以后，在农场做工的苔丝引起了"牧师"的儿子克莱的注意，他们终于举行了婚礼。新婚之夜苔丝把"罪行"向新郎和盘托出，虽然新郎本身也并非"完人"，却因此把苔丝遗弃了。为了生存，背负"坏女人"名声的苔丝只能加倍努力和挣扎。后来，苔丝与已经是"牧师"的亚雷再度相逢，教职并不妨害他向苔丝重献殷勤。苔丝想与克莱复合，但没有成功。在万般无奈的情况下，苔丝只能接受亚雷的"保护"。然而，事情起了变化，克莱终于意识到自己对苔丝过于严酷，从国外回来准备与苔丝重归于好。但得知苔丝又与亚雷在一起，十分失望。知道自己和亚雷的被迫结合铸成了无法挽回的大错，苔丝孤注一掷地把亚雷杀了。苔丝与克莱的快乐日子很短暂，她的杀人行为很快就暴露并被判处了死刑。哈代在小说末尾意味深长地写道："'死刑'执行了，用埃斯库罗斯的话说，那个众神之王对苔丝的戏弄也结束了"。

哈代出生在农村，早年常随父亲去教堂参加宗教仪式。他读了许多文学、哲学和神学著作，希望能成为一名牧师。他曾经是一个虔诚的基督徒，但自从接触了达尔文和斯宾塞的著作以后，世界观发生了很大的变化，认为现存的宗教信仰必须放弃，因为这种信仰错误地教导人们把美好的希望寄予造物主。特别是他的小说发表以后，引来了上层社会的一片谩骂，他们强烈反对把苔丝视为"一个纯洁的女人"。哈代对世风和上流社会的虚伪宗教观充满了厌恶。在小说里，"牧师"不是一个正面的善良形象，它往往与情节一起，造成一种相反的讽刺效果。

从以上的讨论可以看出，福楼拜和哈代在描写爱玛和苔丝的悲剧成因时，都不由自主地把矛头对准了当时的宗教信仰和社会风习。在西方大多数国家，基督教在历史上曾经发挥了极为重要的作用。然而福楼拜和哈代却通过自己的文学作品对此进行了深入的反思，这个现象是值得我们阅读时注意的。

2001 年

卢逸凡与契诃夫的《海鸥》

　　法国籍教师卢逸凡导演的契诃夫经典戏剧《海鸥》，在上海的大学校园里引发了一阵轰动。今天的年轻观众可能不知道，契诃夫的《海鸥》初次上演时曾遇到了怎样的尴尬——作家和导演丹钦科回忆道：这次失败是剧场史上数得出来的几次之一。最富有诗意的台词，却引得观众大笑；妮娜瑰丽的独白，落到观众的耳朵里就像一串冗长讨厌的古董；幕落下时，连一个掌声也没有，而幕间休息时观众却发出"嘘嘘"的声音和藐视的语言；戏快要结束的时候，幕后响起康斯坦丁自杀的枪声，多恩医生怕伊琳娜受惊，才说："没什么，没什么，这是我装乙醚的瓶子爆炸了！"观众席上瞬间爆发出哄堂大笑。据说，当晚契诃夫双手插在衣袋里，在刮着冷风的河堤上漫游了很久，第二天一早就离开了彼得堡。他写信给家里："这出戏轰然跌落了。剧场里有一种侮慢而沉重的紧张空气。演员们演得愚蠢得可憎。这次的教训是，一个人不应该写戏。"而实际情况是，皇家剧院的这些人都是最优秀的演员，他们尊重契诃夫，且已尽了最大的努力。1898 年，斯坦尼斯拉夫斯基和丹钦科在莫斯科艺术剧院也导演了《海鸥》，他们按自己的理解将其演绎为一出"感人至深的悲剧"，这回受到了观众的广泛好评。但是契诃夫却对这种违背自己本意的演绎并不满意，他明确表示，《海鸥》是"四幕喜剧"。

很显然，不要说普通观众，就是当时的著名导演对契诃夫《海鸥》的内涵也不得要领。契诃夫的意思的确复杂：这出因绝望而自杀结尾的、注重对白和独白的戏剧，就是"喜剧"，不能演成"悲剧"；但又不能演得过于"媚俗化"、"喜剧化"。契诃夫甚至在观看初次演出的彩排时就说过："演员们演得太多了。如果他们演得再像现实生活一点就好了。"在我个人看来，这恰恰是契诃夫伟大的地方。他不喜欢当时俄国死板的戏剧模式（那种唯"冲突"、"行动"、"悲剧"马首是瞻的亚里士多德式的古趣），也十分讨厌流行的大众的庸俗趣味。他说："我写的不无兴味，尽管毫不顾及舞台规则，是部喜剧。有三个女角，六个男角，四幕剧，有风景（湖上景色）；剧中有许多关于文学的谈话，动作很少。"毫无疑问，那些遥远的声音、梦幻般的独白、忧郁的爱情、象征物的运用，充满了抒情性，都与普遍的、深厚的"人性"紧密相连，这正是《海鸥》至今仍在上演的主要原因。可是，生活，生活本身是怎样的？与其引领至"悲剧艺术"（那是一个多么隆重而典雅的概念啊！）的高度，还不如以日常生活的喜剧形式来传达那种隐含于其中的小人物的"悲剧气息"。这使我联想到塞万提斯的《堂·吉诃德》。先前的艺术之伟大几乎都是悲剧带来的。但是没有将"牢狱挂在脸上"的《堂·吉诃德》，则开创性地以喜剧的形式让我们看见了悲剧或肃剧的强大力量。

在卢逸凡执导的舞台上，想成为作家的康斯坦丁，始终真诚而严肃，不断以俄国大作家屠格涅夫的作品来否定自己。他是个爱情至上主义者，在爱情和事业的希望破灭以后开枪自杀，这无论如何令人唏嘘；康斯坦丁深爱的妮娜耽于当大演员的幻想，即使受了名作家特里戈林欺骗，却依旧幼稚地执迷不悟。剧中那只被打死的海鸥象征着妮娜，契诃夫通过台词富有抒情意味地写道："一片湖边，一个像你一样的小女孩从幼年开始就住在那儿。她像海鸥那样爱这片湖水，也像海鸥那样幸福而自由。但是偶然来了一个人，看见了她，而因为无事可做，就把她像一只海鸥一样给毁灭了。"剧中还有一些错位的爱情故事和卑微人物的塑写。这些都像生活本身那样，因偏激、幼稚而可笑，又因死亡与毁灭而让人心酸。与此同时，康斯坦丁的母亲伊琳娜轻佻而浮夸，作家特里戈林倚才自傲、玩世不恭，又给人强烈的戏谑之感（有意思的是，性格单纯而朴素的康斯坦丁和妮娜是最难演的，而性格富有立体感的虚伪的特里戈林却常常博得热烈的掌声）。我觉得，这样的一种多元融通的处理是符合契诃夫本意的，而卢逸凡也认为，自己是忠实于契诃夫剧本的现实主义的。

俄国作家安东·契诃夫

1990 年，台湾当红导演赖声川第一次执导了话剧《海鸥》，在台北艺术大学演出。媒体报道说，当时整个场子都笑翻了。有大学生观众问赖声川："改得太好了，您是怎么做到的？"导演回答说：他只是将故事搬到了 20 世纪 30 年代的中国上海，把记不住的俄罗斯名字改为中文而已。我觉得，这种改编当然未尝不可，可是一旦为了迎合市场和观众而"俗"过了头，就会失去经典作品的"崇高感"，而这种在流行文化世界里略显陌生的"崇高感"，正是今天上演的《海鸥》所呈现出来的魅力。《海鸥》是一出"喜剧"，契诃夫坚持这样说一定有他的道理。我要补充的是，这是一出非同寻常的、淡淡的人生喜剧。虽然最后的枪声是残酷的，但是多恩医生善意的谎言还是闪出了喜剧的火花。观众很想看到接下来的伤感情景，但是大幕急遽地拉起来了，一切都留给缭绕于脑海中的想象。与一般的物理事实（由浓到淡）相反，《海鸥》没有时代的局限，人物、性格和情感放在哪儿都说得过去。以至于一开始淡淡的东西，在我们走出剧场以后渐渐变得浓稠而难以化解。逸凡似乎正是这样理解剧本的。

《海鸥》剧组的演员都是生活在上海并有自己工作的年轻人或大学生，都是利用业余时间来参加排练和演出的。这班目光澄澈的青年对戏剧充满了真心的喜爱和热腾腾的激情。一个非专业的剧团，能够有魄力、有能力将一出西方经典大戏演到这个份上，实在是令人感佩。卢逸凡毕业于法国大学的汉学专业，曾在法国驻上海领事馆从事文化交流工作，现在是上海师范大学人文学院的副教授。逸凡是完全凭着自己对戏剧艺术的痴迷来从事这项劳作的，其间的艰辛和不易非局外人所能道。接下去，逸凡还要率团"移师"浦东"蓝馨"剧场连演八天，影响将越来越大。李天纲教授说，卢逸凡是"见到过的汉语说得最好的法国人"。其实，逸凡的血脉里部分流淌着斯拉夫人的血液，这从他的名字（Ivan Ruviditch）就可看出。他是契诃夫的"远亲"。

2016 年 10 月，在"乌镇戏剧节"上邂逅正津津有味地参加演出的逸凡。他兴奋地告诉我，不久会推出一场由他执导的话剧，希望我能去观看。因此，看毕《海鸥》，我在赞赏之余，也提出了一点小小的建议：男女演员的身高是否过于悬殊了？戏的末尾妮娜的那段独白是否有点长？逸凡回答说：您的意见很宝贵。但同时又不太同意我的看法（之前有人提出，妮娜在戏中戏的舞台上表演时能否调整一下舞台下看客的角度以便看到他们的神情，逸凡也内行地解释说，这样就会喧宾夺主了）。他在微信中陈词：也许中国观众过于在意男女的身高比例了；他还说，末尾那段独白是完全尊重契诃夫原作的，可能是演员还不成熟、拿捏得不够，但一定会慢慢进步（他的意思是，对优秀的演员来说，语言本身就包含着行动的因素）。

读了他的微信，我只想说：逸凡，我为你点个赞！

2017 年

带有思想体温的纽约博物馆地图

　　《纽约无人是客》（中西书局 2017 年 5 月）的作者沈辛成说："这不是一本只关于纽约的书，也不是一本歌颂纽约的书。如果生活的平淡能像打动我一样打动你，那这本书我算是没有白写。"然而同时，他又解释了为什么说这是一本三十七点五度的博物馆地图："三十七度是人的体温，零点五度是纽约让人发的烧。"

　　既然"平淡"，何来"发烧"？有趣的是，这恰恰是此书最大的亮点。我们已经看惯了太多的单向思维和自以为是（尤其在某些国际旅游观光类的文字中），在那些写手的笔下，"帝国"要么高耸入云、遥不可及，要么"原来和我们一样！"或者"哈哈，想不到这么土！"而沈辛成却是一天一天，整整五年，用专业的眼光加上思想和智慧，丈量着纽约的四季晨昏、生生死死。

　　"平淡"，就是不预设某种玄乎的标准和原则，像一个普通的纽约人一样生活在那里，尽量过柴米油盐的日子，这就"有可能"客观地省察对象的样貌；而零点五度"发烧"，就是你被一种"暖洋洋"的热情包裹着，它推动着你将这种观察和思考记录下来，于是我们才读到了这部"纽约博物馆地图"。

　　此书封底的"上架建议"是："主题旅游、博物馆"。可是在我看来，作者的意图远高于此，你只要读一读此书八个章节的标题（由作者的自述和博物馆介绍两部分组成）就会明白——

　　第一章　你这个种族主义者／纽约深度游线路一：黑色与白色

　　第二章　没有华尔的街／纽约深度游线路二：革命与资本

　　第三章　纽约水故事／纽约深度游线路三：饮水与思源

　　第四章　我的画报你的城／纽约深度游线路四：寻根与漂流

　　第五章　曼哈顿是平的／纽约深度游线路五：贫穷与富裕

　　第六章　开往昨天的地铁／纽约深度游线路六：地上与地下

　　第七章　美国的归美国，纽约的归纽约／纽约深度游线路七：美国与欧洲

　　第八章　不知道为什么流泪／纽约深度游线路八：战争与和平

　　如果略去"深度游线路"几个字，这样的章节标题毫无疑问就是"文化研究"或"城市研究"著述的内容。其实作者就是这样考虑的：每章"第一部分是我的自述，其中有些是我在纽约和美国其他城市的见闻，有些是我当下或过去的研究课题。第二部分是介绍相关的博物馆，干货为主"。好家伙，原来还与"研究课题"有关，这样的博物馆地图构架你见过吗？无怪乎我们也被感染和"发烧"了。

　　《纽约无人是客》可圈可点的地方颇多，作为一个80后的作者，我觉得沈辛成最难能可贵之处大概是：

　　注重体验。每到一处都带着新鲜大胆的眼光往里细瞅，不具先验的选择性，努力窥探层层叠叠笼罩下的魔都"实相"。

　　善于积累。这一定是专业习惯。如果没有大量即时的日积月累

和细致比较（18世纪、9·11事件、《查理周刊》事件、钓鱼岛争端、特朗普竞选等），这样的文章和介绍怎么写得出来呢？

文笔生动。作者的语言和结构布局绝不输给许多文学专业的人（只是第三章的《纽约水故事》，完全没有作者主体的参与，与其他各章相比显得有些突兀）。我想，这是一种自我修习和天赋融合的结果，往往能起到"锦上添花"的作用。有些人文物和历史的见识渊博得很，但是要写成一本雅俗共赏的"地图"，你等着瞧吧，一定会磕磕绊绊。

富有思想。这是我最欣赏的地方。《纽约无人是客》不是功能单一的博物馆地图黄页，而是思想与建筑"经纬交织"的著作（幸好没有放在地图出版社出版，否则很多单纯的读者会大呼冤枉）。地图是一个静止的概念，然而沈辛成的《纽约无人是客》，让读者感受到一个变动不居、正在生成和富有层次的纽约。思想，让纽约从博物馆地图中鲜活起来了！

上海同样需要有一部或多部这样的具有思想温度的"博物馆地图"（我们现在连比较客观全面介绍的地图也没有）。"客"的对象是某种很快消失的东西。说"纽约无人是客"，是因为纽约跟着你走了，它化作了你主体的一部分，再也难以分开。如果有一天，上海的灵魂也跟着游人走了，并成为你人生中念念叨叨的东西，那是多么有意思啊。当然，这是只属于你自己的上海。

2017年

人与时代

这里的"人"，不是类概念的 human-being，而是个体的 person。所谓的"人与时代"，也即人与自身所处的时代的关系。在英语中，modern 多指近代、现代，即离个体的人最近的前段历史，而只有 contemporary（same time）才能表明这里的人与时代的关系，故 contemporary（名词）也有"同时代人"的意思。这里还要区分"汤显祖是莎士比亚的同时代人"的含义，因为这种说法仅是指二人生活的时间（纪元）差不多而已。而我在这里所指的是：个人与其所处的特定时代的关系。

在我们的意识形态话语环境中，"人与时代"是一个敏感的话题。我们被教导说：要与时代同步！要紧密联系实际！创作务必深入生活！仿佛只有这样，文艺才有意义。但事实是，无论艺术家还是思想家，一旦扣紧了这种联系的纽带，就再也写不出优秀的作品，再也没有智慧的灵光闪现了。这里的原因到底是什么呢？

德国哲学家尼采是被许多智者激赏的伟人（尽管最后还是发疯死了），这是因为尼采总能最尖锐、明晰地指出"时代"的弊病，不与这滚滚红尘世界"同流合污"。

公元 4 世纪至 14 世纪的欧洲，是被称为"中世纪"的神学时代。它被但丁用神妙之笔批判过，它被薄伽丘用讽刺之语嘲笑过。历经"人神对话"的"文艺复兴"，特别是企图祛蔽的"启蒙运动"，以及随着工业革命、科学技术的发展（这与马克斯·韦伯的《新教伦理与资本主义精神》有关：我们是上帝的选民，上帝要我们通过节俭和努力过上更好的生活，于是资本主义轰轰烈烈地发展起来了。新教伦理为生产力的大发展找到了依据！），欧洲（也就是某种意义上的全世界）心照不宣的秘语是："上帝死了！"（尼采只是揭示了这点）这个时候的哲学，亦是经验主义和理性主义的天下（不那么相信先验和非理性，如神、上帝了）。尼采的超人之处在于，他不仅揭示了业已形成的"上帝已死"的西方意识形态真相，而且预见到了"必将笼罩欧洲的阴影"，也就是，可能的资本主义精神的危机。这种危机在 19 世纪已露端倪，20 世纪则完全明朗化了。也就是说，先前欧洲人对基督教信仰的怀疑，现在又被对科学、理性和物质文明的怀疑代替了。

从第二次世界大战看，欧洲人实际上陷入了精神的荒原。尼采（德国人）、克尔凯郭尔（丹麦人）、陀思妥耶夫斯基（俄国人），是三个试图从"右边"来寻找出路的代表人物。而试图从左的角度来探索出路的主要代表就是马克思。他通过对"剩余价值"的揭示，对劳动分工和私有制的批判，引出了只有进行阶级斗争和社会革命的理论。

尼采的思想贡献主要体现在：

（1）从基督信仰破产引出一切传统价值必将随之崩溃的结论。如是，则欧洲人将面临"价值的真空"。

（2）旧价值既已崩溃，每个人就必须独立地为自己创造价值，提倡个人至上、自我实现。反对传统文明（基督教文明）导致的个性丧失、自我失落。

（3）同时又看到，科学理性也是有局限的。人的心理中还存在与理性并列的"无意识"（非理性），并对之进行剖析（对弗洛伊德、现代派文学、存在主义等均有启迪）。

概括起来，西方走过的历史路途是：

多神论（希腊罗马）——上帝中心论（中世纪）——人神对话、反思和怀疑（文艺复兴至启蒙运动）——逐步确立作为并列一翼的自然科学和理性精神的合法性（近代以来漫长的历程）。

由此可见，西方是有过对神全盘崇拜，到"上帝死了"，再到双元（基督信仰、科学理性）共存互融的阶段。今日之美国，"God blesses us"印在美钞上，总统就任手按于《圣经》，遍地教堂、教徒，然同时，又是科学、艺术最发达的国度。这说明，经历了长期实践的西方，明白偏于一隅的危害，故宗教信仰与科学理性成为社会发展的一体之两翼而互不纷扰。

尼采最大的特点就是，不断反思时代，不断批判时代的不足，从而在事实上推动社会的进步（鲁迅云：不满是向上的轮子；又云：尼采反对19世纪文明"唯客观之物质世界是趋"的通弊）。"打破一切偶像"的实质，其实就是力图发挥个人的作用和能量，让自己成为自己的偶像。尼采说——

"怎么，大海沉落了？
不，是我的土地在生成，
一种新的热情托着它上升！"

意象宏大、意图狂妄。但如果每个人（当然指不凡之人）都努力了，这世界就不会沉没。

　　尼采的理论之所以能传下来并有价值，就因为他这"不合时宜"的思想，体现了"不与时代合作"的精神。如果合作了，也就没有了尼采。

　　为什么呢？所谓"时代"总是与统治阶层联系在一起。马克思就说过，统治阶级的爱好和审美主宰着时代的趣味。然从宏观角度看，多为临时之策，很多并无科学性和真理性。一味跟随之、歌颂之，到头来有的不免变成残忍的笑话；反倒是一些"不合时宜者"留下了经得起检验的东西。

　　木心先生经常引用尼采的名言："在自己的身上克服这个时代！"掷地有声、毫不商量。是"自己"不是别人，是"克服"不是战胜。也就是说，他的心灵使命，就是在一介之身（无法完全要求别人），通过言行（特别是艺术创作）来"摆脱"或者"避开"时代的种种束缚。正因为此吧，木心先生被视为"没有受过污染的人"、"民国作家"、"可与鲁迅、张爱玲并列的作家"等等。木心说，如果改革开放早二十年，他会去欧洲的修道院。如果晚年不出国，他的所有作品就是一锅"夹生饭"。到美国以后，木心写遍了几乎欧洲各国，而实际上，他只短暂去过一次英国。所以网上流传的一些木心"传记"，说木心"周游列国"，实在是低估了木心灵魂的广阔。

　　王安忆一般不参加时下的创作座谈会。她只是认定：不写当下的时代。勃朗特三姐妹，一辈子没有离开过自己家的庄园，更何论什么"时代风云"。没有恋爱秘史、未见风起云涌的时代波涛，却写出了直入人心、直抵人性的传世佳作。《呼啸山庄》震撼灵魂的神秘意味出自一个年轻"宅女"的笔端。童年的顾城，根本尚未窥见窗外的景色，便在"雪白的墙上"写下动人的诗篇，而许许多多所谓跟随时代潮流而动的人和"作品"都已灰飞烟灭了。

　　当然，事情并不是这么简单。再了不起的人也要活在当下，也可能要寄身于"体制"。关键是主体的精神与立场。散文《最后的夜晚》

末句为"后面几日的天气一直都很晴朗"。有朋友读了称赞:"不冷不热,富有余韵,乃民国风格也。"我有点开心。不煽情之煽情、无"爱"字而通篇是爱,也是一种"在自己的身上对抗这个时代"的形式罢。

时下流行"综艺节目",不无浮躁,许多人津津乐道于此类娱乐节目,以为这就是时代之特征,应当随从。但我认为,要有真思想和做出真成绩,就必须对抗这些滚滚红尘的腐蚀(虽然,了解一些眉目还是需要的)。

人的身份不同,对这个问题的看法也会迥异。比如电影集团的老总不遗余力地宣传自己的《大鱼海棠》和《盗墓笔记》,要穷追10亿票房。但他们自己也称之为"商业大片",就像私募资金公司那样,达到目的,过程便不再有价值。

以《盗墓笔记》为例,几乎完全靠"小鲜肉"和高科技的支撑。既无生动情节,又缺人文关怀,只是满足了对于刺激的需求。但,这是时代,为了跟上这个时代,许多人乐此不疲,也有一些人无可奈何。其实,这就是尼采极其担忧的物质与商业主宰人心的恐怖。"我们就是靠成千上万粉丝起'蓬头'来抓票房的。我们需要可爱的粉丝!"影界老总其实都是绝顶聪明之人,然而从他们言谈间那种躲闪的眼光,就知道他们"跟随时代"的那种言不由衷。

与尼采、木心这样的大人物不同的一些"微友",会有"平行世界"(与现实世界平行的另一个时代之意,有公众号"现实以上主义")之说,力图用另一种冷静、不介入的眼光看世界和人生。最新得奖的《北京折叠》所传导的,也是这样的一种想象。

回到开头。罗曼·罗兰说:"世界上只有一种真正的英雄主义,那就是认清生活的真相后依然热爱生活。"我们与时代的关系,必须如此,也只能如此。永远悲天悯人,永远热泪盈眶。

2016 年

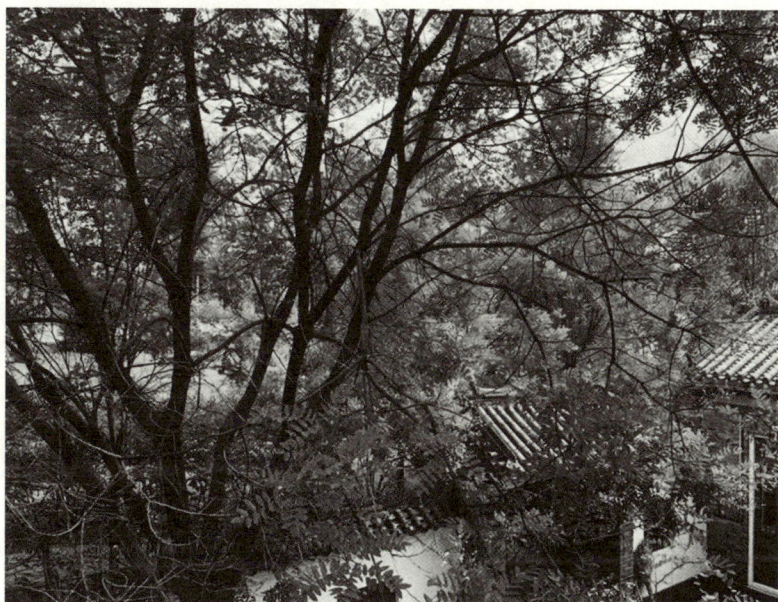

翁同龢旧宅庭院（李平 摄）

"做世上的盐"

　　王元化先生于 2008 年 5 月 9 日去世，距今已十年有余。作为主要生活在上海的著名学者和思想家，元化先生不仅在全国，而且在海外都有深远的影响。对于王元化的研究已经取得一些成果，但是在我看来，还有许多富有深意和趣味的东西，值得研究者去关注和展开。王元化先生一生坎坷，他早年参加革命运动，既是一个学者，也曾是一个领导干部。然而由于历史和家庭环境的缘故，王元化的生活和思想与基督教文化有着千丝万缕的联系，而这种宗教文化在元化先生那里，又往往呈现为一种富有积极意义的启示性因素。

—

　　1920 年 11 月 30 日（农历庚申年 10 月 20 日），王元化出生于湖北武昌（祖籍湖北江陵）一个信仰基督教的、早期接触西方文化的新式家庭。他的祖父和外祖父、父亲和母亲都是虔诚的基督教徒。王元化曾回顾这段历史说："湖北江陵在长江中游，很早的时候就受到外国传教士的福音传播。当年的传教士是很厉害的，他们可以在一个陌生的国度、土地扎下根，学习当地的语言，甚至还跟当地的人通婚，就是一个想法，要把上帝的福音传给他们认为蒙昧的乡土人家。所以中国近代反而是农村比大城市更多地受到基督教的影响。"

王元化的外祖父桂美鹏不仅是牧师，而且是湖北沙市基督教圣公会的第一任中国籍会长，负责长江一带的传教会务，并于光绪十一年（1885年）创办了沙市第一所现代的西式基督教学校：美鹏学堂。王元化回忆说，外祖父"除了教授基督教的教义、传播福音之外，还开设了不少科学课程，男女同班，打破了传统私塾的教学方法。到现在这所西式学堂还是当地的现代教育的先驱"。

王元化的父亲王芳荃年幼时受沙市圣公会第一任会长桂美鹏的接济和影响，成为圣公会的一员。后进入美国基督教圣公会所办的上海圣约翰大学学习教育学。1906年与桂美鹏的女儿桂月华结婚，不久东渡日本教授英语。1910年王芳荃归国，在武昌基督教圣公会所属的文化学堂教书。1911年辛亥革命后，他获教会派遣到清华学堂教英语。1913年，王芳荃赴美留学，在芝加哥大学获得教育学硕士学位。1915年，王芳荃归国后在清华留美学堂教授英语。王元化的母亲桂月华，早年曾跟随芬兰的传教士学过医，后来被王元化的祖父送往上海的圣玛丽亚女校（St. Mary's Hall）学习。王元化的几个姐妹也都是基督徒，并大多在教会学校毕业。大姐王元霁，燕京大学毕业；二姐王元美，燕京大学毕业；三姐桂碧清，上海幼儿师范毕业；妹妹王元兆，圣约翰大学毕业。

王元化的童年是在清华园度过的。他多次说过自己曾受过基督教洗礼，从小就是基督徒。他回忆说：自己的家庭没有受到封建礼教的束缚，家里也没有祭过祖先或举行过其他封建礼仪。母亲受父亲的影响，也虔诚信仰基督。她虽然年轻时曾向一位外国传教士的女医生学医，但主要兴趣在文学。1939年，年仅18岁的王元化前往皖南新四军战区慰问，母亲听说他乘坐的轮船遭到日本军人的搜查并逮捕了四个旅客，内心十分忧虑，为儿子作了整整一夜的祈祷。王元化曾经这样追述外祖父和母亲对自己的精神影响："母亲常常向我们诉说的是，作牧师的外祖父和他的圣公会教堂，以及寄居他家的那些师爷们。外祖父的两个妹妹，一个嫁出去了，因丈夫不良而忍受着折磨。另一个则是心肠柔软，极富同情心，往往倾自己所有，甚至不惜脱下陪嫁的金镯去周济穷人。她一见到别人受苦就忍不住流泪，以至于终于哭瞎了双眼……这些故事在我们幼小的心灵里，曾激起不少感情的波澜。"可以说，王元化青年时代生活在一个同情革命并有新思想，基督教的善心与士大夫严苛教育相融合的家庭氛围之中。

　　王元化的妻子张可出身于苏州世家，一个比较富裕的大家庭。1948年3月，在母亲主持下，王元化与张可在上海慕尔堂（现称"沐恩堂"，位于上海西藏路九江路口）按基督教仪式举行了婚礼。当年的照片上，新娘张可婚纱上的十字架佩饰十分显眼。晚年的张可因为王元化的关系，与越剧艺术家范瑞娟来往颇多。范瑞娟虽然自己生病，但时常去探望病中的张可，并带去很多好吃的东西。2006年8月6日张可去世，8月12日在上海衡山路国际礼拜堂举行追思会。范瑞娟亲来参加，"她一定要磕头，我们拼命拦她，说这是基督教堂，不大合适的。后来她就领着大家三鞠躬。"（王元化语）

　　王元化每当谈到张可时，眼睛就会放出温柔的光来，语调也会变得有点轻。他在为张可逝世撰写的讣告中写道："虽然在这以前医生就已多次宣告她的病危，已无生存希望，可是她一次一次地闯过了死亡的关口。她那被病痛折磨得十分羸弱衰竭的躯体，若有神助。""张可心里几乎不懂得恨。我没有一次看见过她以疾言厉色的态度待人，也没有一次听见过她用强烈的字眼说话，她总是那样温良、谦和、宽厚。""人受过屈辱后会变得敏感，对于任何一个不易察觉的埋怨眼神，一种稍稍表示不满的脸色，都会感应到。但她始终没有这种情绪的流露。这不是任何因丈夫牵连而遭受磨难的妻子都能做到的，因为她无法依靠思想和意志的力量来强制自然迸发的感情，只能听凭善良天性的指引才能臻于这种超凡绝尘之境。"

二

王元化先生在许多著述和谈话场合中，对基督教文化的相关问题表达过具有相当深度的见解。

比如关于现代西方宗教和社会的问题。2002 年的时候，王元化曾引用林毓生先生翻译的美国思想家史华慈临终遗笔中的话"这个世界不再令人着迷"来表达自己的心情。这里的"着迷"，在原来的英文中是"superstition"一词。史华慈的意思是，今天我们都生活在一个物质主义、商业主导、追求享受的社会里面。以前那种灵魂的东西、精神的东西，甚至于神的东西，都已经没有了。林毓生先生的翻译比较通俗，王元化先生用这句话来针砭我们当代社会的文化弊端。在王元化先生看来，现在有很多人，特别是青年人完全沉迷于物质主义，耽迷于非常肤浅的流行文化之中。他认为这样的世界不再让人着迷。元化先生认为，一个人比较完整的生活，当然需要物质，同时一定要有精神，也就是情志的东西。没有这个东西人就像行尸走肉，就是为了享受，就是为了物质，那人活着也就没有什么意思了。他甚至说过，自己是一个"唯精神主义者"。

2006 年 9 月，当听人介绍美国时下各种教派混杂，一个小小的城市伯克莱就汇聚了全世界大部分宗教时，王元化先生说："当今世界处在一种价值评价的混沌之中。史华慈临终的遗笔对这个世界表现了很悲观的情绪。同样的,我对这个世界也非常悲观","没有唯一的共同价值,并不等于没有普遍价值。要舍弃的只是一种价值独断的世界。"他继续深入发挥道:"如果每一种价值观都成为一个分裂而自足的世界,那么发展到极端的时候,没有一个价值观能干涉我的价值观。刚才你说到的麦克维尔(参加过海湾战争的美国退伍军人。他憎恨美国政府的战争行为;反对联邦政府武装围攻大卫教,曾去当地表达对大卫教派的支持。麦克维尔坚信联邦政府严重侵犯了民众的自由,即所谓外在的自由。而他要以自己内在的自由来反抗这个政府。他内心认为自己是这个时代的英雄。1995 年 4 月,麦克维尔在美国俄克拉荷马州城市中心第五街的政府大楼附近引爆炸弹,惨案造成 168 人死亡、500 多人受伤,其中有十几个幼儿园的儿童——引者注)就是很典型的一种。他从极端个人主义来定是非。个人就是上帝。他认为对的就是对的,错的就是错的,那么多人被他炸死了,等到他被捕判死刑,到最后的时候,还是不认为有向被害者家属道歉的必要。还唱《不屈》以认为自己选择是对的。"王元化分析说:"个人主义后来成为美国的一个大问题。所以现在美国有一些人讲社群的学说,以求平衡,不主张过分发展的一面。极端的个人趋向,对社会就很危险。"

比如关于《圣经》之喻与文化建设的问题。1995 年,王元化指出:"研究中国文化不能以西学为坐标,但必须以西学为参照系。""研究中国文化,现在更需要的是多做些切实的工作",在谈到自由、民主、人权等西方名词传入中国以来,说的人多,但研究的人少,很多人把注意力放在宏观阐发海外流行的观点和问题上时,王元化说了一段之后被很多人引述的著名话语:"记得小时候一位学圣品人(基督教牧师)的长辈冯传先姨父对我说,《圣经》上说的'你要做世上的盐'比'你要做世上的光'更好,因为光还为自己留下了形迹,而盐却将自己消融到人们的幸福中去了。作为中国的一个学人,我佩服那些争作中国建设之光的人,但我更愿意去赞美那些甘为中国文化建设之盐的人。"这段生动的话语,使得原来的宗教比喻,成了许多有志于文化建设之人的追求目标。

比如关于圣像艺术与时代精神的问题。早在 1953 年,王元化曾说:"记得去年国外有个艺术工作团到上海,这个团的一位代表在一次报告中说,我们与文艺复兴时代意大利的艺术家,相隔约有五个世纪了,但我们认为他们所创作的那些优秀的艺术品,对我们仍有重大的意义。他们画了一些圣像,难道圣像对我们还有什么意义么? 不是这些圣像对我们有意义,而是他们通过这种形式,真切反映了周围的现实。接着他举出米盖朗琪罗的《大卫》塑像做例子,他说,《圣经》的内容只是促成艺术家创作的动机,主要的是塑像中所表现的兴奋情绪、战斗的决心、胜利的信念,这是当时时代精神的表现。这样的艺术品是有着永远的意义的,时间不能洗刷它们。这些作品虽然是从宗教故事中取材,却不像当时许多宣传宗教的作品一样,限制在宗教宣传的狭隘的圈子里,到今天已经完全泯灭,变成了化石和僵尸。"

在讲到对人的评价时,2002 年王元化曾回忆说:"在华东局宣传部,我发现冯定(时任中共华东局宣传部唯一的副部长)的办公室内,摆满了琳琅满目的书报,有中文的也有外文的,这在当时是罕见的。有一次,他作工作部署,突然加进了一段插话。他讲到法国耶稣会传教士,为了传播他们的宗教信仰,历尽艰难困苦,深入人迹罕至的中国腹地,与当地的居民打成一片。他说这些教士不怕肮脏,竟依照当地风俗,把对方身上搓下的泥丸子一口吞下。冯定认为传播自己的信念和真理,就应有这样的精神和勇气……"

　　在谈到宗教典籍与世界文明的关系时，1995 年，王元化说自己在加拿大收到了朋友赠送的两本书，"一本是《死海卷》，另一本是《新旧约》注释本。《死海卷》是记述用希伯来文钞写的旧约圣经被发现的经过。这些写在羊皮纸上的钞本，于二十世纪四十年代被一个放羊的牧童，在死海旁的昆兰遗址附近的山洞中无意找到，《死海卷》就藏在洞内的一些陶罐中。这里地势险峻，本是人迹罕到之处，牧童为寻找丢失的羊只，攀登悬崖，冒险来此，才偶然发现的。这部旧约圣经钞本，据研究神学的专家考定，时间约在公元前二世纪，出于一些艾赛尼教派的文人之手。他们从犹太教分裂出来，居住在昆兰遗址的地方。这些钞本的卷数与今本旧约圣经的卷数吻合（仅少去一篇）。它在内容方面被人重视的原因，就在于它保存了后来被罗马教会判定为伪经及通称次经与注疏等部分。这些补史之阙的文字，给研究基督教神学和犹太人历史的学者，提供了丰富的资料，其意义直接关系到西方世界的文明内容"。

　　比如关于基督教与中国思想家的关系问题。1996 年，王元化对当时在美国学习的自己的博士研究生吴琦幸说：有条件的话"也可以研究研究关于基督教与中国思想家的关系"。王元化说："最近我从杂物中检出了早期的《圣公会报》，1939 年 4 月 15 日出版的。我父母都是基督教圣公会的教徒，仔细阅读这几份报纸，发现了圣公会早期在中国传教的过程中，对于教育和宣传的重视，反清的革命党与圣公会的关系非常密切，可以说，推翻清朝跟基督教在中国的传播有着一定的关系。其中圣公会与革命党的日知会的关系颇可玩味。由于基督教团体认定庚子动乱的原因是民智未开，所以特别重视教育作用。"然而，王元化也提出一个疑问："20 世纪初的基督教与革命党人关系密切，但是到了 20 年代初，由美国退还庚款兴办的清华大学却举行了全国规模的反基督教大会，当时陈独秀也有反基督教的强烈言论出现。仅仅数年，为什么有如此大的变化，也是值得研究。"王元化建议吴琦幸去查一下有关的资料。后来，吴找到了《华人基督教史人物词典》，证明了事实是：1922 年 4 月 4 日至 8 日，"世界基督教学生同盟大会"在清华大学隆重召开。由于这次大会在清华园召开，各方来人众多、声势影响太大，以至于引发了全国性的"非基督教运动"乃至"反基督教运动"。这是基督教学生领袖们始料不及的。该运动持续了五年之久，直到 1927 年方告平息。听了这些史实情况，王元化顺势将思考引向了五四时期的无政府主义运动问题。

三

2011 年，上海的高考语文卷作文题目是："犹太大卫王在戒指上刻有一句铭文'一切都会过去'，契诃夫小说中的一个人物在戒指上也刻有一句铭文'一切都不会过去。'这两句寓有深意的铭文，引起了你怎样的思考？"考卷上并没有标明这段话出自哪里，作者是谁。语文教学专家认为，这个题目"大气，有辩证思考，具有哲学元素，可以考出考生的人文关怀"。实际上，这段话就出自王元化的名著《思辨录》乙辑的"一切都不会白白过去"条。原文是："有人对样板戏产生了应有的义愤，这是可以理解的。相反，如果经历了那场浩劫而对样板戏竟引不起一点感情上的波澜，那才是怪事。据说，犹太大卫王的戒指上刻有一句铭文：'一切都会过去。'契诃夫小说中的一个人物却反其意说，他要在自己的戒指上也刻上一句铭文：'一切都不会过去。'他认为，什么都不会毫无痕迹地淹灭；今天迈出的任何一步对于未来都会具有意义。是的，时间无法消灭过去。只有麻木的人才会遗忘。龚自珍作为我国近代史上最为敏感的思想家曾经说过：'灭人之国必先去其史。'人类有历史就是让人不要忘记过去。"《思辨录》的内容成为了上海语文的高考题目，不可不谓其影响之巨大。

王元化外祖父（右二）一家合影

　　学生吴琦幸曾多年受教于王元化先生，他觉得"是不是基督教的一种精神力量也给了王先生活下去的勇气？基督教中耶稣的受难，我不下地狱谁下地狱的精神力量，也应该给了王先生以勇气和毅力"。有一次他问了老师王元化一个很尖锐的问题："你生活在一个基督教家庭，那应该受到宗教很大影响的了，后来又参加了党，这是不是信仰的一种根本的转变？"王元化回答说："可以这么说。但基督教给我的影响是很大的。至少给了我们的好处是人应该谦虚，人不可以和神一样。所以我年轻时没对什么人有崇拜，对鲁迅是有一些崇拜，但没有到偶像的地步……"并在谈到自己独立不倚的个性时说，"这大概就是跟基督教的影响有点关系，因为在神的面前，人人都是平等的。"

　　1999 年，王元化在另一篇文章中对之进一步解释道："如果说基督教对我有什么影响，那恐怕就是《新约》中的基督教精神吧。西方十九世纪的作品，大都浸染了这种精神。这些作品是我所喜爱的。""也许这是由于小时在家庭受到基督教义的影响，使我对这些文学作品产生一种认同感吧。""直到今天，西方十九世纪文学仍是我最喜爱的读物。解放后，我没有在文章中谈到过苏联的作家和作品，因为引不起我的兴趣。我谈到过的是莎士比亚、费尔丁、狄更斯、白朗底姐妹、果戈理、陀思妥耶夫斯基、契诃夫、巴尔扎克、罗曼·罗兰等，自然还有许多我所喜欢而没有在文章中涉及的作家，也大多是十九世纪浸染人道主义精神的作品。"

　　从以上所作的梳理来看，基督教文化之于王元化先生的思想，的确是一种重要的理论资源。但反过来，经过元化先生的阐释和生发，它又往往给人以巨大的、具有积极意义的启示。王元化先生这种跨文化比较、中西圆融的思维方法和富有远见的"世界眼光"，都值得引起我们的重视。

　　主要参考文献：王元化《思辨录》《清园自述》，吴琦幸《王元化谈话录》，胡晓明《跨过的岁月：王元化画传》，钱钢编《一切诚念终将相遇》等。

2018 年

文字的力量

　　作为思想家的王元化，不是生活在书斋里的老学究，而是像有的学者指出的那样："他的思考有一种社会责任感和现实穿透力，他提出的问题，往往是紧扣国家前途和人类命运的大问题，他的观点一针见血，直接进入问题的实质和要害。"然而在我看来，王元化的思想之所以有如此巨大的影响，还有一个比较重要的原因，那就是文字的力量。若从"全人"的环视角度考察，我们会对王元化著述的特殊性产生一种新的、更有意味的认识。

　　见过王元化先生的人都有一种印象：他的身上固然有英锐、激烈的一面，然而更多、更典型的，则是他沉潜、雍容的特质。他是一个不断思考着，不断产生问题意识，并且为此真正体会到"快乐"的人。他曾解释说："什么是乐呢？就是达到一种忘神，你不去想它，它也深深贴入到你的心里边来了。使你的感情从各方面都迸发出一种热情……"王元化先生始终葆有年轻、开放的生活态度和宽容豁达的理性精神。虽然是一位老者，但是他对新事物新思想充满了热情，从来没有泥古不化的偏执；他研究古典学问，但是这种研究给人新鲜、深刻的现实启发；甚至他平时的装束也常常是轻松的款式，头发总是梳理得齐齐整整，金丝边眼镜后面充满睿智的目光炯炯有神。总之，他的身上焕发着热爱生活的光芒。可以说，元化先生既是一个思想深刻的人，也是一个讲究"形式"的人。

2004年12月，中国美术学院于上海美术馆举办了一场"清园书屋笔札展"，同时还举行了汇集展出作品的《清园书屋笔札》一书首发式。王元化先生时年84岁。我在《"敬正"之美》(载《文汇报》2010年11月21日"笔会")一文中说："这次展出的51幅书法作品，皆为王元化先生著作语要的抄录，内容涉及思想、行旅、往事、谈艺、诗作、楹联，所有墨韵均由元化先生于当年夏秋之际挥毫书就。此事沪上多家媒体作了报道。许江先生在介绍文章中写道：'王先生之笔札的意义首在为文与书写的敬正。这些文字作为语要及其思想的载体，有书写的清纯、有运思的节度，蔚然而成楷正的气象，披露一代思想者的胸襟。'这段文字中让我眼睛一亮的，正是'敬正'二字。""'敬正'是元化先生为人精神的写照，也是他对待学问和编辑、出版、装帧等事宜的态度和追求。"

与欣赏他的书法作品一样，如果你细阅元化先生的文章，一定还会发现，他是一个非常重视用语规范、词藻典故、修辞逻辑的作者。读他的文字，会有一种强烈的被推着往前走的感觉，或者说，能体悟到一股孟夫子的文字才具有的那种"浩然之气"。这里可以试举几例：

就思想体系来说，我认为后一代对前一代的关系是一种否定的关系。但否定就是扬弃，而并不意味着后一代对前一代的思想成果彻底消灭，从而把全部思想史作为一系列错误的陈列所。

　　长期以来，由于公民权利没有受到应有的重视和维护，以致影响到每个公民对于自己应尽的责任和义务，采取了一种不关痛痒的冷漠态度。这是形成长期缺乏公民意识的主要原因。

　　我是一个用笔工作的人，我最向往的就是尽一个中国知识分子的责任。留下一点不媚时、不曲学阿世而对人有益的东西。我也愿意在任何环境下都能做到不降志、不辱身、不追赶时髦，也不回避危险。

　　唯新唯洋是从的风气与四十年来教条主义的感染不无关系。教条主义与趋新猎奇之风看起来相反，实则相成。两者皆依傍权威，援经典以自重，而放弃自己独立见解。沿习既久，惰性已成，个性日丧，创造力终于斫伤尽净。

　　黑格尔的哲学体系是理念的自我综合、自我发展、自我深化的运动过程。首先，以理念自身作为出发点，然后理念将自己外化，转化为自然界。理念由自在阶段发展为自为阶段后，再进一步返回自身，终于在人身上重新达到自我意识。

　　正像赫兹列特所说的，约翰逊不理解莎士比亚，因为他的理智根本无法掌握美。这种抑扬任声的文体，我姑以“褒贬格”名之。

　　一千多年前，鸠摩罗什作为一个异邦人来到中土，他以宗教的虔诚传译佛典，自称未作妄语，死后舌不焦烂。我觉得这种对待自己事业的精神，至今仍值得效法。

　　诸如以上这些洋溢着修辞之美的精彩语句，在王元化先生的著述中真是不胜枚举！尽管王元化经常说自己不善于即席讲话，但是他那些往往经过反复锤炼的文字，却实在是十分契合古罗马诗人朗吉弩斯所说的"崇高风格"："崇高是一种整体的力量，如同霹雳。只有思想庄严的人才会有语言的宏伟。"

　　早在 1982 年的时候，上海译文出版社就出版了王元化翻译的小册子《文学风格论》，这是王元化为用作撰写《〈文心雕龙〉创作论》的参考资料而译出的。小册子收集了德国歌德的《自然的单纯模仿·作风·风格》、威克纳格的《诗学·修辞学·风格论》，英国柯勒律治的《关于风格》、德·昆西的《风格随笔》四篇文章。书的篇幅虽然不大，但是却探讨了一系列关于写作的风格和修辞问题，在当时引起了不少人士的注意。元化先生在此书的"跋"中，赞同歌德将"自然的单纯模仿"、"作风"和"风格"作为不同等级的艺术作品的特征来看待，他说："事实上，这一问题直接涉及美学的根本问题，即审美的主客观问题"，只有"'风格'是主客观的和谐一致，从而达到情景交融、物我双会之境。因此，歌德认为它是艺术所能企及的最高的境界"。元化先生还引用黑格尔的话说："黑格尔《美学》认为'作风只是艺术家的个别的因而也是偶然的特点，这些特点并不是主题本身及其理想的表现所要求的'，'作风愈特殊，它就愈退化为一种没有灵魂因而是枯燥的重复和矫揉造作，再看不出艺术家的心情和灵感了'。"王元化认为，介绍这些观点可以有效地提高人们的艺术鉴赏力，培养读者纯正的审美趣味。

　　与王元化打过交道的出版家都有这样的体会，那就是王元化对自己的著作在文字、校对、版式、装帧等方面有很高的要求。他对于文字经常一改再改，力求更佳。在自己晚年的精华集《思辨录》（定本）壬辑中，王元化特意收录了四则直接与修辞有关的文章：《文章简繁》《古文朗读》《修辞例一》《修辞例二》，可见作者对文章修辞的高度重视。

在《修辞例一》中，元化先生写道："我没有钻研过修辞学，但写作时为了达意的准确，也常常对自己的文字进行修改。有时也把修改的经过记录下来，例如《记辛劳》一文，其中倒数第二段最后一句，曾修改数次。"元化先生列出了修改的过程——

（初稿）：我不知道为什么老天爱才和忌才总是纠缠在一起？

（其后）：我不知道这究竟是天地爱才，还是天地忌才？

（接着当天夜里醒来时，念及此句仍觉不妥，遂改成）：我不知道这究竟是天地爱才，还是天地忌才？为什么命运要将众多的苦恼降在这样一个才气横溢的人的身上？

（过后再读全文，读至此句仍未惬于心，再改成）：我不知道这是天地爱才，还是天地忌才？既然这个人被赋予了大量的才华，为什么又偏偏要将众多的苦恼降在他的身上？

（再读仍觉未畅己意，至今天清晨，卧床未起时，伏枕再改成现在的句子）：这究竟是天地爱才，还是天地忌才？既然赋予这个人以过人的才华，为什么又偏偏要将众多的不幸降在他的头上？

由此可知，元化先生对文字修辞的重视几到了殚精竭虑的程度！

在《修辞例二》里，元化先生回忆了替余秋雨修改相关文字的经过："余秋雨所撰《长者》，嘱我修订。我向他说，我的修改只限于涉及张可和我本人言行部分（例如，后经我改动的有秋雨记张可嘱他学英文的谈话中，用了'必须'、'应该'字样。我说，据我所知，她从未用过这种社论式的命令词）。文中所记我对张可的评语是经过我反复修改的。"王元化先生记录道——

秋雨记我所述原文：

张可心中无恨。从不相信斗争哲学，只散布善良、温柔、宽恕。跟我受了几十年的苦，从未流露出一点一滴的抱怨。像我们这种敏感的文化人，只要有一个眼色中稍稍有点不耐烦，也能立即感到，刻下深深的伤痕，但在她的眼睛里从来没有出现过这样的眼色。

最初，元化先生只是在原稿上作了一些润色和调整，然而最后终于修改成如下的文字：

张可心里似乎不懂得恨。我没有一次看见过她以疾言厉色的态度待人，也没有一次听见过她用强烈的字眼说话，她总是那样温良、谦和、宽厚。从反胡风到她得病前的二十三年漫长岁月里，我的坎坷命运给她带来无穷伤害，她都默默地忍受了。人受过屈辱后会变得敏感，对于任何一个不易察觉的埋怨眼神，一种稍稍表示不满的脸色，都会感应到。但她始终没有这种情绪的流露。这不是任何因丈夫牵连而遭受磨难的妻子都能做到的，因为她无法依靠思想和意志的力量来强制自然迸发的感情，只能听凭善良天性的指引才能臻于这种超凡绝尘之境。

经过修改的文字不仅更加具体准确，而且体现了一种非常适合叙述对象的、得体的博雅风格。

语法、逻辑、修辞，曾是西方古代十分重视的"七艺"中属于"文字"的三艺（另外属于"数字"的四艺，是算术、几何、音乐、天文）。西方传统修辞学理论是围绕五个基本主题来组织的，那就是：

布局、表达、构思、文体和记忆。修辞以语词为本原,它在整个语词体系中的位置,主要体现在对正确表达(说服)的关注。今天我国大学的中文专业也依旧有语法、修辞、逻辑课,正说明了这类训练在写作时的重要性。反之,倘若失去了这种"文字的力量",思想的表达自然就会大打折扣。正像元化先生不是书法家,但是写得一手隽永好字一般;元化先生也没有专门研究过修辞学,但是他处处遵循为文的法度、锻炼文字的生气和意蕴,呈现出很高的文章境界。

王元化先生装束的恰宜、书写的敬正、文字的修辞,与其丰沛、深湛的思想一起,构成了一个卓然而立的完整的智者形象。今天,这样的思想家太值得我们敬重了。

2018 年

木心肖像 *

　　第一个问题，因为之前我们看到您写木心在上海工艺美术研究所的文章，知道木心是文学家，书画家，还是设计师。那么，木心大概的经历是怎么样的？在工艺美术研究所有什么细节吗？

　　我可以给你作一个简单的梳理。现在市面上的木心传记、木心经历、木心简历，其实有很多错误的地方。我只要举一个例子，一段严肃的文字，里面就有很多错误。比如，木心的《悼词》里面说：木心 1948 年毕业于上海美术专科学校，之后任教上海浦东高桥中学 5 年，50 至 70 年代任职上海工艺美术研究所。这里就错误百出，为什么呢？

　　木心先生 1927 年 2 月 14 日出生，到 2011 年 12 月 21 日去世，84 年岁月，实际上一共经历了这样几个阶段——

----

* 本文为 2018 年 5 月 29 日复旦大学《青年报》记者何本华（发问者）、郑嘉因关于木心的专题采访实录。

　　木心出生在乌镇。2016 年 10 月，我去参加木心美术馆举办的莎士比亚特展时和王韦先生见了面。王韦是木心的亲外甥，也就是木心姐姐的儿子。他告诉了我一些关于木心的事情，后来我还看到王韦写的一个回忆录里面讲到，他们本来是乌镇的一个大户人家，1949 年后，木心变卖了田地和一些家产，然后举家迁到上海浦东高桥。这是一个悬案，木心为什么会迁到浦东高桥呢？我请教王韦先生："怎么会到浦东高桥呢？浦东是改革开放以后才发展起来的。"他说："其实浦东高桥 1949 年的时候，也不是我们想象的那么荒败，还是可以的。"最关键的因素是，木心的姐姐和姐夫当时在高桥开了一家纸店，卖各种纸，比如说宣纸等。木心等于说是投奔他们。这一段历史，造成很多历史上的误会。

　　为什么我要强调这一段历史呢？因为木心头上有三顶帽子，一顶是地主，一顶是坏分子，一顶是现行反革命。这三顶帽子在当时，每一顶都像泰山压顶一样非常重。那么，为什么讲木心是地主呢？我在木心美术馆展览的橱柜里面，亲眼看到木心在"文革"结束以后，给公安局的一个申诉信。他写道：他们硬要给他戴上地主分子的帽子，实际上他的母亲是地主，他本人并不是。我通过研究材料发现，为什么会给他戴上地主帽子？因为特殊的时代原因，他们搬到高桥去的时候，转卖田产等是木心经手的，他是家里面的男子汉。那么，既然是经他之手，在当时就被认为是地主了。他母亲年纪大了，让儿子去经手，别人就认为这个田产是木心的，所以就把他娘头上这个帽子扣到了木心身上。

　　到了浦东高桥以后，木心干什么呢？木心先生自己有一个简历，但是很简单。实际上，他在浦东待的时间并不长，后来又出去了，去了杭州市立第一中学，是高中。有人还聘请他去教书，但是没过多久，木心就把聘书退还了，为什么呢？他觉得这个好像不是他喜欢的工作，尽管他说条件还是蛮优惠的，比如免费的住房、吃饭什么的。后来他到哪里去了呢？他到莫干山画画去了。他是一个比较随性的人。再后来呢，他又回到浦东，在浦东育民中学做代课老师，有五六年时间。木心代的什么课呢？我问王韦先生："他教的是语文吗？"王韦说不是的，他教的是美术、音乐，甚至还有体操。木心呢，他身材也蛮好，这些情况可能在当时都是一种擦边球。两所学校的学生当中，有一些是和木心先生关系比较好的，以后还曾经来看他什么的。木心对这些学生当中有一些也是很欣赏的，但这里面的细节不是很清楚。像你们这样年龄的人，实际上不大知道的，那就是，1949年以后一段时间，实际上有部分人并没有正式工作，包括像木心这样的人，我们称为"社会青年"。这些人这边做做，那边做做，就凭自己的本事或手艺。他们没有正式的单位和编制的，这一点要知道。

　　1956年的时候，木心第一次受罪，我们上海人叫"吃轧头"，被抓起来了。为什么抓他呢？说他里通外国，要偷渡出境。实际上，木心根本就不知道这个事情。但偷渡者被抓起来以后诬陷说，是木心指使他们做的。有一些人猜测，可能是木心以前得罪过他们，或有什么过节。因为木心这个人讲话也是不客气的，辩论问题的时候，木心认为是什么就说什么。所以这次就被抓进去了。木心在自己简历中写明了这一点。在狱中，木心被告知，母亲死了。这对木心是很大的刺激。半年以后才放出来，陈丹青先生在介绍这个事情时说，当时没有"平反"一说，公安局对木心说："你要正确对待啊！"就这样结束了。这是木心第一次入狱。

　　我稍微回溯一下1949年之前的事情。木心就读的学校叫上海美术专科学校，这个学校在上海斜桥，就是顺昌路那里，当时叫菜市路。现在经过考证，发现木心并没有在上海美术专科学校毕业，他实际上是被除名的，而且是时任上海市长吴国桢亲自同意这件事情的。为什么呢？据夏春锦先生考证，木心1946年进入上海美术专科学校时，已经晚了一个学期，而且最后提前一个学期就被除名了。因为当时木心参加了"反饥饿，反内战"的游行。可见，木心当时也是"愤青"。我觉得，这好像是一个逃不脱的规律，不管多么伟大的人，年轻的时候，在特定的时代氛围里面，很容易变成一个激动的人。特别是对有自己想法的人来说更是如此。木心甚至还参加了新四军，非常短暂的一段时间。木心在美专是被除名的。夏春锦先生已经查到上海美术专科学校木心的学生档案，确证了这一点。

那么，1981年木心出国时需要一个学历证明，他就去找上海美专的副校长谢海燕。木心请她签名盖章，开了一个证明，说是毕业。木心先生后来讲过一句话，他说："大体是真的，细节都是假的。"在当时的情况下，这是能够理解的。因为他要出国，夏葆元也给木心开了一个在上海交大上过课的证明，以此说明他是上海交大的兼职教师。这是在那个时代特定环境下的一种东西。但到现在为止，木心出国，到底是谁给他作经济担保的，他讳莫如深，坚决不讲。我看到秦维宪文章中讲，是他们厂里面的一个青工，但具体情况不了解。不过，这也不是重要的事情。

你问到木心在上海工艺美术研究所的事情，实际上这个问题很难回答。为什么呢？因为木心在上海工艺美术研究所待的时间非常短。我发表在《文汇读书周报》的那篇文章，里面也有一点错误，那就是关于"双革展"的事。夏葆元曾在《木心的远行与归来》（《上海文学》2012年第3期）一文中讲，1965年的时候，有一个展览叫"技术革命、技术革新展"，简称"双革展"。木心是总体设计师，他自己负责展墙布图工作。方阳知道此事，并认为这是胡铁生慧眼识能人，挑选了木心。其实，当时胡铁生根本还不认识木心。这次办展的事，也很奇怪，木心在自己写的简历里面，从来没有提到"双革展"什么的。

最近我看了胡铁生的儿子胡晓申写的《追忆父亲与木心先生》（《上海采风》2017年第3期）。在这之前，他和陈丹青有一个对话，这篇文章基本上和对话差不多的。胡晓申在文章中证实，他父亲在1978年以前根本不认识木心。他父亲原来是上海市手工业局局长，后来被打倒，1978年"文革"结束后，获得"平反"，成为上海市计划委员会的委员，并且官复原职。因为下一年就是1979年，正好新中国成立三十周年，胡铁生就向上海市委提出，是不是要办一个全国性的工艺美术展览会。他认为要办的话只有上海有条件可以办。当时上海市委副书记叫陈锦华，他非常赞同胡铁生这个建议，说新中国成立三十周年，应该庆祝一下。于是他们成立了一个筹备委员会。胡铁生觉得，办这样一个展览，应该有一个高人来设计。上海市手工业局有两个分支，一个是工艺美术研究所，是研究部门（一开始叫工艺美术研究室），另外就是一些工厂。那么，当时木心在什么地方呢？木心在上海创新工艺品一厂，这个厂原来叫上海美术模型厂，实际上这两个是一个厂家。木心在自己简历中写自己在"本厂"劳改，这个本厂就是指上海创新工艺品一厂。是展览筹委会办公室主任贺志英把木心推荐给胡铁生的。胡铁生与木心一见面，就被木心的学问和气质所征服。然后当天晚上就对儿子胡肖申说："不得了，我今天见了一个高人，这个人，真的是厉害，上海工艺美术展览会总设计师非他莫属。"这个细节，胡晓申写得很具体。也就是说，胡铁生和木心是1978年才认识的。后来，胡铁生又提出来要成立一个上海工艺美术协会，有很多人认为协会秘书长可能是一个名家。但是，后来他提名是木心。当时很多人很吃惊，不过都蛮赞成。再接下来，1982年初，为了引领和指导大众文化和流行文化，胡铁生就提出要办一个刊物，也就是《美化生活》。然后他们办了一个试刊。木心是试刊事实上的主编，但没有把名字印上去。这本试刊是一个四四方方的形状，与一般刊物不同。封面是木心请任意先生按照康定斯基的抽象派画风格设计的，在当时看很新鲜的样子。不是木心自己设计的。

请问，这份刊物现在还有吗？

有啊，当然有啊，上海图书馆还收藏有这份刊物，可以借阅的。由于不久木心就离开中国去美国了，故之后又有一个新的创刊号，并交给邮局发行了。所以，《美化生活》很奇怪的，一个叫试刊号，是木心主编的；还有一个叫创刊号，别人弄的。胡晓申的回忆文章介绍，实际上1978年胡铁生发现了木心，然后让他去办这个工艺美术展览，同时又办了一个工艺品展销会，因为展览的东西以后要卖掉。一个是展览会，让人参观的，一个是展销会，主要是卖东西的。实际上，这两个会是同时筹办的，木心也是工艺品展销会的负责人。后来，他们觉得这个展销会蛮好，要长期办下去，于是就成立了工艺品展销公司。木心的人事关系大约就是1979年的时候，从创新工艺品一厂转到了工艺品展销公司。所以木心最后离开中国去美国的时候，他的人事档案是在上海工艺品展销公司的。木心先找的胡晓申，请他到父亲那儿打招呼，因为知道局长对自己有恩，出国之事难以直接说出口。出国要单位同意和开证明，向胡铁生推荐木心的那位办公室主任开始反对木心出国，毕竟木心的历史情况比较复杂；同时，他也是想留住木心，因为像木心这样有才的人太少了。他也不是什么坏意。不过，胡铁生思想比较开放，他最终同意了木心的请求，并愿意承担这个责任。

　　可见，木心 1978 年底或者 1979 年初到的工艺美术研究所帮忙（人事关系在工艺品展销公司），1982 年下半年就离开了。方阳先生讲，实际上即使那段时间，木心也不是经常来研究所的。木心在外面跑来跑去，为了刊物或处理有关工艺美术协会的事情。他和胡铁生会在办公室有一些交流。虽然木心历来做事认真，但那时他还在筹划一件人生大事，那就是出国。这对木心先生来说，是非常重要的。他认为自己这辈子再也不能错过这次机会了。他说过，早先读美专的时候，有一个人要赞助他去法国留学，后来，因为解放了，就没有成行。所以，对这个事情，木心先生耿耿于怀。他一直讲，如果改革开放早二十年，他不是在纽约，而是在法国边远的修道院。他还说：如果不出去的话，这一辈子的作品就是一锅夹生饭。木心认为，在当时这个环境中，有很多局限性的。他觉得到了国外，就可以放眼世界，从一个更大的范围来看问题，就可以更加客观，对自己也可以有一个比较好的思考，才会真正地成熟起来。出国是木心的情结和心结，尽管这时他已经 56 岁了。陈丹青先生曾经非常动情地讲过一段话：不要拿木心同其他艺术家相比，比不了的，有哪一个艺术家，能够在 56 岁的时候，两手空空，又不懂外语，在外面也没有什么亲人的情况下，他敢一个人到外面去闯世界，没有的。你从这个角度去想想，他当时的一种心情，一种心态。我自己觉得，完全可以用"卓绝"两个字来形容。对于大多数人而言，56 岁差不多已经退休了，要颐养天年了，不要干什么事了。可是恰恰现在所看到的，木心的绝大部分成果，都是产生在他出国以后。他有这样一种不顾一切的勇气。有人说，要么你很有钱，要么外面有朋友帮助你，要么你外语很好，可是木心一样都没有。设身处地为他想一想，我们这些人都有一种后怕的感觉。

　　你说他在同事中的印象怎么样？木心在工艺美术研究所来往的

中年木心

人，就这么几个。一个是夏葆元，夏是比较有名的一个画家，先在工艺美术研究所工作，后来调到上海交通大学，他们两个人还是比较熟悉的。但是，从夏葆元的回忆文章来看，他们的交往也不是特别多，不过，应该讲，木心对他还是比较信任的，否则也不会到交大去找他帮忙。夏葆元让木心在交大上了两次课，开了一张证明，就这么一种情况。另外一个人么，当然是胡铁生了，他和胡铁生接触比较多。还有就是一些年轻人，就是他在的那个编辑部的人，包括方阳，还包括张志岳等一些人。木心当时已经50多岁了，在编辑部工作的其他人都是"兼职"编辑，都是小青年。方阳先生是搞团的工作的，兼职当摄影编辑。只有木心，算是一个总负责。那么，他们印象中的木心是什么呢？木心好像什么都懂的，所以他们就对木心特别佩服。这个我们就不去讲了，我的文章里面都有。

青年人觉得，木心是一个高高在上的人，但是木心同时又是一个，我们上海人讲的"老克勒"。什么是"老克勒"呢？实际上就是Class, high class，指高品位、高阶层的人。木心尽管没有什么钱，但他对于穿着打扮，还是比较讲究的。他的衣服有很多是自己做的，但一丝不苟。他总是穿着很合适的服装，人总是干干净净的。那个时代的大多数人都是不讲究穿着的，裤腿大大的，衣服都晃晃荡荡的，木心则穿得很绅士的样子，所以他们感觉木心很特殊。

当然，他们那时候也觉得有点奇怪但是没有说出口，那就是，木心50多岁了，怎么没有结婚啊？他们很难理解。因为木心长得 very handsome（很帅气），给人很洋气的这种感觉，真的 very handsome，但是他为什么没有结婚呢？实际上很多女孩子盯着他呢，但是木心不跟她们来往的。

接下来，我要讲一个非常关键的问题，可能是你闻所未闻的。我当时在写文章的时候，就觉得很奇怪，陈丹青说他是 1982 年在纽约地铁上认识的木心，可是，方阳先生告诉我，陈丹青当时是经常去工艺美术研究所的，而木心不是也在那边吗？会不会他们当时已经认识了，后来瞒着说不认识呢？你们也觉得很奇怪，对不对？我今天就很明确地告诉你，是独家向你们披露哦，为什么是独家披露？因为我就这个问题直接问了陈丹青，他亲口解释了我的疑问。

我在《文汇读书周报》的文章发表以后，有几个跟帖。有一个跟帖很到位，我估计也是工艺美术研究所的。他说："陈丹青到工艺美术研究所找什么人？就是夏葆元喽。"他就写了这么一句话。后来，我在木心美术馆就问陈丹青是否这样。他说真的，他去找的就是夏葆元。那我就紧接着问："你怎么当时没有见到木心啊？"我说我很奇怪，木心不是也在那里吗？他说："哎呀，当时我是小巴拉子（上海人管年轻人的称呼），木心都 50 几岁了，我怎么见木心啊？我当时真的是不认识他。"他的意思好像是说自己没有资格啊，反正就是他真的没有见过木心。当时的情况是这样的，夏葆元在油画界已是蛮有名的一个人，他跟已经去世的陈逸飞是一辈的。所以呢，陈丹青就去找夏葆元。方阳也说，虽然在时空上有交集，但从来没有看到过陈丹青与木心两人在一起。1982 年，在纽约的地铁上，陈丹青看到木心讲上海话，他们交谈起来，陈还问木心是干哪一行的，木心说自己是搞设计这种行当的。他们两个很谈得来，还互留了电话。再后来陈丹青就去拜访木心，彻夜交谈，成为一生的好朋友。这件许多人关心的事就算得到确认了，是当事人确认的。

　　你说要我为木心的设计师身份和经历勾勒一个大致轮廓，我觉得这个说法也挺有意思的。木心早年的时候，被人家认为是一个设计师，我觉得这有两个原因，一个是客观的，一个是主观的。什么意思呢？木心进入上海美术专科学校时，他学的是西洋画专科班，三年制，但是他后来被除名了。他学的是西洋油画，而最崇拜的当代画家是林风眠先生，等一下我会讲到他和陈丹青在这方面，有很多不同的地方。前面说过，1956年他受冤枉被公安局抓进去半年，这对他的影响是非常大的。他在《文学回忆录》里面讲到，当时被折磨得死去活来。所以呢，木心第一次受了这么大的委屈以后，实际上是一个什么样的人呢？就是一个自由职业者。有人说他参加过什么"双革展"啊，还有什么设计北京十大建筑啊，包括你们讲的他参与过设计虹桥机场什么的，这种事情，木心从来没有讲过。木心只是很含糊地讲过，他参加过一些设计工作。因此，这样一种情况要注意，就是不能将他在散文或者小说里面提到的事情都当成真的，文学不是真人真事，这里面有假有真。他在《文学回忆录》里面讲的东西是真的，因为这不是在写文学作品，而是在讲课的时候说的。这个文体问题，一定要考虑清楚。

　　为什么木心选择做工艺设计师？客观方面就是，木心作为自由职业者这个身份，当时有比较多的展览会要办，正好需要他，他有设计的天赋，他就去干。主观方面则是，他也不想去从事一种具体的工作，或者说一种比较具象的工作，这个很有关系。木心画的画，绝大部分是抽象画，很少是具象的。他写的小说和散文，也有一种超越时空的感觉。我体会，这跟他本人的经历是有关系的。他数次受到不公平对待，因而对政治有一种距离感，这也是一种自我保护意识。工艺美术是一种形式美，是一种比较中性的东西，主要是一种装饰性的线条、色彩等，不涉及太多政治和主题性内容。所以，他选择这个职业，有自己主观方面的考虑。夏葆元先生回忆说，当时木心中学老师不当了以后，进了上海美术模型厂。按照木心当时的水平以及他的设计经历，肯定可以找到更好的单位。木心选择这个工厂好像是要躲在一个不太引人注意的小地方。我觉得这个分析还是有道理的，木心似乎要和政治离得远一点，不要再发生以前那样的事情。木心不太积极，也不太落后，尽量随大流，保全自己。木心自己的简历里面讲，他 60 年代初进美术模型厂，一直到 1979 年。这就和我们刚才讲的对接起来了。1979 年被胡铁生发现以后，他的人事关系就转到了工艺品展销公司。

下一个问题：木心在"文革"期间遗失了几大箱手稿，于是发誓不再写作，后来到他出国前，果真没有再写作吗？

这个问题，我觉得你问得比较年轻化。首先，木心的几大箱手稿不是遗失的，而是被抄走的。当年，木心先生从乌镇搬到高桥去住，王韦先生回忆，他们有一个小楼，木心先生住在二楼。二楼布置得蛮精巧的，有一些画什么的，屋里还有一个石板小桌，木心在上面画画的。木心还有一些书，还有一些写好的文章，放在那边，像一个圣殿一样。有时候他们上去玩，木心也会给他们看自己的东西。

"文革"开始，红卫兵到他们浦东的家里抄家，砸得一塌糊涂，包括木心的二十多本手稿，全部抄走，而且把木心的那个石板砸碎。红卫兵以为这个石板下面可能藏着黄金什么的。这个我很清楚。我自己家里也被这样，对这个情况，感同身受的。你说木心曾发誓"不再写作"，这句话我倒没有看到过。

这句话出自于纪录片《梦想抵抗现实》。

　　木心可能暂时有这样的想法,因为这样的打击对他影响实在是太大了。但是,木心实际上恰恰不是我们理解的一般意义上的人。也就是说,一般的人,前半辈子二十多本书稿都没有了,还搞什么啊。不过,木心的不同恰恰就在这个地方,他偏要从头开始。在《梦想抵抗现实》里,木心不是也说过吗?"你们要我毁灭,我不!"木心说得很决绝,他就是这样的一个人。但是,你说得也对,木心在工艺美术研究所这一段时间,没有写作。至少我们没有看到有什么写于那段时间的作品出版。在那段时间,木心主要配合胡铁生弄协会、编刊物、办展览。

　　但除此之外,那段时间里,他在业余时间做了一件非常重要的事情。他的50幅转印画(或叫拓印画),就是在这段时间里面弄出来的。转印画的尺幅是多大呢?最多像一个鞋盒盖子,有的甚至更小。木心是画在什么上面呢?他画在废弃的挂历上面,挂历纸片很厚,反面是白的,木心就画在这个上面。陈巨源先生当年在木心借居的虹口区长治路家中亲眼看到过这批画,一共有50幅。但是木心带到美国以后,被美国实业家用20万美元买下来,后来被耶鲁大学博物馆收藏的,是33幅。所以呢,陈丹青先生讲,可能有十几幅是遗失了,具体情况就不清楚了。木心是住在长治路,陈巨源、王韦、陈林俊(木心在上海的好友)都这么说,现在那房子已经拆掉了,而不是夏葆元说的大名路,夏的记忆有误。

　　夏葆元说的这个地址,我也去看了一下。

　　不是这个地方,旧居已经不存在了,这个已经被证明了。所以王韦觉得夏葆元的文章文学色彩太浓,有些事情与事实有出入。王韦先生对我说，希望多写一些关于木心艺术的研究。他的意思是，关于木心身世，差不多已经够了。这种事情会涉及很多人事关系。往往张说张的，李说李的，有时候好像往木心脸上贴金，实际上是往自己脸上贴金。我现在真正意识到，木心是一个博大精深的海洋。从他艺术和思想上展开研究，就有得你搞了。至于他的身世，差不多就可以了，我是这样想的。所以，我想应该回答了你的问题。

木心的 50 幅小型绘画，在他出国办理签证过程中，发挥了重大作用。陈巨源的回忆录里面讲到，当时木心已经被拒签了，但他出示了这批绘画，他觉得自己是不能失败的。签证官一看，几分钟以后，就说："OK. It is wonderful! Wonderful!"他们就这样讲。他们从来没有见到过这么独特而富有神秘意味的画。我曾经问过徐泊，她是木心美术馆的馆长助理："这个拓印画有没有专门的说法？"她说她也吃不准，但陈丹青在《绘画的异端》里面讲到过木心的绘画，但是他也讲不出这种画的历史渊源，总的意思是，应该是木心独创的。"你知道木心怎么画画的吗？你看到过没有？"

在《梦想抵抗现实》的纪录片里面有一点点。

木心美术馆的视频里面有比较长的一段。木心先是在一块玻璃板上刷上很多颜料，然后啪一下盖上一张卡纸（挂历的空白面），再把卡纸翻过来，在纸上稍微动一动手脚，作一些点划和修补，然后就完成了。这是一个奇迹啊，你不可想象的。在我们看来，他画得太快了。对吧？然而，你看他的画，那么小，但是好像画中有画，有一种很深邃的东西在里面。这样，问题就来了。你看到他只有几分钟在那里做画，但是画里面却有他自己的构思和独特的美。这是怎么落实到他的画幅中去的，这是一个巨大的谜。这个与我们一般对绘画的理解是不一样的。比如像陈丹青画油画，他这里画画，那里画画，这边刮掉一点，那边刮掉一点，完成一幅画一般要很长时间，这里面有"操作"在。而木心先生的画，在我们看来是无法"操作"的，也就是说是一次性的。许许多多东西，你先想好了，然后几分钟就迅速生成了。

木心先生晚年，在晚晴小筑里面，他曾经想把这个画画的手法，告诉或者说传授给服侍他的一个年轻人，这些，纪录片里面都有。那个年轻人也学，但是很快木心就放弃了。这是学不来的啊，你看上去很简单，但是弄出来，往往一团糟啊。这有什么办法呢，算了，算了，这种东西实际上是只可意会不可言传的。

当年刚到美国的时候，木心借住在人家家里，那个房东就曾经对木心提出来说："你把你的绘画技巧告诉我，我可以免掉你的房租。"木心立马就走，就不住你这个房子了。所以这个东西，从某种意义上来讲，随着木心先生的逝世，也就失传了。确实是很难的，你看看哪个人能够画得出。在木心美术馆里面，把木心微小的画放大了，放大到9米长。你仔细看，会发现有很多幽深的东西在里面。我也请教过一些搞美术的人，他们也说，这是无法想象的，完全无法想象的。你看木心创作的时候，都是水淋淋的，好像很随意，很随便的，但是画出来以后，又很细腻，许多东西隐含在里面，好像木心是有预谋的。所以，这个呢，就是一个非常独特的东西。

下一个的问题是"木心与上海"，或者说"木心作品中的上海味道"，他的作品在这方面有什么样的特点？

木心作品中的上海味道。实际上，木心呢，他说的话就是上海话，很地道的那种上海话。尽管他是绍兴人，但是他很年轻的时候，

就来到上海了，而且后来长期生活在上海。要说木心与上海的渊源
呢，我觉得，大概有这样几处。一处呢，就是说，他家在上海浦东高
桥，长期生活在上海，对上海是很熟悉的。另外一处呢，就是他当年
在上海求学，在上海美术专科学校。木心当年读书的时候，好像肺
部有病，身体不好，曾经借住在一个女同学家里面。这个女同学的
家在哪里呢，就是原来卢湾区的步高里，那是上海至今完整保存下
来的石库门建筑群，附近就是徐家汇路。木心就住在那里，看病休
养方便，上课去也近。所以，他的文章里面经常会讲到这一带的风
光。木心与那个女同学不是恋爱关系，匪夷所思吧？

　　有人问陈丹青说："木心这么了不起，他有没有佩服的人啊？"
陈丹青说，木心说过有一个人，叫李梦熊。尽管木心最终与李梦熊
是断交的，因为李梦熊借木心的《叶芝诗集》，后来说是不小心遗失
了。木心说绝对是不可能。但是，尽管断交，木心讲到李梦熊的时
候，也是非常佩服的。木心说，唯一能够与自己对话的，在上海滩就
是李梦熊。而陈丹青是学生辈了。李梦熊也是画家，很有才，也有
独立不羁的思想，最后很孤独、很悲惨地死掉了。那时候，李梦熊和
木心两个人经常在徐家汇一带谈艺论道。木心说，李梦熊老是一手
拿着热水瓶，热水瓶里面是什么呢？咖啡。另一手呢，拿着两个杯
子。他们两个人就这样在路上走，累了就坐下来歇一会儿，倒一些
咖啡喝，喝完再继续逛。李梦熊穿着风衣，纽子也不扣的，任风吹
着，完全是一派才子模样。

这大概是什么时候的事？

　　应该是"文革"之前吧，也只有这一段时间了，"文革"以后木心
就更"不行"了，不可能再和李梦熊谈艺论道了。我估计，就是他作

自由职业者那段时间，具体时间我们再去查一下。木心还讲过，他们当时在两个教堂之间徘徊，一个教堂就是衡山路的国际礼拜堂，这个是新教教堂；还有一个就是徐家汇的圣依纳爵教堂，这个是天主教的。他们就在这一带，就是徐家汇这一带走来走去。

还有一个，我觉得与上海有关的，也是最详尽的，就是木心有一篇文章，叫《战后嘉年华》。这篇文章，你去看看，写得最多的就是上海。特别是木心写道，1945年抗战胜利以后，当时在虹口，日本人逃走了，日本军人的家属也都撤走了。木心写东西，和人家关注点完全不一样。他说日军逃走以后，有人摆了很多地摊，卖日本人逃走以后留下的东西，都很便宜，当时美专的学生都去看。木心说，他是听人家说的，去看了以后惊呆了。日本人的东西，除了军装和靴子、望远镜、皮带之类，还有成套成套的巴赫、贝多芬等古典音乐的唱片。木心的话不讲完，实际上是让你感受这个东西。

所以，木心与上海，一个就是家住浦东，一个是在上海美专读书，一个是借住步高里，一个是与李梦熊在徐家汇逛街，还有一个就是《战后嘉年华》的描述，主要就是这些方面。这些我也是第一次给你讲。我个人觉得，木心的《上海赋》可以和他的《乌镇》参照着看。木心1994年讲完"文学回忆录"的课程，第一次回国，便一个人悄悄跑到乌镇去。但看到乌镇以后，非常失望。他后来就写："这样的乌镇，以后永远不要再来了！"就是这篇文章，后来被乌镇党委书记陈向宏看到了。陈向宏就很惊奇："哎，怎么还有这样写乌镇的啊。"后来，陈向宏就去问乌镇的很多老人："你们知道木心吗？"结果没有一个人知道。

有一次开会，陈向宏坐在王安忆旁边，王安忆就给了他陈丹青的联系方式。然后，他通过陈丹青联系上木心。陈向宏是相当有眼光的一个人。我们以前有一句话讲："经济搭台，文化唱戏。"就是说，你要把文化推上去。你现在看，他花那么多钱建木心美术馆，包括木心故居，有人说："这不是折老本了吗？"实际上一点都没有。他的眼光很远。木心所有的东西，都留在木心美术馆，这些财产，是不得了的。当然，这些也不是为了他个人，他把这个文化留下来了。二陈（陈向宏和陈丹青）的手笔应该说绝对是非常精彩的。

木心在《上海赋》里讲到上海的弄堂啊，旗袍啊，或者吃东西啊什么的。余秋雨也写过《上海人》，你们有时间可以去看一看，写得也蛮好。但是呢，木心写的上海人，可以说是入木三分，是写到骨头里面去了。余秋雨还是在表面讲，讲得也蛮好，但木心好像更深邃，你可以从里面发掘的东西更多。文章里面有一句话，这是你引的："鱼不论大小，都是新的，上海人不论老少，都是刁的。"这个话，实际上，你也不能把它看成是对上海人的贬低。他这个"刁"的意思，就是说上海人比较精明，比较聪明。

木心对乌镇的态度，前后发生了很大的变化。他 1994 年看到的乌镇，可以说是一塌糊涂。后来陈向宏多次邀请他回来，他对乌镇的看法也发生了改变。因为乌镇的确也逐渐逐渐在变，开始注重文化等各个方面。《上海赋》也是这样，木心 80 年代写《上海赋》，是因为看到了上海在市场经济影响下，唯利是图的种种社会状况。改革开放初期，许多人抢第一桶金，纷纷辞职下水，做生意，炒股票。所以，木心在文章中写到，他看到的上海就是这样的上海。然后呢，他当时不是写到一句话吗："弗搭界！"就是事不关己高高挂起的意思，什么事都要与钱有关，没钱的话就不要谈，这和"我"又有什么关系呢。上海人很"刁"，"刁"什么呢？能赚钱我就去做，不能赚钱我就不去做。

木心当时眼里看到的上海，是一个唯利是图、物欲横流的世界。但是，也不能讲他就完全否定上海。木心在赋中写了很多东西，是从经济的角度，从上海小市民的角度，从金融的角度等来进行刻画的。事实上，木心对上海是有着很深的感情的。木心晚年住在乌镇的晚晴小筑，一个人住好几百平方米，甚至可以说有一点奢侈。为什么说有一点奢侈呢？一共两层楼，陈向宏竟然为木心装了一个电梯，很吃惊的吧。当然，木心已经80多岁了，腿脚也不便。陈巨源先生有一次去看木心，因为他和木心是老朋友嘛。木心晚年是不大见人的，包括创新工艺品一厂的人，他都不见。但是木心对陈巨源说："你在上海帮我找找房子吧，找一个稍微小一点的。"陈巨源很吃惊，说："你这里已经有这么好的房子了。"木心说："太大了，我一个人，又这么远。有些朋友想来看我，不方便。"

可见，木心还是想回到上海去，他对上海有自己的感情，是完全可以理解的。木心说自己是绍兴希腊人，但是我也可以说他是上海希腊人。木心也是上海人。他人生的很多时间是在上海度过的。应该是可以这样讲的。

是的，木心对上海感情很深。木心自己说，他在杭州的时候，坚持从杭州回到上海，就不动了。还是不太想生活在杭州，而是想回到上海，他觉得上海更大。

下面还有什么问题？

下面想请教一下木心的艺术论问题。

木心喜欢用文字虚构，隐藏自己。木心一直引用福楼拜的话："隐藏艺术家，呈现艺术。"艺术家是不写自传的。实际上，木心一直是这样的，他为人是比较低调的。我前面讲过，这与木心"吃轧头"

有关。他在国内的时候，一天到晚，这个牢进来，那个牢出去，长期是这样。但木心真正地被公安局拘役，就是两次。一次就是1956年那个所谓"偷渡国境"这个事。还有一次是1968年7月到12月，木心自己写的。他是被上海市公安局静安分局抓进去的，也不是叫判刑，就是拘役，关在里面。1968年是什么事情呢？王韦在回忆录里讲得很清楚，并且亲口对我说的：木心年轻时候，讲话也比较随便，特别是亲戚之间讲话。当时，江青、陈伯达还没有被抓起来，就是"文革"开始那个时候，他们很红的时候。木心对他们很不屑，讲了一些难听的话。那还得了啊，那个时候不仅仅是危险，还会被杀头的。

王韦的哥哥当时还在上海外语学院读书，他也听到了木心的这些话。后来同学之间议论的时候，王韦哥哥也说了一些"大胆"的话，同学们问他："你怎么知道？"他说："我舅舅说的。"结果同学去告发，就牵连到木心。在木心美术馆，我亲眼看到木心在申诉信中讲到这个事情。木心说，第一，地主是我娘，不是我。第二，为什么会被打成"反革命"？就是因为反对江青、陈伯达。我哪里有错呢？木心是被平反了，但那是很后来的事情。

木心被解除拘役以后，就变成头上有帽子的人，必须到工厂接受监督劳动和改造。1972年的时候，木心被关在工厂地下室有一年半的时间，一直在下面。也就是这个时候，他写了66张、132页的所谓的《狱中笔记》。后来，这些手稿在耶鲁大学展出的时候，观众都惊呆了。因为纸的两面都密密麻麻写满了字！美国人把每一张纸都用两块玻璃夹起来，一大片思想的墙啊！你根本不需要看里面写的什么东西，语言艺术变成了视觉艺术，就够震撼的。所以，木心也反对把里面的文字再全部弄出来，他觉得没有必要了。他自己弄出来5篇，很短的，但他不建议再去弄了，让它成为视觉艺术吧！

　　讲到木心的艺术，东西太多，太多。木心注重虚构，我刚才就讲到了。除了木心在《文学回忆录》里面提到的，以及他在一些访谈过程中讲到的自己身世以外，木心文学作品中涉及的生活经历是不能作为确切依据的。因为有时候，木心是出于作品的需要，这样讲一讲，包括你说的那个机场什么的，我们没有确切证据，所以不能作为材料来讲。艺术家不写自传，木心也不写自传的，但是木心的作品有自己的特点。

木心的诗、画、小说之间有什么关联？

　　有很多人认为，木心先生在文学上的贡献是文体，当然，木心是称得上文体家的。之所以讲文体家，就是说木心的文字精雕细琢，很考究，从来不写那些粗制滥造的东西。木心的散文、随笔、小说都是非常考究的，诗歌就更不用说了，所以，木心先生说，好的作家就应该是一个文体家。木心自觉地把文体看得非常重，这是他的一个特点。

　　但是你讲木心的诗、画、小说之间有什么关联，我觉得这个倒是蛮好的，蛮重要的。木心的艺术作品，大多给人一种超越时空的感觉，似真似幻。你看木心的绘画，都是一种抽象的绘画，你说里面到底有什么？可以这样讲，也可以那样讲。他的诗，有很多看上去似乎是具体的，但是仔细看好像又不是具体的。他的小说，比如《温莎墓园日记》《SOS》，也是不具体的。其中只有一篇，是比较具体的，就是《童年随之而去》。这篇小说好像最近被人拍成微电影了，是讲人的成长的：人并不是渐渐长大的，而是经历了这样一个过程、一个点，一下子就长大了，这是很有意思的人生体悟。

　　讲到木心的绘画呢，这种感觉就更加强烈。木心是不对时代和社会表态的，是不入大众的话语体系的。那么，要做到这一条，怎么做？那就是跨越时空、似真似幻啊。木心的观点和实践是融合在一起的，这个也很难得。其实，文学和艺术作品，从某种高的要求来讲，它就应该是跨越时空的。艺术作品，也许表面有一个故事，但是在这个故事后面，一定还有一个更高或者说更有哲理的东西。陈丹青先生说，木心先生讲一句话，往往不是一个意思，而是两个意思或多个意思。有的人可能一两篇文章这样，但是木心几乎所有的作品，都是这样。

下一个问题是，木心作品与东西方文化的关系是什么？

这也是一篇大文章。比如，木心时常将莎士比亚与汤显祖、肖邦与倪瓒相提并论。在木心看来，东西方从来都是浑然一体的。不是说，这个是东方，那个是西方，进行一个切割。或者说我们要向他们学，他们要向我们学，这个不能这样讲，都是形而上学的看法。木心将莎士比亚与汤显祖比较，实际上这不是木心个人的说法，"比较文学"经常这样讲。为什么？一个，他们都是戏剧家；同时，又是差不多时期的人；然后他们的作品都有对人性的追求，这是在内容上一致的地方。

肖邦与倪瓒这个很有意思，因为不大有人这样讲。我看到，木心是这样讲肖邦与倪瓒（倪云林既是一个画家，又是一个诗人）的："肖邦的触键，倪云林的下笔，当我调理文字，与他们相近相通的，放下去，就要拿起来，若即若离。"（《文学回忆录》上卷，第309页）。陈丹青先生对此也有所阐发：肖邦与倪瓒实际上是木心的两极，或者说两极的木心。怎么理解呢？如果从表层看，从艺术形式上讲，那就是：肖邦是音乐家，倪瓒是画家与诗人，而木心则兼而有之。

　　木心虽然不是专门的钢琴家或作曲家，但是他对音乐有很高的鉴赏力。有一个钢琴家叫金石，是木心他们圈子里的人，弹奏的往往是很高深的外国曲子。有一次木心他们一起听金石弹奏柴可夫斯基《第一钢琴协奏曲》，金石弹完以后，大家一片叫好声。木心一句话不说，等人家都说完了，他说哪一段弹错了，哪个地方弹错了。金石听了，佩服得五体投地。金石的弟弟叫金声，以前是上海师范大学音乐系的副主任。当然，金石现在已经去世了，我们也没有办法去采访他。

　　木心在地下室劳动改造的时候，自己还画了一个键盘，在那里弹。后来，木心在劳动改造的时候，三根手指受了伤。有些人太喜欢木心了，就说木心的手指被造反派硬生生打断啊什么的。实际情况是，木心在开锯床时，由于锯片断裂，他的手被割伤了，比较严重的。木心呢，有一次对人家说：他的手坏了以后，就再也不能弹琴了，但是他对音乐的热爱，是没办法的事。所以，木心还在自己画的琴键上弹奏。

　　2016 年 10 月，木心美术馆举办莎士比亚特展，我受到邀请去参加了。特展期间，濮存昕他们搞了一个莎士比亚朗诵会，陈丹青还请了一位北京的钢琴家高平来演出。高平呢，也很崇拜木心。陈丹青有一个愿望：木心留下一些音乐的手稿，但是这些手稿都是简谱的，不是五线谱，不过，木心标了号，比如 F 小调，D 大调之类。陈丹青不谙乐理。他曾经在木心生前表示过，希望木心能够自己整理一下乐谱，但是木心一直没有整理。高平对这方面很有兴趣，于是就和陈丹青联系了。陈丹青很期待木心的乐谱能变成可以演奏的钢琴曲，于是就将木心的音乐手稿提供给他。高平在特展期间的音乐会上严肃地演奏了木心的几个曲子。非常奇怪的是，听了他的钢琴演奏，陈丹青当场就说："听上去好像不是木心的作品，非常陌生。"

后来这个音乐会做了一个 APP，手机上都有的，能回放的。当时，我听了以后，也很吃惊。你知道给我什么样的感觉？就是巴洛克音乐的那种感觉，不像木心的风格，而是一种花哨的、跳跃的音乐节奏。所以，木心在文学上的追求和音乐上的理想是不是一致，这是很复杂和深刻的话题，我们没办法谈的，但这就是我的一种真实感觉。

为什么木心一再提到肖邦和倪瓒？我先讲肖邦，肖邦的音乐很漂亮，大家都知道，而且肖邦是一个对生活充满热情的人。木心是很向往这样一种生命状态的。那么，木心为什么喜欢倪瓒呢？倪瓒是元末明初的一个画家，也出生于一个富人家。倪云林这个人比较孤傲，给人一种清高的感觉。据说，他犯了一个错，王爷打他，打了以后很痛啊，让他叫出声来，他却说："一出声就俗。"就是说，不能发声的。木心说："他是暂时地说一句这样的话，我是一辈子这样。"一出声就俗，这句话不是说，真的出声。木心的意思是：不去说那种废话，要说就说那种到点子上的话。俗的东西，就是没有意思的。如果你去看倪瓒的画，就会发现大多是山啊，水啊，竹子啊，枯的树木啊，笔触非常简单，但是又给人很深远的一种感觉，意味很深长。有一种魏晋的风度。倪瓒也是"元四家"之一嘛。木心很喜欢倪瓒的画。我自己不是专门搞美术的，曾经请教过一些画家。我说："为什么很多中国画家，喜欢元代的绘画？"他们说："元代绘画好啊！"

有一次，我到上海博物馆，参观元代画展。有一群画家在那边看，当他们看到倪云林的画时，马上说："不得了，不得了！"后来我逐渐悟出，这是时代使然。元代，蒙古人过来，我们失去了自己的话语主导权。所以，当时有很多文人，包括那些画家，他们都有一种很深重而茫然的情绪。"国破山河在"，但是，作为文人，作为画家，未来在哪里？他们感到痛苦，但是不知道未来怎么样。不过，他们有一种文人的清高，因此，这样一种情绪，便融会在自己的作品当中。

他们的画没有朝气蓬勃的东西，没有鲜翠葱茏的植物，没有的，好像都是很辽远，很枯槁，很静寂的一种感觉。现在看来，很有味道，因为其中深蕴着一种内在的渴求与呼唤。而这种清高的，孤傲的，枯远的东西，也正是木心所喜欢的，这与他对时代的态度有关。所以你看，木心把肖邦和倪瓒相提并论，我是从三个方面来思考的：一个方面，"一西一中"，对不对？一个西方人，一个中国人。你还可以讲"一今一古"，对不对？肖邦是现代人，倪瓒是古代人。第三，一个是对生命充满热情的人，一个是看到了生命的枯萎，但绝望中又怀有希望的非常独特的人。这三个方面的结合，正是木心所心仪的。如果木心完全绝望，他早死掉了。

木心曾举自己老师林风眠的例子。"文革"的时候，人家说：给你两个选择，要么把你的画全部烧掉，要么就去死。这根本就是无赖，现在完全无法想象的。最后，林风眠选择保住生命。生命在，艺术还可以再创造，还可以再传承。木心也是这样，我人死了，什么都没有了，还做什么啊？如果木心早死掉了，我们怎么可能坐在这里谈论他呢？什么都没了。这就是我对木心的两极，或者说两极的木心的理解，不知道有没有人谈过类似的意见。好，继续问吧。

木心曾说："要时时想到死亡。"（大意）您是如何理解这句话的？

这又是一个大的哲学问题。这句话实际上是安德烈·纪德说的，就是获得诺贝尔文学奖的法国作家纪德。木心在《文学回忆录》里面，多次提到纪德，这也是一个很深远的话题，今天不打算展开这个问题。

在最后一堂世界文学史课上，木心说："人活着，时时要有死的恳切。"这句话是纪德说的。"恳切"就是真挚、诚实。这话的意思就是：对待死亡要有一种真诚的认识。每个人都要知道，人就是几十年，一定是会死的。而且，按照基督教的说法，人生就是永恒之前的一个阶段，或者也可以说是死亡前的一个阶段。当然，这是对善人而言，你是个坏人，肯定不会永恒，要下地狱的。西方哲学里面有一句话叫"向死而生"。只有真正明白人终有一死的含义，你才会尽最大努力过好这一生。而现实中庸庸碌碌的乌合之众实在太多了。

　　你们都是复旦大学的，都是精英啊，当然明白生命的意义。正因为担忧，木心才一字一句地说："死了，这一切又为何呢？那么，我活着，就知道该如何了。"木心受过许多苦，对于有些人，这种苦楚的十分之一就会让他彻底崩溃。但是，我们也千万不要把他讲成英雄或先烈什么，不是这样的。这样的理解其实很肤浅。木心曾经说，他感谢被打入地下室，甚至不想出去了。

　　有一个细节，木心说的：当年他被关在里面，他把头伸出窗去，发现可以逃走。可是后来他又缩回来了："我出去，出到哪里去呢？"他没有地方去，这是一方面。还有一方面，他在另外一个场合也说过："我真的已经不适应出去的生活了。"为什么呢？他在下面没有人打搅，没有人打他，只是把他拘禁起来，要他老老实实写检查。木心写了一些敷衍的检查，但是用写检查的墨水写了 50 多万字的手稿。最后在耶鲁大学博物馆展出的就是这些手稿。这些，都可以用来解释木心说的要有"死的恳切"。木心 80 多岁来到乌镇晚晴小筑生活，根据照顾他的小代、小杨回忆，木心依旧成天在那里写东西。木心不是正襟危坐写东西，而是走到哪里，写到哪里。甚至上个厕所，也会在那里留个小纸片。他到厨房间，忽然写一段东西。他在床上睡觉前，又写一段东西。

　　有时候我就在想——这是一个可以说，但不大敢想的问题——

木心先生留下来那么多手稿，许多都没有经过整理，怎么办？困难在于，整理这些东西，不仅是个累人的活，而且对人的知识水平的要求也很高。对于木心整个过程，你要了解，要和木心惺惺相惜，要有和木心接近的世界观、人生观（木心不提"价值观"的）你才能去整理。我当时在木心美术馆，看到有一大堆文稿堆在那里。上面竟然放了一个牌子，写着"废稿"。这其实也是一种冒险的做法，你凭什么说这个就是"废稿"？还没有经过认真整理呢。有些人答应来做这件事，后来逃走了，体量实在是太大了！现在，大量的手稿都是放在保险箱里，没有办法整理。单单木心自己上课用的讲义，就有五大册，都在那里。

好了，关于死亡就讲到这里吧。

进入下一个问题：木心与尼采的关系？

呵，终于来了，木心与尼采。木心经常讲尼采，比如他讲道："尼采有哈姆雷特的一面，有堂吉诃德的一面。我偏爱他哈姆雷特的一面，常笑他堂吉诃德的一面。现在读尼采，看来太难了，很多人读他堂吉诃德的一面。"怎么理解？这个要有见识了。尼采这个人，在我们一般人看来，是一个疯子。他说"上帝死了"，他要把这个世界颠个个儿，重新估量。那么，一般的人觉得尼采有堂吉诃德的一面，堂吉诃德把风车当敌人，把羊群当军团，完全是一种幻想出来的东西。你从表面来看，尼采好像是给人这样一种感觉。但是，你从另一方面来看，尼采还有一种很新的东西，那就是超人哲学。这个超人哲学木心是很欣赏的，就是指一种超越时代、超越局限，看到未来发展趋势的能力。同时，木心为什么喜欢尼采呢？尼采对文学和音乐有很高的鉴赏力，比如对瓦格纳的音乐。尼采经常用音乐来解释哲学问题，而这个恰恰是木心所欣赏的，木心希望打通艺术的界限。
木心还说，他看到尼采身上哈姆雷特的一面，哪一面？犹豫，哈姆雷
特犹豫的一面。

那么，也就是说，木心既看到了尼采疯狂的一面，也看到了他超
越和深思的一面。尼采有一种超出我们常人的对这个世界理解的一
面。所谓忧郁，也就是反思，再思，不是想到什么立刻就讲出来。一
般人只看到尼采像堂吉诃德的一面，而没有发现他身上很多深刻的
东西。木心美术馆也办过一个尼采的特展，把许多与尼采相关的东
西展示出来。木心住在纽约杰克逊高地时，买了很多便宜的画框，
他是美术家，他把画框做旧，然后在里面放了一些照片。其中就有
尼采的照片，还有列夫·托尔斯泰、陀思妥耶夫斯基、弗吉尼亚·伍
尔夫的照片，他们都是木心所喜欢的作家。

下面能否讲一下，木心关于"流亡是我的美学"的含义？

"流亡是我的美学"，这个是乔伊斯说的。木心说："我没有乔伊
斯阔气，我说：美学就是我的流亡。"这里的关键词是流亡和美学。
乔伊斯说这句话的时候，好像有一种站得很高的感觉，他把流亡视
作美学，就是说他很享受流亡这个过程。那么。木心的话是什么意
思呢？实际上是倒过来了。"美学就是我的流亡"这个话，你一定要
从逻辑上来讲，实际上蛮难讲的。木心的意思好像就是说：他没有
贵人那种高度，他对美学的探究，伴随着他整个的流亡过程。乔伊
斯"流亡是我的美学"是一种修辞，木心"美学就是我的流亡"，意为
对真理的探究伴随着木心整个的流亡过程。

讲到"流亡"，我想到"流散文学"的说法。"流散文学"是刘军
（笔名童明，美国加州大学洛杉矶分校英语系教授）介绍到国内的。

他是木心在美国很要好的朋友，木心的小说集《空房》，就是童明最早翻译成英文的。1994年，世界文学史课程讲完以后，就是在刘军的赞助和陈丹青的陪伴下，木心去了英国伦敦。有一段视频，就是拍摄的木心去英国的事。木心在自己的散文作品里经常写到主人公去了哪里哪里，实际上，他根本就没有去过这些地方，都是虚构的。他就有这种想象力。有一次，木心参加一个聚会，好像一个印度的外交官跑过来，恭维说："木心先生，不得了啊，我就住在新德里这么多年，你写的新德里，比我的观察还要细，还要深啊。"木心说：他恨不得当时地下有个洞，赶紧钻进去。因为木心根本就没有去过印度，只不过看过一些书，手里有收藏的几张地图而已。我觉得，这种巨大而丰富的想象和描写才能，与木心作为美术家是有关系的。他的想象比"现实"还要真，难以想象！

外语教学和研究出版社出过一本很厚的书，叫做《西方文论关键词》，这本书里有一个关键词就叫"流散文学"，作者就是童明。童明是认识了木心，才对流散文学感兴趣呢，还是因为他对流散文学这个理论一开始就感兴趣，后来恰好碰到了木心。这个我没有去考证。流散文学的意思，实际上主要就是指海外华人，或者说一个作家到另外一个国家以后，他依然用母语进行创作，他的作品飞散出去了，但是他的世界观和思想里面，已经有了一种新的看法。比如说木心，他是一个中国人，到了美国以后，在美国写作发表，美国人看到了；又在港台发表，台湾人和香港人也看到了；最后又回到大陆。这与本地人写本国作品，外国人写外国作品，是不一样的。木心与米兰·昆德拉、乔伊斯，很难比较。其他人或多或少都有经济保障的，而木心其实是很苦的，是一个很落魄的人。如果不是他的33幅拓印画卖掉的话，根本不知道下半辈子怎么过。

陈丹青说，木心拿到20万美金以后，基本上下半辈子就有着落了。而且那个实业家很了不起，他不是买了作品自己藏起来，而是捐给了耶鲁大学博物馆，等于说又变成了公共产品，可以陈列出来。而这个也正是木心最想看到的。

我再给你讲一点自己"私密"的东西。是不是讲得有点儿太多了？我不说木心的文学作品，木心的文学作品与外国人比较，是很难比的。我讲讲他的绘画。我曾经把木心的绘画给一位在西方的华裔美术家看，他既擅绘画，又懂文学，以前也不知道木心。他看了木心的画以后，非常惊奇。他在微信上传了几张照片发过来说，你看看与这几张绘画像不像。我一看，惊呆了，是谁的画啊？雨果！这个很奇怪的，雨果一方面是浪漫主义文学家，一方面又画画。木心也提到雨果，但是不太多。雨果的绘画与木心的绘画非常相像，当然，我没有专门去研究，但是我看了以后很吃惊。

木心看上去很谦虚，实际上他是很自信的，很希望人家崇拜他、认可他。前面讲过，木心在上海时给陈巨源他们一批朋友看 50 幅拓印画，当时看的人一个都没有讲话，因为以前从未看到过此类的绘画，完全不适应。木心觉得很不开心。后来，陈巨源写了一封说明情况并赞美的信给木心，木心高兴得不得了，还用文言文写了一封回信。这封信现在被展示出来，不仅文意雅永，而且还显示出木心那了不起的书法。

木心与文艺复兴是什么关系？木心到晚年惦记着要画壁画，要写长篇，但最后为何只画小画，只写小的作品？

木心画小画，这个是不得已，前面我已经说过了。陈巨源回忆说，木心当时是偷偷在画画的，他是一个被监督的人啊，白天要上班，晚上必须把窗户都遮起来，然后才能画。木心当时没有画画的条件，他没有钱，哪里去买好的颜料啊，他用的都是最便宜的、中学生上美术课的颜料画的。我刚才讲，纸张是废弃的挂历，这有特定时代的局限性。

你说文艺复兴，文艺复兴最大的特点，就是对人的尊重，这是相对于中世纪的特点来说的。当然，我们也不能说，文艺复兴就完全是张扬人性的时代，比较准确的说法是：文艺复兴是人和神对话的时代。因此，文艺复兴的绘画，大量的还是宗教题材，但是这个宗教题材里面，已经有了一种人的精神的光芒。

有人把中世纪的绘画和文艺复兴时期的绘画进行了比较，中世纪绘画里面的人脸，大都是淡淡的、麻木的，没有表情的。为什么呢？你也不需要表情，你要什么表情啊？只要忠于上帝就可以了。文艺复兴时期的画就不同了，其中的人，哪怕是《圣经》故事的人物形象，大多是有丰富表情、喜怒哀乐的。人的本来面貌、人性的东西，一点点焕发出来了，这是文艺复兴艺术最为重要的特征。

文艺复兴是一个人神对话、彰显人性的时期，也是艺术辉煌的时期，当然是被木心所看重的。木心的作品里面都体现出对人性和人的复杂性的尊重，以及对生命的兴趣，对生活的兴趣，对人的兴趣。这其实就是文艺复兴的精神。木心说："对神的兴趣，就是对死后的兴趣"，因为基督教说，人是 sinner，我们有原罪的。只有你将来升入天堂，才可以永恒。而文艺复兴是对生的兴趣，对活着的兴趣，这个完全不一样。这就是木心重视文艺复兴的关键。木心讲过一句话："永远研究宗教，永远不信教。"这个是木心对宗教的基本态度。他还经常引用尼采讲过的一句很高妙的话："所谓信仰，就是没有了理想的意思。"这话太值得琢磨了。

木心经常讲这种高妙的话，一正一反，怎么看都是这样，很有意思的。我对陈丹青说，我可能是第一个或者说是第一批之一吧，把木心研究引入研究生课堂的人。你知道陈丹青怎么说吗？陈丹青说："还是低调一点。"他这么说我很能够理解，就是说，木心并不是一个面向大众的作家和艺术家。尽管木心非常希望 80 后、90 后去看他的艺术作品。但是实际上，在木心眼里，人有两批，一批是对话者，对话者的要求是非常高的，哪些人是他的对话者？李梦熊、陈丹青这样的人。木心认为，有很高的艺术水平的人，他才愿意与他们对话。还有一批是他的读者，要求已经放低了很多很多。一些资质一般的人，只要你来看，也是可以的，青少年看，木心也很喜欢。因为木心很享受这样一个过程，就是被广泛地认可。

2005 年，陈向宏把占用木心故居的翻砂厂迁出去，花很多钱将旧宅修缮一新，请木心荣归故里。但木心还是犹犹豫豫，像哈姆雷特一样。别人都觉得很奇怪，不是都弄好了，都是现成的么？只有陈丹青理解木心：他是想看到自己的作品在大陆出版。也就是说，只有大陆的读者认可了他的作品，他才能心安理得地回来。这一点说明陈丹青对木心的了解是非常深的。木心不希望自己的作品只是在中国的台湾香港出版，而是很想知道大陆的读者是否喜欢他的作品。后来，《上海文学》杂志最早刊登了木心的作品，由华东师范大学的陈子善教授推荐。上海作家陈村说，读了以后好像有被雷击中了的感觉。再后来广西师范大学出版社出版了木心的书。这个时候木心才安心地回来了。

您怎样看待"木心与读者"的关系？您又如何看待木心与陈丹青的关系？

前几年，我与研究生有一个对话，发表的时候叫《从边缘到中心》，里面就讨论了第一个问题。实际上，对于木心，很多年轻人都喜欢。这些喜欢是分不同层次的,有些人能把所谓"木心格言"背得朗朗上口,但实际上根本没有看过木心的作品。他们只是在网上搜一搜木心的格言,觉得很符合他们的口味。也有人很喜欢"从前慢"什么的,这也符合年轻人的需要,但是对木心的深邃和复杂,实际上他们并不了解。不过,能够得到年轻人的认可,木心应该也蛮开心的。当然,有一些人对木心是真正喜欢并由衷佩服的。这里面,有一部分人是早年与木心有过交往的。

我有个以前大学的同学现在美国,他知道我喜欢木心。有一天打电话给我,说要介绍一个人给我认识。他说,这个人当年和木心在一个工厂里面,也是工人,和木心很要好的。当年因为和木心走得很近,还被支部书记批评。后来到美国也写过很多文章,对木心非常佩服。

木心当然有缺点,哪有完人?陈丹青自己就讲,木心其实是一个不易相处的人。

实际上,陈丹青和木心的关系,简单地讲,就是亦师亦友。另外一个呢,就是和而不同,他们是和而不同的两个人。木心的总体水平,要远远超过陈丹青。两人的个性也很不同,陈丹青是很冲的一个人。而木心表面看,就是温文尔雅、具有绅士风度的一个人,但他们却是很好的朋友。有意思的是,木心对陈丹青的油画创作其实是不太认可的。木心看了陈的人物画后说:这样的画"老吃力"的。木心还对他说"你也要写写东西"。陈丹青后来写了很多文章,这与木心的话是有关系的。但是,陈丹青说:他不敢把自己的文章拿给木心看。我猜,也许是陈丹青的文章"烟火气"太重了吧。

木心说:"发什么火啊,你要发发到世界上去,发到宇宙中去。"木心最不喜欢这样的文章,骂张三,骂李四,跟这个斗,跟那个斗。木心的意思就是说,要站得高一点,从形而上的角度去讲问题,去写伟大的作品。

我们有一句，说一句。刚才讲到，一个是亦师亦友，一个是和而不同，还有第三点，就是互相依靠，这一点是很多人没有想到的。为什么说是互相依靠呢？因为木心年纪已经不小了，又不懂外文，在美国除了写东西，给那些年轻的美术家讲了 5 年，平时不大和外国人打交道的。这个不能怪他的，木心年纪大了，能稍微写一点儿英语，写得也蛮漂亮的，能够连词成句，已经不错了。木心晚年要把精力放在艺术创作上，没有时间再去学一门外语，这个都可以理解的。互相依靠，就是说在美国，木心有很多事情是需要陈丹青帮忙的。陈丹青 2000 年受到清华大学的邀请，回国担任美术教授和博士生导师。当时木心说："丹青，你不要走。"木心还开玩笑说："你是纽约市市长啊。"意思是，我很多东西都要靠你的，你走了，我怎么办。

陈丹青回国以后，照顾木心的是黄秋虹夫妇，他们也是画家。2006 年，陈丹青从美国把木心接回国的时候，黄秋虹在机场大哭一场，她知道木心再也不会回到美国了。因为木心当时已经 79 岁了。那么，陈丹青依靠木心吗？那是当然的。但不是那种外在的，而是精神上的点拨。木心经常给他讲一些富于智慧性的话语，使他一次又一次在精神上提升自我，木心是他精神上的导师。这就是他们互相依赖的关系。

出版《文学回忆录》是不是违背了木心的意愿？

这个问题的回答很简单。木心生前的时候，就有人想出版木心上课的讲义，木心几次回绝。木心说："这个不是我的东西。"因为讲义里面的东西是比较客观的，都是一些材料。那么为什么说《文学回忆录》是木心自己的作品呢？里面有很多木心临时的即兴的发挥，有很多他对文学的回忆、理解和阐释。这个就完全不同了。

木心的诗《从前慢》是刘胡轶改编成歌曲的。后来，2015年春晚经刘欢演唱，就慢慢普及开来了。我觉得，这首歌的确不错。但是，我对后来的一些改编，并不是特别认同。比如，我刚才讲到的高平演奏的木心的钢琴曲，我觉得还不如将曲谱放在那里，让人家想象。前面提到的那个微电影《童年随之而去》，我也不知道拍得怎么样。因为有的东西，不一定拍出来就好。也许他们是出于对木心的热爱，希望能够拍出来，但效果未必好。前段时间，有一个歌舞剧，叫《人曲》，也是表现木心的，我只看了一些片花。木心这个人，你说他很华丽吧，也很华丽，你说他朴素吧，他也很朴素。其实挺复杂的。《人曲》把木心物语改编成歌舞，我觉得有点过于娱乐化了，仿佛已经不是木心了。那个演员，那种舞蹈，给人一种感觉，好像走调了。当然，他们都是好心，都是对木心的一种赞美，在宣传木心过程中，也起到了较大的作用。但严格说来，这不是木心本原性的东西，这是另外一回事情。

最后再讲一点木心与他人的关系的吧。刚才我讲过，一个是对话者，一个是接受者，这两个是不一样的。实际上，陈丹青也多次讲过，木心并不需要许多很喧哗的东西。大家都来讲木心好，这也不是木心所希望的。然而，木心的确很希望得到认可。我想，很多艺术家应该都是这样的。但是呢，就像陈丹青讲的，要低调一点。木心实际上希望你真正能够懂他，能够理解他。不过，我觉得，反过来讲，你喜欢木心的某一点，也可以，不一定说你要学问渊博，什么都懂。你觉得木心的格言蛮好，觉得他的逆论蛮好，觉得他的画蛮好，都可以的，这个是不同层面的。但是真正懂木心的人一定是很少的。

所以，今天你们来采访我，我很高兴。但是，我跟你们讲一句话，是什么呢，我对木心的研究还没有开始呢。实际上，木心身上有很多东西，是值得好好研究的。这个需要沉下心来，认真做，不是嘴巴上讲讲就行的。木心的作品文本，你要非常详尽地去阅读，而且你要经常去他的美术馆参观，近距离地去了解、感受他的气息。这样，你才能真正地研究他。木心其实很复杂的，木心是一个打通艺术门类的人，绘画、书法、音乐、文学，都精通的。

你们知道木心还会弹钢琴，谁教他的？他又没有进过音乐学院。其实是少年时代一个新教的牧师教他的。那么，讲起来很奇怪，中文系的人写文章写不过木心，木心也没有读过中文系。那木心的文学才能哪里来的呢？木心自己说，他少年的时候，家里面给他请私人老师，就是家里面请人过来，都是很有学问的人。他说大概上了六个"私塾"。所以，古代的、西方的，木心小时候都学过的。特别是茅盾的书屋，木心都有钥匙，他可以进去饱览。木心在美国对那些青年画家说：你们原来什么都不懂啊！意思是：你们今天在学的这些东西，我几十年前都已经看过了。所以，就是距离太大。当然，木心本人的确是一个"天才"，他在如此艰难的环境中生存，不仅生活下来，还进行了大量的艺术创作。有时候，木心喜欢用一种诙谐、俏皮的方式来形容自己过往的岁月。这种人生态度，实际上也是蛮意味深长的。

好的，时间不早了，今天我就先讲到这里吧。辛苦你们两位了！

2018 年

札记一组

生死一体论

最先看到"生死一体"说，是母亲去世时，学生彦珺在安慰的短信中所引用，并指明出自日本作家村上春树。后来发现，这其实是基督教用语，上海青浦福寿园基督徒墓园一块早夭的男孩墓碑上也刻着："生和死，其实是一样的。"

近读英国阿伦·布洛克《西方人文主义传统》，作者写道："蒙田在他书房的顶梁上刻了希腊和拉丁作家以及《圣经》里的话。例如顶上第三梁上刻的是欧里庇得斯的一行希腊文：'谁知道生是不是就是死，死就是生？'"

"包罗万象的纲领"

徐光启世孙徐宗泽，在耶稣会中国传教史中反复申说"本性"、"超性"之异同。

我们以前惊讶于耶稣会何以会与人文主义有相似点，认为这是特例，别的修会不会如此。其实，只要看历史，西方史、世界史，以及加洛林文艺复兴、12世纪文艺复兴、欧洲文艺复兴，就会明白：人为区割历史的有害性。最大的、看似悖论式的例子，就是中世纪兴办大学、恰恰是隐修院保存了后来文艺复兴得以利用的大量古典资料等等。

其实，除了我们阶级论、意识形态的影响外，西方也有对历史的大量误读（西方人本也分三六九等）。结论是，历史没有区割，是一个承前启后的绵延不断的大过程。没有一个时代的人民会笨傻到全部否定前人的遗产。因此，一切便迎刃而解，而且马克思说过"宗教是这个世界的总的理论，是它的包罗万象的纲领。"人类一诞生就要寻求"永恒"的途径，西方基督教、中国炼仙丹。因此，否定或无视宗教（信不信，如罗素之坚不信，是另外一回事）却是最大的虚伪。

圣经之喻

《圣经·新约》（合和本）马太福音第五章引耶稣对门徒说的话："你们是世上的盐。盐若失了味，怎能叫它再咸呢？以后无用，不过丢在外面，被人践踏了。你们是世上的光。城造在山上，是不能隐藏的。人点灯，不放在斗底下，是放在灯台上，就照亮一家的人。你们的光也应当这样照在人前，叫他们看见你们的好行为，便将荣耀归给他们在天上的父。"

此段话经常被人引述，就像圣经的其他比喻一样，令人回味无穷。但是，偏偏有人对"盐"和"光"的关系，或者两者孰轻孰重做出分析。

王佐良先生在名著《英国散文的流变》（商务印书馆1998年版）

中写道："世上的盐，世上的光，也就是一个简朴的社会里最重要、最不可缺的人。一直到今天，说英语的还在用'世上的盐'来称高尚的人，真正的社会中坚。"这里，先是将盐和光并列论之，接着唯用"世上的盐"来称呼高尚的人。

王元化先生在名著《思辨录》（上海古籍出版社 2004 年版）中写道："记得小时候一位学圣品人（基督教牧师）的长辈冯传先姨父对我说，《圣经》上说的'你要做世上的盐'比'你要做世上的光'更好，因为光还为自己留下了形迹，而盐却将自己消融到人们的幸福中去了。"

有意思的是，上海圣约翰书院的校训则是："光与真理"。孙中山先生在这座教学楼前作演讲时曾说："你若有光，就应该给别人照亮道路。"

中国的拉贝

电视 ICS 频道播出纪录片介绍饶家驹。1932 年法国新耶稣会神父饶家驹（可见新耶稣会的作用不单在徐家汇）如何巧妙与各方周旋，在上海南市建立了约一平方公里的战时难民区，最多时保护了 30 万左右的难民。日本军队"虚伪"地执行国际法，也同意了。饶家驹是语言天才，极易与各方沟通。这个例子不是正好说明，如果没有租界及这个难民区，就会有无数无辜民众死于战争么？即使有了租界，如无饶神父，也就要死去更多人么？故有人誉称其为"中国的拉贝"。

饶家驹 1878 年出生于法国，16 岁加入耶稣会，随后在英国和比利时修道并获得学位。1913 年到上海，传教之前在徐家汇学习了一段时间的汉语，并为自己起了中文名字。1932 年一二八事变时参与上海难民保护；1937 年八一三事变时筹建南市难民区；1938 年为难民向世界募集物资和资金，当年 3 月 9 日蒋介石曾致电他表示感谢。1938 年 9 月饶家驹又到汉口设难民营。1940 年 6 月回到巴黎（饶离去后，难民区即不存），1946 年 9 月 14 日因白血病逝于巴黎。1949年 8 月 12 日"日内瓦第四公约"诞生，饶之"战时平民保护"建议列入其中。真是功莫大焉！

苏格拉底的梦中神启

一生"述而不作"的苏格拉底，在监狱里竟然于梦中听到神（缪斯）的督促："创作音乐，培育音乐！"苏格拉底原以为 1. 哲学就是最好的音乐，2. 人们通常把诗称为音乐。故听从梦神的吩咐，作几首诗尽尽责任，以求心安。于是作赞美诗，称颂阿波罗。缪斯还认为，真诗人（创造者）应该创作故事（即叙述文），但苏格拉底不会作，所以把现成熟悉的《伊索寓言》改成了诗。

这个梦的神启具有颠覆性的意义！

"双驾马车"或"双重真理"

首先，宗教是人类发明的巨大智慧，是用来解决人的精神问题的（当然也因此引致物质生产问题）。但由苦难犹太民族创造的宗教一旦成为"一神"的上帝说，并且由于生产力自身难以一下子发展，而走向宗教极端主义（中世纪），那么人们习常的社会生活（这不是由上帝安排，而是进化论所顺生的"本能"）就受到了压抑。但生物进化论所包含的人的七情六欲是如此强烈，于是便导致了黑幕之下的种种悲催。《十日谈》以喜剧形式讲出的，实为悲剧的内核（人性）；即使有神父被阉割，也是人性被畸化的哀痛。于是，宗教改革出现了，拉伯雷的《巨人传》和莎士比亚的作品是号角，让人看到了自身的力量（"万物的灵长、宇宙的精华"）。新教是以揭露旧教（教会）的"虚伪"为旗帜的（但从本质上看，旧教的虚伪实在也就是人性的力量太大而导致的无奈。新教伦理之说，实际上就是解放日益凸显的人性力量，不让所谓"神"的力量遮蔽一切。人要过上快乐、富足的日子）。在潜意识中，新教伦理已经为人类未来发展的"双驾马车"设计了方案（尽管这之中有加尔文那种被茨威格所描述过的残酷和独裁），从而：一、（宗教）解决人的精神问题，二、（科学技术）解决人的物质问题。这种设计是高妙的，也许在开头的时候会有许多人提出疑问，但现在，至少在西方，绝大多数人已经默认这种双轨制或曰"双重真理论"了。

九艺与七艺

　　在《艺术九书》中，瓦罗编写、概述了九门学科：文法、修辞、逻辑、代数、几何、天文、乐理、医药和建筑。后世作家略去了最后两门。在罗马，到公元 1 世纪末，教育多少有些标准化，确立了自由七艺。这些又成为中世纪教育的基础。到中世纪，自由七艺又分成两大类：基础三科（文法、修辞、逻辑论证）和高级四艺（代数、音乐、几何、天文）。这一体系形成了现代教育体系的根基，而且是导致西方兴起的重要因素之一。加一句，罗马的另一创新，是书卷逐渐消失，书册代之而起。

　　故西方多"文理书院"，甚至仍称中学为 grammar school。对此，看清从古希腊自然哲学到"七艺"的连续性就可以理解。放我们这儿，则不可思议。但我们的确将语法、逻辑、修辞纳入了大学汉语言文学专业的必修课程（也在受到挑战？）。

热衷记录的耶稣会士

今天我们之所以能看到当时相关的许多历史资料，都是靠了耶稣会传教士们不厌其烦的记录与描述。这当然首先是博学和专注精神的表现，希望铺垫基础、做出业绩，为后人留下东西。然也可以从语文学角度观察耶稣传教会士：

1. 语文学习能力和适应能力极强（戚印平《日本早期耶稣会史研究》[商务印书馆 2003 年版]：早期一些传教士学习外语，仅三个月就能听会说了）；

2. 因为对历史伟大意义的充分预估，以及对宗教事业的虔诚，所以几乎事无巨细均有记录。书信往来（一般要若干个月）、写文、翻译，留下极为丰富的文字。两部《江南传教史》证明，新耶稣会士对此也有同好。

总之，他们为自己留下的丰富文字感到骄傲。但难以想象的是，沙勿略和利玛窦这样的人是如何分配时间的。他们天资聪颖，年轻时受过极好的教育，加上自身刻苦努力，一旦献身传教事业，所有潜能都爆发了出来。但不能享乐了，无法有婚姻了。

利玛窦与“润笔”

在《天主实义》（利玛窦著）和《奇异的国度：耶稣会适应政策及汉学的起源》（大象出版社 2010 年版，孟德卫著、陈怡译）中，读者均可看出，利氏的交友之道实际上是二途：一是皇帝和上层士大夫，二是普通民众。而前者是方法论上的，即没有此，整个传教事业就无法展开。所以从一开始，他们就用各种方法努力吸引皇室眼球，在日常中也极在意结交那些聪明绝顶的高层人士，如徐光启、李之藻、李贽、冯应京等。而这些高层人士在西学东渐和中学西传过程中，也为利玛窦等人的翻译和著述做了许多"润笔"工作。徐宗泽指出，利玛窦等一批杰出传教士的汉语言能力大都了得。但也有例外情况：对意大利籍耶稣会传教士罗明坚（《天主实录》的作者），利氏和亚洲耶稣会视察员范礼安均很不看好（但也有罗明坚其实汉语很精通的说法）。范甚至企图不让罗明坚再返华传教。利玛窦自己的《天主实义》出来后，销毁了罗氏的本子（参《天主实义今注》，商务印书馆 2014 年版，梅谦立注、谭杰校勘），以便在此基础上让圣教教义通畅地传递至所有庶民。

启蒙与复蔽

西方历经文艺复兴以及更理性的启蒙运动，有不少人公开宣布不相信基督教，然今日西方许多国家仍以之为国教。但政教分离，政治统治还是高于一切。

这样看来，宗教作为信仰，就是满足精神的寄托。大多数人实际只被两种意识形态笼罩，一是科学引领观（工业革命以后，资本主义迅速发展，人类生活快速改善），二是宗教信仰（也有哲人如尼采云："信仰，就是不再追求真理了的意思。"）这里的信仰其实是人类巨大的智慧，是为了满足人的另一种需求（精神）的。对此，许多人不了解或说不清楚，但从两方面可知西方有识之士早就懂了：

1. 传教士将传播教义与倡导科学并举。

2. 马克斯·韦伯对新教伦理的揭示（在这点上，佛教的无为出家于事无补）。

从这层意义上说，"启蒙"与"复又遮蔽"非但不是绝然矛盾的关系，而且是一种大智慧。

房龙的《宽容》

1984 年，生活·读书·新知三联书店于新中国成立后第一次出版房龙的《宽容》。这是有识见的。书的勒口借郁达夫的话赞美房的文笔，并介绍他写了许多通俗历史事件，教育了一整代年轻人，其中包括许多老一辈的中国学者。

"房龙在这本书里用他惯用的生动文笔，叙述人类思想发展史。他主张思想自由，赞美对异见的宽容，谴责反动分子镇压新思想，表达了进步见解。但同时他又是一个人文主义者，不能容忍革命时代产生的恐怖，反映了他的局限，但不论如何，作为一本有世界影响的名著来说，这是一本值得一读的书"。

这段加引号的"编者的话"很可以反映当时的政治生态：既想利用房龙的书伸张人所必须的自由，但又不彻底地将"人文主义"视为不同于马克思阶级斗争理论的"另类"。就像以前常说的"知识分子"是可以改造后利用的对象，给人以话中有话的感觉。"不能容忍革命时代的恐怖，反映了他的局限，"就是要让房龙不能一以贯之地实施他的宽容理念，而是要看人行动、区别对待。其实，这才是不科学的实用主义。

说实话，房龙的著作并不是易读的书（不知其英语世界的读者反应如何），因为有过多的形容词、比喻、枝蔓等，而事实叙述本身却并不饱满。这就使得急于赶路、想快点知道结果的人不太习惯。或许只有在阳光下，手捧一杯茶，细细品味才有味道；也只有预先懂得一些粗浅的历史文化知识，才能顺畅地读下去。

忽然想到马克思的话：一切伟大的历史事件和人物都会出现两次，第一次是以悲剧形式出现，第二次是以喜剧形式出现。

敦煌的责任

王道士圆箓本为苦出身，又不识字。在没有任何俸禄的情况下，既要看管千佛洞，并维修毁坏处，发现藏经洞以后还要以一己之力来看护。后来，生活实在没有办法才拿出几卷（任何事与生命相比都是微小的！）给县官。但无人识得这批唐代乃至魏晋的经书，有官员甚至说，这经上的字还没有他写得好。后英国人斯坦因以200两白银换走几千卷经书，把带来的许多大空箱子装得满满的。途中经过北京，他拿出来呈示显摆，即引起中土有识之士巨大震惊：宋人的经书尚已少见，奈何这批魏晋唐代的经书抄本？

传言，敦煌经书现状：英国最全，法国最精，日本最隐秘，俄国最散，中国最杂最乱（许多经书被偷运的贪官先占为己有，且为了怕人识出而一撕为二！）

很明显，这是清政府的不作为造成的。而这种不作为与战乱、没有世界眼光、缺乏文明和传统保护意识均有关，实在是没有办法的。

但那个死于1933年的，在仅有的照片中微笑着的、瘦弱的、穿着破旧道士服的王圆箓，给人一种枯枝败叶的印象，其实是个颇为难得的人。

后记

　　《"开始"在哪里》是本书第一篇文章的题目，也是贯穿于这部文集第一辑的内在主题。这里谈论的大多数问题，都带有一种原初和早期的意味。这既是指事物本身的"开始"，也是笔者思考的"开始"。同时，到底有没有彻底意义上的"开始"，比如说——古希腊是西方文化的开始吗？作家在纸上写下第一个字符的时候是创作的开始吗？这些问题也正是"互文性"理论的奥义之所在。

　　文集分为三个部分，第一辑："开始"在哪里，第二辑：游历中的艺术美，第三辑：德尔斐的神谕。每辑除了较长的文章，还附上若干则短小的札记，以此可见笔者对相关问题的多向度思考。

　　今年春天，孙子奕来降临到世上。当一老一幼互相对视的时候，我的内心忽然涌动起一股暖流。幸福，许多是想象出来的，可是如果不努力，那么你连想象的理由都没有。

李平

戊戌年盛夏于上海徐家汇

图书在版编目(CIP)数据

"开始"在哪里/李平著.—上海:上海人民出
版社,2019
ISBN 978-7-208-15562-6

Ⅰ.①开… Ⅱ.①李… Ⅲ.①中国文学-当代文学-
文学评论-文集 Ⅳ.①I206.7-53

中国版本图书馆CIP数据核字(2018)第278730号

责任编辑 肖　峰
封面设计 陈　酌

"开始"在哪里
李　平　著

出　　版 上海人民出版社
　　　　　 (200001　上海福建中路193号)
发　　行 上海人民出版社发行中心
印　　刷 上海商务联西印刷有限公司
开　　本 635×965　1/16
印　　张 20.5
插　　页 4
字　　数 245,000
版　　次 2019年1月第1版
印　　次 2019年1月第1次印刷
ISBN 978-7-208-15562-6/I·1789
定　　价 68.00元